光尘
LUXOPUS

天涯，海角

[英] 艾比·格里夫斯 著
张羽佳 译

The Ends of the Earth

Abbie Greaves

北京联合出版公司

目 录

001 序章

005 第一部分 **相遇**

057 第二部分 **徘徊**

161 第三部分 **面对**

227 第四部分 **追问**

325 第五部分 **和解**

献给爸爸和妈妈,
你们的包容极大地激励了我。

序 章

2018

玛丽·奥康纳已经变成了伊灵百老汇车站的一件摆设。就像大多数被遗弃在路边的物品一样,没人在意或欣赏她的存在。但她和这些被遗弃物品的相似之处也仅限于此。玛丽一点也不邋遢——事实上,恰恰相反。

她的头发在脑袋后面整齐地绑成一个丸子的形状,发丝闪烁着栗色的光泽。玛丽已经好几年没理过发了,她把这看成一种自己没资格享受的放纵。但无论如何,她身上良好的基因起了作用,使她保持在最佳状态。这些优良基因赋予了她匀称的五官、高高的颧骨和漂亮的鹰钩鼻。她的眼睛大大的,脸上毫无化妆的痕迹。有观察力的人可能会说,她的那双大眼睛看上去似乎在搜寻——或是牵挂着什么。

玛丽在街边的超市工作,每天晚上她把货架摆好之后,就会赶往车站。她下午五点半才下班,得立刻前往车站,才能赶上下班的人流。因为没时间回家换衣服,她会在印有超市名称的黄色马球衫工作服外面套一件开衫。这看上去可能不太时髦,但她的美貌足以挽救最糟糕的穿搭。

一到车站，玛丽的身体就会切换成"自动驾驶模式"。她在离检票口仅几步之遥的水泥门廊下找到了自己满意的位置，左侧还有一个卖咖啡的售货亭，那里的咖啡兑了太多水。她对自己的位置感到满意后，就会伸手去拿那个告示牌。她一直把它带在身边，就放在户外背包的后口袋里，纸板沿着中线对折，经年累月，上面的折痕也变得越来越脆弱。然而，越来越脆弱的不只是纸板上的折痕，她边想边噘起嘴唇，一股强烈的刺痛感沿着她左肩胛骨的底部蔓延开来。想想看，她上个星期才刚满四十岁，可过去几年的情感创伤，让玛丽觉得自己至少比实际年龄老了二十岁。

她很高，超过一米八，所以她会花些时间，确保自己把告示牌放在了大部分人能一眼看到的高度上。接着，她打开纸板，把想要传达的信息展示给全世界。手指开始痉挛的时候，她会调整一下它们的位置。但她总是小心翼翼，以免遮挡住纸板上哪怕半英寸的字迹：**回家吧，吉姆**。每一个字都很重要，每一个音节都深深地印在她的心里。

"吉姆？"她会询问经过她身边的上班族，而他们大多都低头看着手机或是免费的当地报纸，甚至会把报纸丢在她脚边。在过去的一两年里，她觉得回应自己的人惊人地变多了。实际上，他们是在对着耳机说话，他们鼓膜里那些几乎肉眼不可见的白色小撇号，还有根本不存在的耳机线，都让人十分尴尬。但他们只是面无表情地看着她，好像她才是那个让人尴尬的人。

人流量大的日子，也会有一两个人停下来，询问她或是吉姆的情况。第一个前来询问的通常是心存善意却不怎么实际的好心人，他们认为她陷入了困境（或者可能摔到了脑袋），需要有人陪她聊那么一小会儿。尽管她外表看上去干净整洁，但每个月总有那么几个人想给她塞点钱。可她要如何才能向他们解释，自己与其说是无家可归，不如说是失去了那个唯一能让她有家的人？他们总是在玛丽找到合适的话语之前，就继续往前走了。

在冬季，等她双手冻得失去知觉，抓不住告示牌时，就会准备回家——此时，她往往已经戴着薄薄的羊毛手套，站了有两个多小时。这总会让她再次产生罪恶感。她是不是结束得太早？如果在她拿着钥匙打开公寓大门时，吉姆出现了呢？在重复了这种生活将近七年后，她已经甘心接受伴随着提前离开而产生的玩忽职守的感觉。

但现在是八月初，她可以在外面待到晚上十点。据她的手表显示，她还能再待一个小时。这块表是银色的，表链细细的，是吉姆送给她的珍贵礼物。玛丽甘愿忍受脚上、肩上和心里的疼痛，因为她没有别的地方可以去，也不想面对那个公寓——它仍然像坟墓一样，安静得令人窒息。

她会耐心地等待那一个小时过去，甚至希望自己可以永远待在车站外面。她会一直等到膝盖站不直，脚踝开始发软。她不会让生活继续前行，她不会释怀，也不会停止这一切。她是不会放弃的。不。她会等待，等待……继续等待。难道，这不是她答应过吉姆的吗？

直到天涯海角，或是伊灵。矢志不渝。

第一部
相遇

玛丽记得第一次见到吉姆时的所有细节

第一章

2018

晚上十点。玛丽来回扭动着脖子。先是"咔嚓"一声，紧接着是一连串细微的嘎吱声，就像脚丫踩在树叶上发出的声响。那些认为站立能让身体保持健康的人，并不需要每天站十二个小时以上。玛丽折好告示牌，把它塞回背包里，最后环视了一下四周。她理应对失望习以为常，但车站广场的景象、她渴望见到却并没有出现的那副面孔——这些仍让她感到心痛。

今天是星期二，玛丽没有时间回家，从晚上十一点到凌晨三点，她需要在本地危机呼叫中心的"夜间热线"值班。她在周四晚上的排班也是这个时段，如果不是泰德——首席执行官兼轮值主管——因为担心玛丽会过度劳累而坚决反对的话，她可能还会申请更多的工作。实际上，她是如此疲惫——情感上以及身体上——她已经记不清不过度劳累是种什么感觉了。她希望从车站到慈善机构总部圣·凯瑟琳小学的十五分钟路程，能让自己振作起来，在晚上接电话的时候保持头脑清醒。

玛丽刚开始在"夜间热线"工作时，已经是吉姆消失的三个月之后,虽然那时她已经在车站守夜,但不知为何,她感觉这样还是不够。他的离去在她的生活中留下了缺口,一个巨大的深坑将她彻底吞噬。尽管看上去这个深坑似乎永远无法被填满,但玛丽知道她至少得试着做点什么,以便抓住她那所剩无几的未来。

所以,到超市工作的第一天,在看到登在社区布告栏上招募新志愿者的广告时,玛丽就凭直觉把传单撕了下来,塞进了裤子口袋里。前一两天,她并没有采取进一步的行动。每次想要发邮件询问地址时,在点击发送之前,妈妈最喜欢的那句话就会像木偶一样从她的脑海中蹦出来:除非能帮得了自己,否则你无法帮助任何人。

就像大多数格言一样,这句话说得有道理,但如果只有不需要帮助的人才能为他人提供帮助,那么根本没有人能为慈善机构工作吧?此外,玛丽符合志愿者的大多数标准——尽职、可靠、善于倾听。玛丽对自己是否拥有"在危机情况下保持自信"这项能力有一点小小的怀疑,但她告诉自己,"夜间热线"是一个很好的学习机会。

她从未像在头几次培训中那样被大量信息轰炸过。泰德一开始还会在厚厚的手册上标出重点,但很快就放弃了。也许他觉得玛丽还是非常尽责的,会把手册从头到尾看一遍。玛丽看了那么多内容,只将一个短语铭记于心——那句作为组织标语印在文件夹上的短语:**倾诉的空间**。

这让她想起了吉姆,这本不是什么新鲜事,但这句话改变了她的想法。她花了很长时间,重温记忆中二人之间的每一次对话。但她现在意识到,即使自己能够完美地记起所有内容,这些只言片语也勾勒不出完整的故事。玛丽向自己保证,她会给"夜间热线"的来电者提供尽可能多的空间。

虽然近年来她的自尊心已经濒临崩溃,但她知道自己是一个很好的志愿者。尽管这个角色让人疲惫不堪,但她逐渐意识到,在这些日子里,比起世界上几乎任何一个地方,她待在"夜间热线"最舒服:每天守夜的情绪动荡之外,有一种使命感在支撑着她;教室的墙壁给人以慰藉;还有其他志愿者的陪伴——她确实越来越喜欢他们了。

在这些志愿者当中,玛丽和泰德认识的时间最长,尽管严格来说,他算不上是志愿者。自从两年前他妻子过世后,他便进入了哀悼期,决定不再接听任何电话。他现在从事的是管理工作——排班、组织安排等,枯燥又琐碎。他们过去是点头之交,直到去年他最小的孩子上了大学,他向玛丽吐露自己有点无所适从。玛丽想,彼此彼此,然后才回过神来,问他是否想找个时间一起散散步。现在,周日下午散步已经成为他们二人的一种习惯。几周前,他们一起去邱园①"庆祝"他的五十岁生日——如果咖啡厅里的两个司康饼也可以算是庆祝的话。

"晚上好。"玛丽边打招呼,边走进教室。

泰德背对着她。他穿着平时常穿的马球衫和卡其色短裤,站在灯光下,剃光的脑袋像灯泡一样闪闪发亮。玛丽看到他正在往茶壶里加茶叶。然而,茶壶似乎不太想配合,不锈钢的茶滤在桌子边缘晃动。

"玛丽!"

泰德在热情地回应着她的同时,松开了扶着茶壶的那只手,

---

① 伦敦市郊著名植物园。

茶滤哐当一声掉到了地板上。他们都吓了一跳。

"这玩意儿真是该死的噩梦。"他说道。这时,那金属茶滤正在桌下滚来滚去。尽管他有伦敦东区老家伙特有的那种花花公子的调调,但他的声音让玛丽这个北爱尔兰人听来觉得很规矩,没有一点口音,这总是让她很惊讶。

"旅途愉快吗?"玛丽问道。

泰德点点头。玛丽注意到他晒黑了。他的肤色一直比较黝黑——她想,这是做园丁的好处之一——但他去多塞特郡看望年迈父母,待了两周半之后,皮肤被晒成了古铜色,这使他看起来年轻了十岁。"很好,谢谢。不过看到他们变得更脆弱了,还是很心疼。"

玛丽尽量不去想自己的妈妈,她上了年纪,趿着毛绒拖鞋的脚踝肿得像网球一样。她提醒自己,一个孝顺的女儿会在晚上帮妈妈按摩脚踝,而不是在五百英里外的车站外头举牌子。她赶紧打消了这个念头。

"我该走了。"泰德的声音打断了玛丽的思绪。她沉默的时间一定比自己想象的要长,因为等她的注意力重新集中到房间里时,她看到泰德正犹豫不决,不确定是否要和她拥抱道别。于是,玛丽露出了最令人信服的微笑。

泰德走后,她坐下来,开始用食指缠绕电话线,等待"夜间热线"另外两名志愿者的到来。

没过多久,她就透过窗户看到克特和奥利芙正在过马路。克特——二十多岁的年轻人,有着中学生般的无限活力——是一个很有意思的人。他那淡茶色的头发长得能戳到眼睛里,玛丽可以想象,奥利芙——一个退休的脊椎指压按摩师——就差没给他一根绑头发的橡皮筋了。克特有着男子乐队主唱那种棱角分明的帅气,但他不怎么收拾自己,这意味着他看上去总像是刚从音乐节回来一样。想想看,他白天还在一家投资银行工作。

"这对我来说似乎有点牵强……"他们走进房间时,奥利芙说道。

奥利芙转身向玛丽挥挥手,然后走向教师的转椅,她解开凉鞋上的魔鬼粘,让双脚从鞋里滑出来。奥利芙是泰德的老朋友,从有"夜间热线"起,她就一直在,这在一定程度上解释了为什么她把这里当成了自家客厅。

"你好吗,amigo①?"

克特开始使用一款西班牙语学习软件,现在看来,大家短时间内摆脱不了他的西班牙语了。

房间里安静了一阵,直到玛丽察觉到克特是在对她说话。"你在问我?"

"有什么新鲜事吗?"克特快速地回答。

"没什么。"什么也没有应该是更恰当的答案。但该如何向克特解释她的生活从来没有偏离过同样的轨迹呢——在超市上班、在车站守夜,以及每周来"夜间热线"当两个晚上的志愿者。她能想象克特在伦敦金融街那种"拼命工作、拼命玩乐"的生活。她最不希望的就是被人同情。

"暑假有什么打算吗?"

玛丽正在头疼要怎么回答这个问题,离奥利芙最近的电话响了。

---

① 西班牙语,伙伴。

"先别聊了！"奥利芙对克特喊了一声，"我们要开始工作了。"

很快，房间里安静下来，三个人开始轮流接听电话。玛丽接的第一通电话讲了很久，有两个多小时。那是一个年轻的男人，他的妻子带着他们的双胞胎离开了。听到有人说"他们不确定早上为什么而起床，这从来都不是件容易的事"时，毫无疑问，玛丽比大多数人更能产生同情。但她不能表露出这一点。志愿者是匿名的，他们不能透露丝毫个人信息。她发现，以一种空洞的方式展现自我是一种安慰。她做这种事时十分自然，她想，这绝非一种健康的方式。

那个男人挂断电话后，玛丽让自己缓了一下。她吃了一口泰德留给她的巧克力棒，又沏了一杯茶。后来回顾起这一刻时，她惊奇地发现，最不寻常的事件似乎总在最不经意的时候出现。但现在，她吞下一大口饼干，拿起了话筒。

"晚上好，这里是'夜间热线'。在我们开始之前，我——"

"喂？"电话那头的男声十分沙哑，好像是有人在用手捂着话筒一样。

"你好，晚上好，这里是'夜间热线'。不过，我得先问你几个问题——"

"我想说我想你。"

起初，玛丽不敢相信自己的双耳。她待在这里的时间已经很长了，长到以为自己什么都听过了。

"你还在那儿吗？"那个声音问道。声音很低沉，但话语之间明显有些含糊。

"在，还在……"玛丽把另一只手放在桌子上，但她可以看到，尽管自己的二头肌已经完全绷紧了，手却还是忍不住颤抖。

有那么一会儿,她试图将注意力集中在此时此地。但这是徒劳的,她已经坠入过往的旋涡之中,回到了他们相遇的那一刻。不可能是他,对吗?

"你听到我说的话了吗?"这个人说话似乎总是一句叠着一句,毫无疑问,这是半瓶威士忌的效果——他也可能喝了更多。她的脉搏怦怦直跳。

"是的。我听到了,谢谢你。你,呃……想我。"她结结巴巴地说出最后几个字。最开始流淌在玛丽脊骨上的一线希望,现在充斥在她体内的每一个细胞和纤维之中。

"我想你。"

玛丽瞟了一眼左肩的方向,观察奥利芙和克特是否在偷听。她觉得自己变得像老虎一样警惕,又像老虎那近在咫尺的猎物一样脆弱。

"这是这么多年来我过得最糟糕的一天。我感到非常孤独,就像没有人愿意听我倾诉一样。当你没人可以求助时,很难找到坚持下去的意念。除了你。你一直都在我身边,你从未放弃过我。你是我的避风——"线路断断续续的。玛丽错过了最后一个词,但她说出了她知道会出现的那个音节。

"港。"

她把手放在额头上时,发现那里黏黏的,是病毒肆虐之前会出现的那种湿热。一声噼啪使她狂热的头脑开始行动起来。

"你在哪里?"玛丽控制住情绪。她需要一个答案。即使她得不到位置、坐标或是任何可以追踪的信息,但是,只要一个词就够了。她只需要一个词。很好。因为过了这么久他还会打电话过来,肯定是有原因的。因为,哦,天啊,如果他遇到危险,或是生病了，或者……

"我不能告诉你。现在不行。我想让你听我说，玛丽。"

她的呼吸开始变得急促起来。

"你知道我的名字。"她低声说道，与其说是跟别人说话，不如说是自言自语。

"什么？"又来了——电话的另一端传来沙沙声，收音机调台的杂音扭曲了他的声音。

"你在那儿吗？喂？"玛丽要让自己的声音在不稳定的信号中被听见。她会用她那绝望的力量克服不稳定的信号。"喂？"她产生了说错话的可怕感觉。她不能失去他，现在还不能。"喂？"

她还没来得及再多说一句话，电话就断了。

玛丽跌跌撞撞地走到了门口。她几乎什么都看不清，更不知道自己要走去哪里，她脑子里装满了最坏的可能性。七年的虚空在一分钟内化为乌有。为什么？为什么是现在？她把滚烫的额头靠在玻璃上，门把手戳着她柔软的腹部。这一切意味着什么？

在倒影中，她凝视着自己的瞳孔，仿佛在那里能找到可以让自己平稳下来的东西。

但她看到的只有吉姆，还有他们在一起的第一个夜晚：他的声音宛如沙砾，他的面容就像是家。

第二章

2005

玛丽可以记起第一次见到詹姆斯①时她站的位置。不是因为缘分或丘比特之箭,也不是因为别的那些她既没时间、也没精力去想的无聊事情。不,她之所以记得,是因为就在他们相遇的几秒前,那里的半盘红酒焖仔鸡被她撞到,酱汁洒在了她最好的白衬衫上。

时机不能更糟糕了。还有不到半个小时,新郎和新娘就要来参加婚宴,他们付了足够的钱,以确保女领班不会把他们的婚礼晚餐"穿"在身上。而且,酱汁还很烫。在七月的婚礼上穿着全套制服已经够难受的了,更别提还要"火上浇油"。

玛丽把内衣外面的衬衫拉开,给皮肤降温,她意识到自己胸部的一半都裸露在外——她穿的是莫伊拉劝她买的那种可笑的轻薄半罩式内衣。她抬头看看附近有没有人。

"你还好吗?"站在门口的男人问道。

---

① 詹姆斯(James)是吉姆(Jim)的昵称。

他是从哪儿冒出来的？看上去不像是服务生。如果跟她共事的服务生中有看起来像男模一样的人，玛丽会留意到的。他是来参加婚礼的客人吗？不，他来得也太早了，而且那身衣服也不像是来参加婚礼的，他穿着宽松的长裤和很有设计感的无领衬衫。谁能想到，男士T台时尚竟然出现在了贝尔法斯特的斯托蒙特酒店？玛丽显然没有想到。

一颗圣女果从临时货架——她的左胸——掉到地毯上，发出笨拙的扑通声。

那人抿了抿嘴唇，强忍住笑意。他留着玛丽在前台姑娘们口中听到过的那种"型男胡楂儿"。当时有一群有钱男人来酒店办单身派对，姑娘们私下议论过他们办理入住时的造型。可直到见到他，玛丽才真正知道什么是"型男胡楂儿"。

"你有什么事吗？"她问道。她感到尴尬，但是对这个朝自己走来的陌生人的强烈好奇，冲淡了她的愤怒。他的双眼一直盯着她。

"我？"

"是的，你。除了你，还有谁一直一言不发地盯着我吗？"

他又笑了，笑容更加灿烂，而且充满自信，仿佛他经常看到上衣湿透的女人。

"我并不是说你得帮忙，"玛丽突然意识到自己做得太过分——毕竟，她算什么人，居然敢让一位客人来帮她清理？"毕竟都是我的错。"

"呃，我来早了。"

这还是一位来自英格兰的客人。

"参加婚礼？"玛丽朝座位排表的方向点了点头，座位排表放在宴会厅角落的架子上。

"我倒希望是！我是来开会的。外科医生，耳鼻喉专家。"

真的假的？他看上去比玛丽要大一些。玛丽今年二十七岁，自认为有足够的生活经验，能够准确地判断一个男人的年龄。他最多也就三十五六岁。这或许可以解释他表现出的自信。也许，还有他那了然于心的眼神以及眼角的皱纹。他仍然盯着玛丽，目光里写满了近乎原始的渴望。

"我恐怕对会议的事一无所知……"玛丽的声音越来越小，她的大脑已经停止了运转，"你可以，呃……问问接待处。"

"但我喜欢这里的景色。"

他说了些什么？玛丽希望这狂躁的情绪没让她产生幻听。

那人走了两步，停在一只掉落的鸡腿前面，离玛丽大约两米远。她已经很久没和男人对视过了。贝尔法斯特当地的男人大多都只能到她的肩膀，甚至不及。她估计这个英格兰人比她高了足足七八厘米；如果他穿衬衫的话，她正好可以帮他扣上最上面的扣子。

"你确定不需要帮忙吗？"

玛丽让自己和他对视了一两秒钟——那深邃而温暖的淡褐色眼睛，让她想到舔着沾满巧克力的餐刀的画面。他的五官也颇值得玩味。有一道疤痕贯穿他左边的眉毛。她迫切地想要知道那道疤痕是怎么来的。

她拿着防热手套的手在颤抖。"不，没事，我很好。不过还是要谢谢你的担心。"

"詹姆斯，我叫詹姆斯。"

"哦，好吧，谢谢你，詹姆斯。"

"那我先走了。"

天啊,她为什么要那样说?玛丽不想让这次相遇成为他们的最后一次见面,不能这样。但还有什么其他可能呢?她要为宴会准备,还要去换一件衬衫。

他动了动,但并没有离开,反而捡起了那只掉在地上的鸡腿。他狼吞虎咽地吃着那块肉,就像一条在野外走失一周的狗那样,吃得津津有味。

"味道好极了。"

玛丽惊呆了,以至于当他走向出口时,她都一动不动。等他绕到走廊,又转身从门框边探出头问她的名字时,她竟情不自禁地回答了。

玛丽心不在焉地忙完了婚礼。至今,她经手了很多场婚礼,它们往往匆匆而过,留不下什么印象。但那天下午不一样:每次她看到一个有着醒目的黑色鬈发的客人,就感到腹部绷作一团,希望那个人是詹姆斯。每次调整备用衬衫,让它不那么紧贴着自己胸部的时候,她都无法摆脱他盯着她看时的那种火热的感觉。

婚礼结束后,她留下来打扫卫生。这样做有双倍工资,虽然每次玛丽把装满现金的信封递给妈妈时,妈妈总是推让,但每一笔小钱都能补贴家里的开支。妈妈希望她也能留下足够的钱去"过自己的生活"。在最初的几年里,那意味着她和其他女同事出去玩儿的时候,能喝上几杯伏特加兑可乐。

可是毕业之后,那些夜晚变得越来越少,直到最后,只剩下玛丽和她最好的朋友莫伊拉。其他人都去上大学或者学习美容、会计课程了,只有西亚拉·坎贝尔学的是焊接。与老朋友们失去联系有一个好处——你很难判断其他人的生活进展得有多快。

玛丽收拾着剩下的餐具，努力不去想自己是如何被困在这项——她本以为只是暂时性的——工作之中的。自她十六岁从学校毕业以来，已经在斯托蒙特酒店工作了十一年。每个人都知道应该朝前走，但不是每个人都知道应该怎么走。知道自己必须继续前进是件容易的事，但如果你不知道自己还能做什么，那就很困难了。她会在零碎的业余时间里制作布艺地图，但那只是个爱好，仅此而已。妈妈在走廊里裱了一张贝尔法斯特的地图——这是她迄今为止最好的作品——但它起到的作用不过是提醒玛丽她所追求的艺术事业有多失败而已。住在家里并没有什么帮助，待在舒适区里的人更难张开双翅。

她开始收玻璃杯。有一个杯子看上去好像有裂痕，她停了下来，把它举在灯光下检查是否真的坏了。玛丽透过玻璃杯的倒影，看到自己并不比刚来这里工作时苍老多少。是那双大眼睛，她想。她一直都能意识到，自己按传统意义上讲是漂亮的，但她也只是承认这一点而已。她从小就不是在虚荣中长大的，就像妈妈常说的那样，"美貌只能帮你走这么远"。

"玛丽？"

她的眼睛迅速地向门口瞟了一眼。

"婚礼怎么样？"

"不是我的婚礼。"

"是的，我也猜到了。"他甚至比她记忆中的还要帅气。他解开了那件可笑的衬衫上的一颗纽扣，卷起了袖子，这样玛丽就能欣赏他小臂的肤色。"我现在给你搭把手怎么样？"

第二个回合了。

"来吧,"玛丽的心要从喉咙里跳出来了,她说道,"你可以从那边开始把桌布取下来,把它们放进远处的洗衣桶里。"

詹姆斯听从命令,玛丽不得不让自己别一直盯着他,沉浸在他又回来了这个现实中。她需要知道这是为什么——但是,怎样问才不会显得自己极度渴望或是过于刻意呢?她决定直截了当地说出来,毕竟,他来自英格兰,很可能再也见不到他了。

"什么风把你吹回来了?不可能是因为喜欢打扫卫生吧。"

"你。"

"你说什么?"

"你没听错。"詹姆斯这次抬起头来。又来了,那个笑容。她不知道自己怎么会和一个陌生人产生这样的默契,怎么会感觉如此安心。"因为你,"他继续说,"你有一种……神秘的气质。安静,但刚烈。是的,也许就是这点。也很漂亮,这很加分,但并不是全部原因。我想弄清楚你这个人。过去这几个小时里我想你了。"

玛丽不知道该如何回答。英格兰人不是以沉默著称吗?或许那只是电影里的胡说八道?不管怎样,在玛丽认识的人当中,没有一个人会如此直接地表达自己的想法和赞美之词。她应该感谢詹姆斯,但那样听起来太敷衍了。最好不要做任何会破坏气氛的事。

詹姆斯继续撤桌布。

"你想喝一杯吗?"她拿起半瓶红酒和两个没人用过的酒杯。

"我正等着你问呢。"

詹姆斯坐在玛丽旁边的座位上,他的腿擦过她的腿。"干杯,"他说着轻碰了一下她的酒杯,"为了婚礼、会议和惊喜……的相遇。"

玛丽的脸一下子红了起来。她从来就不是一个操之过急的人。

而且,她已经很久没像这样和任何人在一起了。迪安是最后一个,他们已经分手三年了。莫伊拉觉得她下面都长蜘蛛网了,玛丽倒也没法反驳。

"那么你是从哪里来的?"她想在自己的想法显在脸上之前换个话题,于是问道。

"伊灵,伦敦西部。你去过伦敦吗?"

玛丽摇摇头。她离校之前,在修学旅行时去过加来①,但这就是她全部的旅行经历了。

"伊灵很棒——至少对游客来说是这样。生活在那里挺疯狂的,而且也烧钱。但我是在那里长大的,现在似乎已经无法离开了。"

玛丽对此表示同情。詹姆斯聊了一下当地的名胜,问她是否经常旅行,想去哪里旅行。有这么一个全神贯注的听众,玛丽觉得自己愿意让这场谈话无止尽地进行下去,但她始终有种奇怪的躁动。

"你一个人住吗?"就当她很谨慎吧,但她想确认一下自己并没有越界。除了直觉,她没有任何东西可以用来判断这个男人是否正直,而现在,她的心中充满了如此强烈的攻击性,甚至担心这会被听到。

"如假包换的单身汉。"詹姆斯把手放在胸口,"和对的女人在一起,我是一个专一的男人。要是没有合适的女人,我会……"

"一个人。"玛丽接着他的话说。

"很有魅力。"

"我是说,你今晚一个人住这里吗?"

詹姆斯的眉毛一扬,玛丽决定不能削弱自己的信心。这么直

---

① 法国北部的海港城市。

截了当地问话不是她一贯的做法,但不知怎么,她觉得很适合。她什么时候能再次拥有这样的机会?到了周一,这个人将会回到爱尔兰海的另一边工作。

"是的。我一个人。"

"也许我们可以去你房间看看。"玛丽知道,必须是她先采取行动。

在接待处值班的是上夜班的搬运工,他睡着之后偶尔发出的打呼声会打断旋转门那轻微的嗡嗡声。等电梯的时候,詹姆斯把手搭在玛丽的后腰上。电梯门打开时,他手上的力度稍稍加大,引着她走进电梯。然后两人站在那里,她的背靠在他的胸前,他们的倒影在金属嵌板上晃动、扭曲。

电梯缓慢地移动,玛丽想知道他会不会在此时此地亲吻她,会不会做出像在电影或者是《时尚》①杂志读者来信栏目里那样的行为——女性只要投稿坦白自己的各种奇怪性癖好,就能得到五十英镑的报酬。但是并没有。玛丽从来不知道沉默可以如此令人沮丧。

他住在第五层,她知道那是"高档楼层",楼道的尽头有更加宽敞的房间和豪华套房。通常是为蜜月准备的,玛丽想着,因为期待而打了个寒战。快到达他的房间前,詹姆斯突然停住脚步,从胸前的口袋里抽出房卡。房卡只刷了一次,门就打开了,他走到黑暗中,等待灯光亮起来。

玛丽跟在他后面,用臀部把门顶上。她继续往房间里走,但

---

① 《时尚》(*Cosmopolitan*),全球著名的、主要针对女性读者的时尚类杂志。

吉姆的双唇已经贴上了她的颈部。他一边吻着她的皮肤，一边用手摸索着找到她裙子的腰带，抽出塞在里面的衬衫，熟练地将之从她头上脱下来，一气呵成。他解开了她的内衣搭扣，她垂下双臂，等待内衣从前面滑落。玛丽突然意识到自己应该把丝袜脱掉，但在她弄清楚怎样操作之前（因为詹姆斯的身体紧紧地压在她身上），他弯下腰，为她把丝袜褪到了脚踝处，这样她就能一脚把它们踢去一边。他把她抱起来，放到床上。

玛丽看着詹姆斯脱掉了衣服。他没有直视她，她想，这样事情就容易多了，她无须检查自己的表情，也无须想象自己正在农业展览会上评估一个获奖标本。不过，这并不代表她没有注意到他的体型——锁骨往下一英寸是胸毛，他肚子底部的两行线条组成了 V 字形，似乎是房间的阴影雕刻出来的。

他上床之后，把身子弓在玛丽的身体上方，用指尖上的老茧滑过她的乳头，然后在她的大腿上来回摩挲，玛丽突然想到自己以前可能见过他。他没说这是他第一次来贝尔法斯特。她会不会在酒店里见过他？也许是在掩藏于城市深处的一个酒吧里？

她从不过分探索各种可能性。他的头埋在她两腿之间，她的手指插在他的发丝之中，臀部下面垫着一个枕头，这一次她的大脑一片空白。

高潮过后，玛丽的身体不住地颤抖，当詹姆斯把头靠在她的胸前，耳朵紧贴在发红的皮肤上时，两人就像双人飞机上的两个螺旋桨，一同战栗了起来。

玛丽用手指勾勒着他左眉间的缺口。她怎么会觉得一个人如此熟悉，同时又如此陌生？

她感觉自己正在坠落。

第三章

2018

在超市工作了七年之后，玛丽本该把工作做得很好了——早上，她的任务是给货架上货，如果有需要，还得重新整理一下没摆对位置的货品；下午，她要去收银台前给顾客购买的物品过机，一直到下班——但今天的工作行程让她筋疲力尽，玛丽的神经也因此疲惫不堪。

她卸卷心菜时发生了意外，因为没留意纸箱的容量，直到卷心菜滚到脚边时，才意识到它们已经满到从箱子里溢了出来。后来又有一次，在玛丽意识到顾客伸出会员卡是要刷卡之前，她拿着卡的手在空中僵了足有一分钟。最后，那女人咳嗽了一声，玛丽猛地回过神来，像往常一样深表歉意，尽管这并没能让排队的人相信她神志正常。

后来，经理珍妮特假装需要玛丽去仓库，让她离开了收银台。玛丽一站起来就开始摇摇晃晃。她在不吃不睡的情况下度过了一天中的大部分时间，但她大脑齿轮的混乱迹象仍然没有减轻。她还在不停地回想着昨晚断断续续的对话，痛苦侵蚀着她对吉姆那温暖而熟悉的声音的每一个记忆。

"你怎么了？"她们找到一个无人角落，边上是塞得满满的冰柜，珍妮特迫不及待地小声问道。

玛丽的脚边放着一袋被人遗忘的豌豆，看上去有点凄惨。她用鞋子轻轻推了一下那湿漉漉的包装，摆弄着她的徽章。"需要帮忙请找我！"徽章上上下颠倒的字母已经开始摇晃了。

"玛丽，拜托，你得告诉我。我想让你轻松点，但你得对我敞开心扉，否则情况就很困难了，你知道……"珍妮特抬起双手，指了指她们的四周。

玛丽知道她的意思。看过她守夜的任何一位高管都会对她产生质疑，但珍妮特是他们让她留在这里的原因。显然，高管们觉得，无论是工作时间还是私人时间，她应该一直代表超市。她不知道，人们会如此关注给他们的日用品打包的工作人员的品行。

"我知道……我知道，"玛丽喃喃地说道，"他打电话来了，就在昨晚。"这句话脱口而出，一切突然显得无比真实。这是玛丽所希望和梦想的一切，但她无法摆脱一种感觉，那就是他肯定是深陷危机才来向她求助的。一想到他受伤了，而她却没能在他身边安慰，她的心都要碎了。

"玛丽……"

珍妮特不需要玛丽告诉她那是谁，到最后总是和他相关。她捋了捋耳后那一撮让人瞠目的亮红色头发。现在染发剂正在打折。

"这太奇怪了，我知道。这么长时间以来，我什么动静也没听到——一个字也没有，也没有明信片或是信——现在却来了这通电话？"玛丽抬起头，察觉到珍妮特眼中的怀疑，"我知道你觉得我疯了。也许我是疯了。反正大多数时候我都觉得自己要疯了，但接电话的时候并没有……我再次听到他声音的时候并没有。珍妮特,说实话,就是他。我知道的。他说我是他的避风港。吉姆总是这么说我。"

玛丽的声音有点颤抖,珍妮特凑过去抱住她。就像其他人一样,珍妮特对吉姆的情况一无所知——他去了哪里,他失踪的情况——但任何长了眼睛的人都能看得出这给玛丽带来了多大的伤害。

"我只想知道他是否安然无恙,没有陷入任何麻烦之中或者……如果他需要我怎么办?我不能忍受……"

"好吧。你自己先别乱了阵脚。让我们从头说起,好吗?"

玛丽试图止住自己的哭声。

"你怎么知道是他?他自己说了是吗?"珍妮特压低嗓音,就好像她是在对一个被噩梦惊醒的孩子说话,那孩子除了轻声细语以外什么都听不进去。

"那是他的声音。他还说很想念我,才来联系我,因为他说我一直都在他身边,我是永远不会放弃他的人。"

"电话打到家里了吗?"

"不,是'夜间热线'。所以他肯定知道我在那里——或者是发现了我在。也许他就在附近,看到我在那儿,或者……我不知道为什么,但我知道。这里。"玛丽猛烈地捶打着自己的胸口,珍妮特担心她的胸口会留下瘀痕。

她抓住玛丽的手,用双手握住它们。"好的,没关系。"珍妮特从口袋里掏出一张皱巴巴的纸巾递给玛丽,"你看,亲爱的,我不知道该怎么说才好。我一直都知道你的头脑很清醒,所以我不会怀疑这一点的。我们明天再谈,但现在我觉得你还是回家吧。

我可以给你签个病假条——这很容易。回家吧,好好休息一下。今晚就待在家里,好吗?"

玛丽选择不去回答这个问题,用指关节压住双眼,不让眼泪掉下来。

"谢谢。对此我感到很抱歉。"

"别担心——不然要朋友干什么呢,对吧?"珍妮特捏了捏玛丽的肩膀,"现在,我得回去工作了。你偷偷溜走。还有,呃……别跟别人提起这件事,好吗?我可不想引起骚乱!如果有人问起,就说是偏头痛。那些讨厌的混蛋。"

玛丽尽量减少待在自己公寓里的时间。从面积上看,这是一个大开间,是她的工资所能负担范围内的最佳选择了。公寓里有一个厨房兼客厅、一间单人卧室和一个浴室,浴室里有这个世界上声音最大的排气扇。考虑到她没有多少私人物品,这房子很符合她的需求,但她时不时会看着租来的灰色地毯、破损的纹理墙纸,好奇自己为什么会在四十岁的时候独自一人,沦落至此,明明三十岁的自己看上去还充满希望。

自从吉姆离开后,玛丽知道她要为自己的孤独负责。妈妈偶尔会打电话来问问她过得怎样,但玛丽总是保持轻松愉快的语气,找尽各种借口不让她来看自己。她的三个弟弟(她和他们三人都不怎么亲近)现在都有了自己的孩子;就连她在贝尔法斯特最早的朋友——前派对女郎莫伊拉——都已经结婚生子。这是一个不联系的好借口,但在内心深处,玛丽知道肯定是因为她最后回复的那条奇怪短信。

玛丽在伦敦有一些熟人——"夜间热线"的志愿者和珍妮

特——但她和他们只是经常见面的关系。不是说没人邀请她去参加聚会,但玛丽总是会拒绝。毕竟大多数聚会都是在晚上举行,而每个人都知道她晚上要去车站。起初,他们会设法说服她少去一天,珍妮特的态度尤其强烈,她想要玛丽完全放弃那块告示牌。

一开始,玛丽的防备心很重。珍妮特以为自己是谁,凭什么能决定玛丽怎么处理痛失爱人的情绪?但她逐渐意识到,珍妮特的热心出自对她的关心。有一次,玛丽几乎就要向珍妮特袒露自己守夜的原因。在她的脑海里,这些想法一直很清晰,那是一个支撑着她——在吉姆不在身边的世界里——生存的框架:**因为我需要做点什么;因为我保证过,无论如何,我永远是他的避风港;因为如果没有耐心,爱就什么都不是**。但她的喉咙紧接着就哽住了,只是喃喃地重复着她经常用于回避问题的答案:**我们都得把日子过下去**。

此刻,玛丽砰的一声关上前门,径直走向浴室,往她肿胀的脸上泼水。看向镜子时,她几乎认不出自己——那个以前在周五晚上回头率很高的女孩;那个在吉姆人生轨道上拦住他,偷走他的心,让他走上全新生活道路的女孩。他总叫玛丽"美人"。但夸别人美丽是一回事,让别人能感受到自己的美是另一回事。每当吉姆帮她扣好裙子,手指在附近逗留、摩挲的时候,每当他用梳子理顺她脑袋后面缠结成团的头发的时候,她都会对自己生出更多的自信。

一想到他顺着她的颈背滑下去的手,她就渴望得生疼。她跌跌撞撞地走进走廊,想重新把包拿起来,但匆忙中她撞到了摇摇晃晃的柜子。里面的东西都倒在地上,其中有吉姆写给她的每一张字条,都装在一个鞋盒里。多年以来,尽管她开合时总会小心翼翼,但鞋盒的边角已经磨得很薄了。

玛丽跪在地上。倘若有那么一个时刻要跌倒在记忆的大道上，那也肯定不能是此刻。吉姆打来了电话，在她知道那是什么意思之前，她必须加倍警觉。事实上，她现在应该已经要举着告示牌去车站了。如果他已经出现在车站了呢？就像过去的日子一样，在漫长的值班结束之后，期待着玛丽在售票口等他？现在的机会肯定比以往任何时候都要大。如果自己不是第一个见到他，第一个拥抱他的人……玛丽不敢想。

她把掉在地上的纪念品堆在一起，她颤抖的手指触碰到的大多数都是明信片和薄字条。之前无论去哪里，不管是英国境内还是更远的地方，吉姆都会选上一张明信片，在归途中玛丽打盹儿的时候把它们写好，然后放在家里，等她去发现。有"巨人堤道"①的明信片；每一个伦敦的旅游景点；还有一张是去新加坡开会时的，另一张来自华盛顿。她把放在最上面的明信片翻转过来。似乎是巴西：

我看到了科帕卡巴纳！面包山！还有会议中心（和听起来一样无聊）。简而言之，我已经游遍了半个世界，但除了你的身边，我哪里都不想去。

永远是你的，
吉姆ＸＸＸ②

---

① 由四万多根玄武岩柱组成，是古代火山喷发的结果，高耸于爱尔兰北海岸边，形如栈道之石壁。
② 英国人习惯将"X"放在名字后面表示"亲吻"的意思。这种用法不限于恋人之间，亲人、朋友也会用这种方式表示亲密。

上面的内容玛丽已经熟记于心。刚开始的那些日子里，当她因为想念吉姆而无法入睡时，她就会来这里，轮流阅读每一张明信片，仿佛把它们串在一起，就能编成一个与快乐时光相关的睡前故事，可以哄她入睡。近年来，她对自己要求更加严格。她尽量每周只看鞋盒一次，只有在她害怕自己忘记吉姆的措辞时，才打开鞋盒看看明信片。

"你在哪里，吉姆？"她呢喃着，用手指抚摸着他的签名。

她不知道自己一动不动地在那里待了多久，一想到自己握过他那温暖的手，想到他睡过的地方落下的发丝，想到当她找到他藏起来的书信时他羞涩地微笑和眨眼的样子，就感到痛苦不堪。最后她把明信片拿到嘴边，在双手拒绝松开之前把它放下了。可以晚点再收拾。她走出家门，背包伴随着新出现的紧急事件，上下晃动。

七年以来，玛丽的惯例从未中断过。她祈求能收到一张明信片、一条短信、一封匿名邮件——任何能表明吉姆是安全的内容都行。但是什么都没有。电话似乎是奢望，况且吉姆本就不喜欢打电话，更何况他还极度注重隐私。因此，现在他以一种如此直白的方式来找她……那是在求救，不是吗？肯定是的。玛丽把眼睛闭上了一秒钟，试图驱散昨晚的电话带来的一点点希望——那可能意味着吉姆会回家。如果你要得太多，什么都不会实现的。

在看到车站之前，她就听到了嘈杂的声音。事实上，当她看到亮蓝色的车站正面时，一大堆汗流浃背的上班族正挤在门厅里，什么也看不清。地铁肯定出了什么问题，因为似乎没人能通过检票口，还有几个急匆匆的人拿着手机，试图拍下混乱场面的视频，向亲人或领导解释他们为什么会迟到。

她真的不需要这样的场面，尤其是今天。玛丽看不到人海的另一头，又怎么会有人能看到她呢？如果吉姆到了……好吧，至少他会知道她尝试过了，玛丽一边想，一边匆匆穿过马路。是时候加入"战斗"中去了。

不出所料，没有人愿意被一个肩膀宽大、嘴里嘟囔着"对不起"的女人挤到一边。玛丽已经习惯了人们对她发出的一些刻薄批评，就因为她敢于在车站人流这种严酷的混战中坚守自己的场地。但今天的情况尤其糟糕，至少对她来说是——拳头和手指戳到她身上，咒骂以及咄咄逼人的推搡接踵而来。可她不会退缩，尤其是在如此紧要的关头。经过一番努力，她来到了自己的位置。她擦擦额头上的汗珠，深吸了几口气。她仍然被困在人群之中，从前她不觉得自己有幽闭恐惧症，可现在她对此不大确定了。

突然间出现了一阵骚动，挤在玛丽两侧的人们蜂拥向前。她回过头，想弄清楚发生了什么。看起来好像是有一列火车刚刚开了门，但检票口却仍然关着。白痴！这群人根本上不去车，为什么现在开门？这样做只会引起踩踏。

玛丽告诉自己不要理会那片混乱，专注于手头的任务。可是要怎么专注？所有这些人都在往她身上撞，从包里把告示牌取出来都要费很大的劲。她能感觉到汗水汇聚在腋下和发际线上。更糟的是，她的手指湿漉漉的，告示牌不住地往下滑。她不能让它掉下来。它会被所有不耐烦、没感情的脚踩碎……

她将指甲抠进告示牌里——弄破总比弄丢好。幸运的是，她保住了告示牌，她用颤抖的二头肌把它举到平常的位置。尽管举着告示牌的时候，她已经努力把胳膊夹紧在身体两侧，人们还是觉得她占据了太多的空间。"老天爷啊!"一个人低声说,"也太不是时候了,对吧?"一名西装男离玛丽的脸很近,她能感觉到他的唾液溅在她绯红的脸颊上,他喊道:"到一边儿去!"

玛丽也有一点想这么做——立刻让开,回到她的公寓,远离可怕的人群。这里的拥挤、闷热、噪声让人难以承受。无法承受。但她又想起昨晚电话里的吉姆。你从未放弃过我。是的,她现在也不打算放弃。正当玛丽挺直脊梁时,一只胳膊肘顶在了她的肋骨上,把她的痛苦变成了愤怒。她从告示牌上挪出一只手,抓住那个撞到她的手臂。

"看在上帝的分上,你他妈的能不能给我点呼吸的空间!"

玛丽的声音是她平常音量的三倍,这使整个大厅安静了下来。但她并没有意识到这一点,因为她的耳边在鸣叫,整个大厅在旋转,她眼前闪烁着的白光散布在手机相机的红色小镜头上,人们把这一切都拍了下来。

就这样,玛丽·奥康纳成了网络红人。

第四章

2005

玛丽把裸露的双腿甩到一侧,扫掉牛仔裙上的一根线头,她早上在做最新的布艺地图,进展并不那么顺利。在长凳的右边,有四罐啤酒和一大包薯片。对于第二次约会,这些是不是有点拿不出手?在看似随意和不小心破坏浪漫之间有一条微妙的线。当时,玛丽突然在超市里紧张了起来——哪种酒需要开瓶器——然后她一把抓住了出现在眼前的第一件物品。现在她只能面对自己的选择——詹姆斯在从机场过来的出租车上,她没时间回去退掉买的饮料了。

第二次约会——这才是真正的压力所在,玛丽的神经都紧张起来了。那夜之后的第二天早上也有些压力(没有替换的衣服,也没有可以用来梳洗的东西),但就在两个周末前,在詹姆斯急着赶飞机之前,一切都显得那么自然。他问她要了电话号码,和她吻别。然后,她还没走出他的酒店房间,就收到他发来的一条短信。**我是认真的,我想尽快见到你——吉姆 X**。

一天后,他打来电话,没花什么时间寒暄,就告诉她,他已经订了一张飞往贝尔法斯特的机票，就在周六：**我说过会尽快的，不是吗——如果你有空的话？别让我求你，玛丽。关于你，我还有很多想要弄清楚的。**一听到他的声音，玛丽就感到浑身酥软。她告诉自己要控制住，没有什么比无法控制自己的情绪更能让男人却步的了。**我应该有空**，她回答道，随即挂断了电话，对着枕头尖叫起来。

莫伊拉很高兴能替玛丽值班，尽管她像猎犬一样，嗅出了玛丽语气中的兴奋。她试图对这件事轻描淡写，但莫伊拉看上去还是吓得要摔倒似的——"你，和男人在一起？你还好吗？"就好像玛丽还需要别人进一步提醒，她已经跳过自由自在、无忧无虑的岁月，快进到中年了似的。

兴奋的背后还有一丝罪恶感。自从五年前，他们在爸爸的肺里发现了肿瘤，而他不得不停止工作以来，玛丽离开家超过一个小时就会觉得恐惧。万一出了什么事，她又不在该怎么办？她想都不敢想。但詹姆斯只会在这里待两天，而她也不会离家太远。玛丽永远不会忘记她的责任——作为女儿、姐姐、朋友——但在很长一段时间里，她头一次开始希望在这些责任之外，自己也能找到一种生活。

"眼前的情景真让人高兴。"

玛丽的心突然抖动了一下。她没想到他这么快就能到这儿来，但他确实已经到了。在夏日的阳光下，皮质的手提袋甩在肩上，还像她记忆中一样英俊。他把手提袋丢在她脚边，玛丽站起来吻他——一个测试他们之间的火花是否依然存在的机会。

詹姆斯无比放松地靠了过来。他的下唇干得裂开了，玛丽发现自己的嘴唇正落在他嘴唇的裂纹上。她用手摸了摸他颈后的鬓发，把他拉近自己，接着闻到了他身上的味道——烟熏的味道，还有一丝松香。这味道令人陶醉。他的舌头拂过她的。玛丽能感觉到他们之间的化学反应，一种极其不适合公众场合的激烈反应，这让她飘飘然起来，飘出公园，飘离自己。

她抽身出来。"那么，欢迎来到维多利亚公园。"

詹姆斯完全没有留意周遭的景色，他坐在长凳的另一头，一只胳膊搭在靠背上，这样他就可以正对着玛丽。"你看起来美极了。"

"哦，是的，呃……谢谢。"玛丽从来就不太知道如何回应别人的恭维。她选择了一件祖母绿的短袖丝绸衬衫，脖子上有褶边，这是她拥有的最女性化的衣服。领口过于暴露，不适合工作时候穿，但它最终似乎还是找到了欣赏它的观众。"你过得怎么样？"

"很忙，像往常一样。耳朵、鼻子和喉咙每天都在抱怨。"

玛丽想开口询问更多关于他职业生活的情况，但被詹姆斯打断了。

"工作是人们最不愿意谈论的事情。"他挑了挑眉毛，玛丽祈祷他不要讨论她上个周末的表现，"告诉我，你想做什么。"

"什么？"

"终极目标。你在上班的时候，梦想着自己能做的事。我总觉得这很能说明问题。"

"我不知道。"

从来没有人问过玛丽这个问题。詹姆斯仿佛可以看穿她的内心——她在洒了鸡肉晚餐的那天就感受到了这一点，此刻这种感觉更加强烈。也许他知道，与刚才的回答相反，她其实有答案。但她从未向任何人提起过。发生了那么多的事情，这个答案似乎从未有太大的意义,也无关紧要。但自从父亲确诊后,玛丽第一次感觉到自己可以在詹姆斯面前展望未来。他问是因为他想知道,他在乎她对未来的想法。

"你肯定知道的。拜托,不然你怎么会脸红?"

玛丽深吸了一口气,轻轻地转过身来,这样,在他做出反应的时候,她就不用正视他了。

"我想成为一名艺术家,一个布艺艺术家。我制作这种地图。"玛丽从口袋里掏出手机。她打开相册,找到了好多她从未给任何人看过的照片。既然已经说出来了,她觉得自己需要一些东西来证明这不是一时的心血来潮。

有那么一两分钟,詹姆斯一句话也没说。玛丽看着他浏览着模糊的照片集。由于没有专业的相机,她不得不将就着使用三星手机自带的低分辨率相机。

"玛丽,这些太棒了。你会接订单吗?"

"不太会。我只是把它们当作礼物。送给家人——没有其他人了。"

"你可以用这个赚钱。一大笔钱,把它们卖给合适的人。你自己做生意吧,别人的推荐会源源不断地涌来……"

"嘿,我觉得你有点忘乎所以了。"

"我不会强迫你的——靠过来。"

"什么?"

"过来。现在我拿到了你的手机,我敢保证,你会想要一张我俩的合照。把照片打印出来,贴在你的墙上……"

"旁边贴满爱心,肯定是。"

詹姆斯得意地笑了起来。"到这边来。"他用胳膊搂着她的腰,相机闪了一下。在过于习惯他的手靠近自己的腰线之前,玛丽赶紧摆脱了他的拥抱。

"这么快就移开了?"他的脸离她不过十几厘米。

"在你惹是生非之前。"

詹姆斯舔了舔下唇。"扫兴鬼,"他亲了一下她的脸蛋,"所以地图是终极计划——但是你为什么会在酒店工作呢?"

"我一直在酒店工作。"玛丽尝试着耸了耸肩,想要显得自己不是认了命,而是不在意。这并不是多么鼓舞人心的事,不是吗?一份为别人安排活动并善后的工作。"我十六岁开始在酒店做兼职,离开学校后就全职在那儿工作。"

"终生职业?"

"差不多。"

玛丽本以为自己会被人评头论足。毕竟,詹姆斯出身于有钱人家,不需要看学位也能猜出这一点。跟那些真正的有钱人比,也许他还没有那么富有,但这仍然足以让人觉得他来自一个完全不同的世界。他说的是完全不同的语言。对玛丽来说,这意味着不用担心薪水是否能坚持到月底,或者担心一次意外的开支是否会让全家陷入困境。她本来想因为詹姆斯相对更有钱而怨恨他——因为这给了他更多的自由——但不知怎的,她没办法做到。

"我爸爸病了。"她补充道。

"我很抱歉。"

她不知道自己为什么会脱口而出。但这句话说出口后,听起来很奇怪。

"不,很抱歉,我不知道自己为什么要这么说,但我不想让你可怜。"

"别担心——我没有。你太坚强了,我可没法可怜你。"

玛丽翘起嘴角微微一笑。

"如果你愿意的话,可以跟我说说。但如果你不想聊这个,我们可以谈点别的,比如你要给我做的地图。"

就这样,玛丽敞开了心扉。她喜欢詹姆斯不会打断她,能够让她袒露伤心,诉说她一直以来不敢对自己承认的事实——她是如何爱着她的家人,但有时又觉得自己被困在家里,和三个吵闹的弟弟在一起。与此同时,她最好的年华一去不复返,还有她如何无法忍受失去爸爸的生活。但她不知道这种照顾病人的压力,妈妈还能承受多久……玛丽哭泣的时候,并不担心她的表情有多丑,也不担心她的妆都花了。她接受了詹姆斯递给她的纸巾,以及他为她提供的倾诉空间。

"有你在,他真幸运。他们都很幸运。"

一群十几岁的孩子飞快地走过,他们的面孔都被连帽衫遮住了,其中一个孩子还拿了个音响。除了纽敦纳兹的慈善商店以外,玛丽已经好多年没见过这种音响了。喧闹声平息后,玛丽恢复了平静。她又给了詹姆斯一罐淡啤酒,他的第三罐。这样,她就不用喝下那些啤酒而让自己出洋相了。

"那么,你呢——有什么宏大的计划?现在你已经知道我的了。"她问道。

"恐怕我没有什么宏大计划。"

"胡说!"

詹姆斯抬起头来,明显感到惊讶。这种刚烈一直是玛丽性格中的一部分,但她一生中的大部分时间都在压抑这一点,试图让其他人开心。詹姆斯有能力挖掘出她个性中尖锐的一面。她很享受这种发泄的机会。

"千真万确,警官!我不是在开玩笑。至少没有什么好计划,不像你的地图。"

"什么计划都没有?"

"我不想做现在正在做的事——这一点我很清楚。"

"当医生?"

詹姆斯点点头。"这并不容易,但事实就是如此——我喜欢帮助别人。但大部分时间,这份工作并非如此。它由一团混乱、文书工作和痛苦构成。但我觉得我还是不会放弃这份工作,我已经三十六岁了,这可不是转行的时机。"

玛丽一直想知道詹姆斯多大了,但还没有找到一个礼貌的方式来获取这个信息。所以,他比她大九岁——这不是问题。她总觉得自己比实际年龄大,举止也比本来的年纪更成熟。这是否意味着詹姆斯想结束他的单身生活,或者她应该担心他为什么还没结婚?她决定在这个时候还是不要问的好。

"你不喜欢伦敦?"

"从来也没喜欢过,"詹姆斯耸了耸肩回答道,"但我父母都在那里,我的工作也在伦敦。如果可以的话,我想在某个地方的田野里——养几条大狗和几只羊,我会很高兴。你认为我适合吗?"玛丽还没来得及回答,詹姆斯就装出一副西部口音(她猜),"农民吉姆。"

这个想法太滑稽了——坐在她面前的男人穿着熨得非常平整的衬衫和夹克,同农民的形象沾不上边儿——玛丽忍不住笑了起来。

"冷静点——真有那么蠢吗?"

"挺蠢的,吉姆。"

玛丽探身过去,急切地想要再吻他一次。她从来都不知道,分享彼此的脆弱可以点燃火花——至少不知道会达到这种程度。她突然想到,她要带他去一个地方,现在就去,趁这种亲密感还没消失的时候。

"我们离开这里吧。"

天还没黑,但八月的空气里已经有了一丝寒意。他们走到公园门口时,玛丽在发抖。她知道自己应该穿一件比薄纱罩衫更厚的衣服,尤其是他们还要去拉甘河的话。

"你穿得够暖和吗?"吉姆用一只胳膊搂住了玛丽的上臂,毫无疑问地摸到了她的鸡皮疙瘩。"等一下,"他拉住她停下来,"你都冻僵了——你应该说出来的。"他解开搭在肩上的夹克袖子,走到玛丽身后,等着她把双臂伸进夹克里。衣服胸前的口袋里有个又方又硬的东西——一个小酒瓶,或者可能是一盒别的什么东西。"很适合你。"

玛丽领着他离开了熙熙攘攘的海滨礼堂,来到新楼房逐渐消失的地方,河边一片寂静。等他们离城市的其他地方足够远的时候,她穿过了防止醉酒行人掉进水里的金属护栏。人行道上嵌着一个用燧石碎片拼成的小十字架,它在黄昏粉红色的微光中闪烁着——这是她一个人在那里花了好几个小时的成果。

这是一个玛丽从未与任何人分享过的地方。莫伊拉和妈妈都没有。在和迪安那十八个月的糟糕关系中当然也没有。他会用他不间断的聊天淹没海浪的声音,而他聊的不过是一只穿着彪马鞋的海鸥,还有他在加油站换班前从卡车后面捡到的什么连帽衫。不。这是一个只属于她的地方。当这个世界充斥着它的需求、它的坚持和它的束缚时,这是可以供她思考和做梦的地方。

玛丽决定不去思考邀请吉姆来这里的意义。她只知道这种感觉很对,自打她遇见他的那一刻起,相信直觉就给她带来了很好的回报。

她背对着城市坐着,脚踝悬在距离水面六英尺的地方,示意吉姆也像她一样。他挤到玛丽身边,这样他们就可以肩并着肩。即使是最轻的碰触,也还是穿透了她。她转过身去吻他,本打算轻轻一啄的吻,变得越来越深、越来越激烈,直到她不得不在他们破坏公共秩序之前抽身。谁知道他们吻了有多久,有人看见他们这样吗?如果被邻居或同事撞见,她会害羞死的。

他伸出一只胳膊搂住玛丽的腰。"你这地方真不错,而且你的同伴也不赖。"

"你嘴巴也太甜了。"

"只是对你。"

"我很难相信。"

"为什么?"

他应该明白她的意思。"你肯定也这样对其他女孩。"

"哪些其他女孩?"

"当然是你在伦敦的那些女孩。"

"啊——是啊。我希望这个周末有人投喂她们。"

"你知道我说的是什么。"

"我知道我只看上了一个女人。"

玛丽屏住呼吸。

"那么,你什么时候过来呢?"吉姆问道。

"去伦敦?"

"不然还有哪里?"

玛丽避开了他的目光。有什么可说的?即使她存好几个月的钱,也负担不起。而且,家里需要那笔钱。她突然意识到这一切都是一场梦——一个愚蠢而幸福的梦,一个持续了两周的梦。它让她充实,但最终也会离她而去,就像每一个来酒店的客人或是任何一个在她心里扎根的人一样。

"那么就两个星期之后吧。我来订票。"

玛丽转过身,开口表示反对。

吉姆的吻落下来,淹没了她那些反对的话语,让它们漂向了大海深处。

第五章

2005

  第二天早上,直到清洁工敲门,玛丽和吉姆才醒过来。玛丽的眼前是角落里的橡木书桌,扔在桌面上的手提包,她又低头看了一眼盖在胸前的浆洗过的白色床单。不是她家里的床,这毫无疑问。在玛丽家之外的地方很难找到这么厚的羽绒被。**斯托蒙特酒店。他们的第二次约会。**

  玛丽不该对他们再次在酒店醒来这件事感到惊讶。在拉甘河畔的时候,他俩就像十几岁的少年一样。他把手伸到她的胸前,她的手……好吧,这可不是应该在周日早上想的事情,何况还是安息日。玛丽简直不敢相信这是自己,在公众场合表现得如此……如此放肆。尽管看到其他人在公众场合亲热,她可能会嗤之以鼻,但在吉姆身边,她似乎无法控制自己。她认识他才三个星期,只见过两次,但她已经感觉到,她对自己的了解——对这个世界的了解——都在改变。

  又传来了敲门声,这次声音更大。

  "糟了!"

"怎么了？"吉姆趴在床上，勉强抬起头，离开被压扁的枕头。

又响起了一阵敲门声，伴随着一声咳嗽和一句玛丽无论如何也没听明白的话。她在翻找自己的衬衫，或者是他的衬衫——只要能挽回面子，避免她的同事在收拾这个房间时意外撞见她没穿衣服的样子，什么衣服都行。然而，身边什么也没有。她看到自己的蕾丝胸罩在窗帘栏杆上晃来晃去——挂得太高了，连她都够不着。他们昨天到底做了些什么？她放弃了，爬上床，把被单拉到头顶。

"没事，别管它。"吉姆跌跌撞撞地下了床，把腿塞进扔在办公椅上的裤子里，把门打开，"晚点退房要多少钱？"

玛丽听不清回答，但她知道额外的费用很高。这才是酒店真正赚钱的地方，从那些懒得遵守规则的人身上赚钱。她都不记得自己躺了这么长时间。

"那我在楼下把账单准备好。谢谢两位，你们帮了我很大的忙。"

她完全可以想象他对他们微笑的样子，以及这种微笑所产生的效果。

吉姆关上门，回到床上。他把被单从玛丽身上扯了下来，一只手放在她大腿内侧。

"我让你丢人了，是吗？"

"应该说，丢人的是我们现在还光溜溜地躺在床上。"玛丽试着不去理会在她皮肤上游走的手指。可是，詹姆斯怎么在这个时候还这么精力充沛？他在公园里喝了几罐啤酒，晚餐吃炸鱼薯条的时候又喝了几杯。她多希望自己在宿醉的时候也能如此清醒。

"晚退房很贵的。"

"我来。"

"每次都是你。"

"这是在抱怨吗?你知道我对这方面的事情是很认真的。"吉姆噘起嘴唇,装出一副一本正经的样子。

玛丽希望他在病人面前能够演得更像一些。

"我也应该付一部分。为这个……房间。"

由于缺勤,她的手头会比平常更紧,但她总能想出什么办法来的。如果有必要的话,她可以增加一些透支的额度。

"好的。我很感激。但是,就这一次,让我来吧?还有我们下个周末在伦敦的开支。还有,或者其他一些……"吉姆开始亲吻她发际线上那些乱糟糟的鬓发,一直亲到她的脖子和胸部。

这让玛丽感到不太舒服,或者更确切地说,这通常来说会让她感到不舒服。但不知怎的,和吉姆在一起,从来没有那种要承担责任的压力。他没有这种感觉,她也没有。

吉姆用舌头舔着她的乳头,用牙齿轻咬着。也许晚退房还是物有所值的。

玛丽给莫伊拉发了条短信,看看周日早上的贝尔法斯特有什么有趣的活动。从詹姆斯昨晚吃鱼和薯条时津津有味的样子来看,玛丽觉得他是个吃货。等他办完退房手续后,她决定在他乘飞机回家之前,带他去圣乔治市场打发剩下的几个小时。

昨天的激情一夜让吉姆胃口大开。他几乎把小吃摊上的小吃都点了一遍——就连他那么大的手也都快拿不下了——他用叉子喂玛丽吃了每一种面包、每一种蛋糕以及盒子里的食物,直到她开始怀疑，他是不是莫伊拉在杂志上读到的那种通过喂饱女人来让自己兴奋的男人。玛丽觉得，这也无伤大雅。

他俩并排坐在两张长长的野餐椅上，周围都是正在吃早午餐的当地人。玛丽惊讶地发现，和吉姆一起坐在这个她已经来过上百次的地方，让她感觉自己正在通过全新的视角观看这一切。屋顶的瓦片和鹅卵石成了新的焦点。吵吵嚷嚷的小贩在画面中越发清晰。相比之下，吉姆的陪伴让玛丽觉得眩晕，而且她确定这种感觉是相互的。有史以来第一次，她觉得自己好像放下了焦虑、期待和义务。她总算感受到，自己还活着。

他们边走边聊，好像什么都聊了，又似乎什么都没说。玛丽有数不尽的问题想要问吉姆，可是连十分之一也没问出来。吉姆一个劲儿地问玛丽关于她的问题，即使是普普通通的答案，他都兴致十足。玛丽从不认为自己有什么特别之处，直到吉姆走进她的生活之中。他对她的兴趣是伪装不出来的。在吉姆看来，她有勇气、进取心和热情。玛丽和他相处的时间越长，也越能发现自己身上所具有的这些特质。

他们漫步到了旧造船厂，现在那里的大部分区域都已经被新施工的脚手架挡住了。阳光折射在船身上，让他俩都眯起了眼睛。

"泰坦尼克号就是在这附近建造的。"玛丽说。

"就在这附近……"吉姆把玛丽拉到身边，让她的背紧贴着他的胸膛。她不得不阻止自己去想象，在那件奇怪的无领衬衫下，他的身体是怎样的。衬衫很坚挺，可以叠起来熨。"这可真具体。"他把两只手的拇指和食指合成一个方形，在玛丽的左眼前摆出了一个取景器，"除了就在这附近以外，还有什么可以补充的吗？"

"一边儿去！"玛丽在他怀里扭动起来。

他的手搂着她的肩膀,她偷偷瞄了一眼他的手表。他很快就得走了。仅仅是想到这里,她就觉得心痛。

"问你一个特别重要的问题。"吉姆在她耳朵下面吻了一下。

就在被他触碰到的那一刻,玛丽知道,如果能让他们像现在这样,在阳光下多待一天,为此她花多少钱都愿意。

"你相信我会把救生艇上的最后一个位置给你吗?"

我相信,玛丽想着。是的,我相信。即便拿生命作赌注,她也相信。但他们也就约会了两次,如果按天数算的话,也不过只有三天。他还得再接再厉。

"我得再观察观察,"她回答道,"到最后你可能未必是那个对的人。"

第六章

2018

"你他妈的能不能给我点呼吸的空间!"

这句话传遍了拥挤的车站大厅。每个人都停了下来。每个人都盯着她看。就好像数百名愤怒的上班族集体吸了一口气,等待一个女人再次下令让他们把气吐出来。无论她是谁,毫无疑问,她都震慑住了这一群人。

要引起爱丽丝·基顿的注意可不容易,但这一嗓子的确起到了作用。她踮起脚尖,试图分辨声音的来源。那是一个女人的声音,有一丝爱尔兰口音的轻快,也很火爆。这火气从哪里来?愤怒?受伤?根据过往的经验,爱丽丝打赌两者都有。在这样一个公共场所里,喊出这么一句话……她一定很绝望。爱丽丝已经记不清上一次在通勤时间的伦敦公共交通上听到有人说话是什么时候了,更别提大喊大叫。

没用。爱丽丝和她之间只隔了一米多,可除了前面那个男人皱巴巴的衬衫,她什么也看不见。那个声音——那个女人——仍然是个谜。爱丽丝踮起的脚尖还没落到地面,不耐烦的乘客们就已经开始往前挤。她被他们挤到了检票口的方向,检票口终于开了,后方是等待的火车。

爱丽丝径直伸出右臂,就像骑自行车的人正试图粗鲁地打出行车信号。她不像其他人那样要通勤回家,她来这里是为了工作!她和车站经理约定碰面的时间已经过了。她越早见到尼尔,就能越早离开,然后可以像任何一个有自尊的二十六岁年轻人那样,度过自己的夜晚(趴在沙发上,手里端着一大杯葡萄酒),而不是去追另一篇空洞的文章。

尼尔·布鲁姆是车站最资深的员工,因此被选为本月"我的伊灵"专栏里的受访者,这个专栏是用来填补《伊灵号角报》尾页的。作为报社的初级记者,爱丽丝的工作是搜集、核对和撰写尼尔对于"最喜欢的遛狗地点"和"这一区最好的咖啡"这类问题的看法。

爱丽丝大学一毕业就加入了《伊灵号角报》。她在那里实习了一个月后,他们就给她提供了一个职位,她立刻接受了。每个人都知道,在新闻行业,入门级别的工作就像野生大熊猫一样——越来越稀有。但没过多久新鲜感就消失了。在她撰写过的文章里,最令人兴奋的是一篇关于当地妇女协会内斗的报道。几周前,当她把这一宝贵经验放在自己简历的最上方时,她又被新一轮的自我怀疑所折磨。如果她过去五年的职业生涯中最精彩的部分是调查一位七十来岁老人被盗的果酱配方,那么她的职业规划肯定出了问题。应该说是出了大问题。

但是,新闻工作者仍然是爱丽丝唯一想追求的职业,这个目标是她青少年时期的心愿。她想着,心里感到一阵悲伤。对于十四岁的爱丽丝来说,记者们有工具、手段和毅力去寻找真相。

在当局不能或不愿帮忙时,记者就会介入。在那些悬而未决的问题渐渐被遗忘的地方,写作的人可以拾起被抛在后面的线索。爱丽丝梦想着写一些重要的文章,希望自己的事业是有意义的。那么,她怎么会在这里,在前去采访世界上最平庸的当地名人的路上?

人群已经少了很多,爱丽丝可以清楚地看到车站的地板。人们在检票口进进出出,已经忘记了几分钟前发生的那一幕。**你他妈的能不能给我些呼吸的空间!**这些话还在爱丽丝的耳边回响,她摇了摇头,想在见到尼尔之前让自己的头脑清醒一下。她看到右边挡在伊灵百老汇站控制室的有机玻璃屏幕。尼尔现在应该在里面。

她现在也应该在控制室里,如果不是为了某件事,更确切地说是为了某个人。爱丽丝看向车站遥远的另一边。

一个女人摇摇晃晃地独自站在那里,就像是球道上剩下的最后一个保龄球瓶。

在爱丽丝看来,她毫无疑问就是那个几分钟前掌控了这个车站的女人。

她大约三十多岁——身材高挑,骨架很大,穿着黑色尼龙长裤和一件酒红色开衫,与黄色的马球衫很不相配。总的来说,看上去很普通。直到爱丽丝瞥见了她的脸——她真的一点也不普通。这个女人太美了,没人会有异议。她大大的绿眼睛和颧骨就像是杂志上走出来的人,她的唇色仿佛自带唇彩效果。

爱丽丝的目光落在那个女人的手上,她读到告示牌上写着:**回家吧,吉姆**。谁能想到这短短五个字竟能饱含着这般渴望,这般痛苦!爱丽丝的胸腔中产生了异动,她完全忘记了采访的事。她得跟这个女人说点什么,她必须这么做。是同情吧,是的。但这也超出了人类基本的善意，是一种熟悉的感觉。爱丽丝知道被抛弃的感受。

"你好。我就是想看看你还好吗？"

女人放下告示牌，转向那个声音。她们身高相差将近三十厘米，爱丽丝想象着自己的头皮正在受到特别的审视。她用手抚平自己的齐耳短发，然后用一根手指去检查两只眼睛下面的睫毛膏有没有流到脸颊上。

"呃……还好。嗯，不。我不知道我是怎么了。"

"也许我们应该找个地方坐坐……给你来杯喝的？"

爱丽丝看着控制室，里面没什么动静。就这么决定了——去他的采访！她明天会给尼尔发封邮件道歉，就说自己突然有急事。这也不完全算是说谎。

"不用了，真的，你继续忙你的吧。我没事。"这女人试图将告示牌再举高一两厘米，她的决心十分坚定，但她的二头肌在颤抖。

"我想请你喝杯东西。"

以她这种状态，爱丽丝不能把她一个人留在这里。她可能会晕倒，显然这里没有其他人会在乎她。

"我应该……"

这个女人的声音越来越小，似乎没有力气把话说完。爱丽丝的确很直接（这不是她第一次这么做了），但这就是她要让这个陌生人放弃自己立场所需要的力量。这个女人需要坐下来，这是显而易见的。

"我坚持，"爱丽丝看着那个女人痛苦的表情开始有所动摇，"你得照顾好自己，否则我就帮你照顾你自己了！"最后那句话本来是开玩笑的,但却让这女人的脸上闪过一丝痛苦的表情。爱丽丝把手掌放在她的前臂上:"就当是为了我,好吗?"

"好吧,"她终于叹了口气说道,"但不能太久。"

爱丽丝发出邀请时并没有多想。但她知道的咖啡厅现在都已经打烊了,这位举着告示牌的女士也不像是会喝酒的人。和之前暴怒的状态相反,她现在已经恢复了冷静。她已经将破坏了她完美面孔的几撮头发别了回去。爱丽丝不敢相信,需要闹成那样才能引起人们对她的注意,但话又说回来,人们总是沉浸在自己的世界里。

就像现在的爱丽丝,她正忙着审视她的同伴,没有意识到自己已经把她俩带去了最近的酒吧。她只能希望烈酒不会冒犯这个女人的脆弱。

"来吧,你要点什么?"爱丽丝问道。

现在是周中,人还不算太多,但仍有几位躲在角落或是挤在吧台凳子上的常客朝她们瞄了一眼。

"请给我一杯可乐。"女人拿出钱,爱丽丝立即拒绝了,"我去找个座位,外面可能有。"

爱丽丝买好饮料后,跟着她的同伴来到花园里。天气十分闷热,她先把盛有冰水的杯子从盘子上端了下来。"对了,我叫爱丽丝。"

"玛丽。"

"哦,很高兴认识你,玛丽。我很抱歉,呃……是在这样的情况下。"

爱丽丝想知道玛丽是否会上钩,对这一切做出解释。没那么幸运。玛丽转动着吸管,对着饮料点点头:"感谢你的饮料。"

"不用客气。你刚才做的事需要多喝点水。"

这一次是更直接的方式。爱丽丝没看见那个告示牌,想着玛丽肯定是在她不在的时候把它藏起来了。玛丽抿了一口饮料,注视着长凳上的木纹,一声不吭。

还是什么也没说。玛丽看起来像是难对付的人,但爱丽丝已经压抑不住自己爱打听的心了。

"刚才到底发生了什么?"

玛丽仍然目不转睛地盯着那张桌子。最后,她说道:"这一周很糟糕。"

"你想聊聊吗?"

爱丽丝并不指望对方能回答这个问题。她知道敞开心扉有多难,即使是在最恰当的时机,面对着最友善的人。无论她多么想让玛丽知道自己愿意陪着她,似乎都无法突破玛丽的心理防线。

爱丽丝灌了自己半杯酒,以为她们很快就会动身离开。玛丽突然回答时,她惊讶地呛了一口杜松子酒。

"昨晚我接到了一个电话,是吉姆打来的。"

爱丽丝过了一两秒钟才明白过来,盯着玛丽,而玛丽也正直视着她,看上去吓了一跳。爱丽丝觉得玛丽还没来得及阻止自己,那些话就脱口而出了。

"不。不,我没打算说的。别理会我,我不知道自己在想些什么……我不是那种会对陌生人随口吐露自己问题的人。我只是累了,而且心绪不宁,也许是你的好意让我这么做的。我知道你问我只是出于好意,我真的很感激,但你知道吗,"玛丽伸手拿起她的包,"我该走了。"

"告示牌上的吉姆?"

听到吉姆的名字被如此温柔地说出来,玛丽不由得停住了脚步。她点了点头,被泪水刺痛了双眼。

"嘿,拜托。那么着急干什么?"爱丽丝拍拍玛丽,让她重新坐下,"你可以跟我说说。有人分担,问题就减少了一半……或者,好吧,如果负担没有减半,至少你可以一吐为快。这可能会让你感觉好受一些。别担心我,我没有别的地方可去。"

"吉姆打电话来了。"玛丽平静地说道,好像在试探自己的信心。

爱丽丝和玛丽在一起的时间越长,就越想深入玛丽的内心。她十分引人注目,独一无二。

"我是说,我觉得是他。他听起来很害怕。或者……我不知道。也许因为来联系我而感到羞愧?这太难判断了,因为我们没说多久,线路就断了。"

"你给他回电话了吗?"

"没有,我没办法打回去。你看,他没打我的手机。他打到我工作的呼叫中心。'夜间热线'是一个危机呼叫中心——本地的。但所有人都是匿名的,所以你无法追踪打进来的电话,也无法回拨,或者……"玛丽的话一句连着一句,词尾乱成一团,呼吸十分急促。

"给你,没关系。喝点这个。"爱丽丝用她那涂得很漂亮的指甲敲了敲玛丽饮料里的吸管,用了一点力气把吸管转回来对着她。玛丽一大口喝光了半杯。

"抱歉。"

"别在意。"

"很奇怪，不是吗？"玛丽问道。

"听起来有点奇怪。"

"嗯……"玛丽开始撕左手拇指边缘的皮。看到那里的皮肤，爱丽丝尽量让自己不要表现出退缩的样子，因为那里的皮肤撕开了，瘢痕累累，布满了猩红色的血点。这是数年累积下来的伤害，愈合也需要同样长的时间。

"所以，吉姆是谁？如果你不介意我问的话。"

"一个我认识的人。以前认识，我想。他消失了。"

消失了。爱丽丝的心都跳到嗓子眼儿了。

"那是七年前的事了。"玛丽低声补充道。

"我很抱歉。我能……问问发生了什么吗？"

"我希望我知道。没人知道他在哪里。我不知道，他的父母也不知道。并不是说我跟理查德和朱丽叶还有任何联系……"玛丽用吸管绕着杯子里正在融化的冰块旋转，"警方已经结案了。这就是为什么我要拿着那个告示牌去车站。我必须做点什么。"她闭上了眼睛。接下来的话似乎要让她撕心裂肺，"这给了我继续活下去的理由。"

爱丽丝把手伸过桌子放在玛丽握紧的拳头上。"我实在太抱歉了，玛丽。真的。"

玛丽仍然不敢正视爱丽丝的眼睛。然而，她还是设法挤出了一丝微笑，但嘴唇瘪着，仿佛要把它所要表达的情感全部隐藏起来。爱丽丝想象着恐惧和疲惫涌回玛丽紧绷的胸膛，收紧了她下沉的肩膀。有什么东西把玛丽掏空了——某种比单纯的痛苦更深刻的东西。爱丽丝也太过恐惧，不敢再问什么，生怕自己也迷失在其中。

"那么，再跟我说说这个叫'夜间热线'的地方吧？"

玛丽的眼神燃起了一点亮光。

"吉姆失踪几个月后，我就开始去那里。我觉得我需要做一些有用的事情，帮助那些正在挣扎的人。也许还可以提升自己的倾听技巧。"

爱丽丝无法理解，玛丽自己深陷于噩梦之中，怎么还能有这种试图伸手帮助他人的力量。"这太了不起了。我也应该做些类似的事。"

"我们一直都在招人。如果你上网搜一下，就会看到有个网站。网站上没什么可看的，但基本信息都有。"玛丽停顿了一下，意识到她只是在谈论自己，"你是做什么的，平常的时候？"

"呃……"爱丽丝的嘴巴干燥起来。她不能告诉玛丽她是干什么谋生的，对吧？没人相信记者。玛丽开始喜欢上她了。爱丽丝最不希望的就是让玛丽觉得自己被人设计，觉得她是假装友善。

"就是网上的东西，数字化的。主要是内容创作。"

这些词汇似乎把玛丽完全搞糊涂了。爱丽丝想知道，严格来说，这算是谎话吗？如果是的话，也只是一个小小的谎言。

可惜爱丽丝不知道，谎言接下来会像雪球一样，越滚越大。

第二部
徘徊

她唯一想做的就是伸出手去抱着吉姆

这个三十六岁的男人仿佛一下子穿越回二十年前,变成了那个惊恐而不知所措的少年

第七章

2005

"该起床啦。"吉姆把两个马克杯放在玛丽旁边的床头柜上。她用小拇指蘸了一下离自己最近的那一杯，舔干净了手指上的奶泡。她断定吉姆能像专业咖啡师一样做出这种咖啡，一定是有什么魔法。"马上回来，炉子上还有东西。"

他一出房间，玛丽就沉浸在了周遭环境中。她从来没有住过吉姆家这样的公寓——准确地说，是从来没有住过公寓——她过了好一阵子才开始适应这间公寓里的玻璃和金属，以及过度的干净整洁。对玛丽来说，这似乎有点冰冷，但话又说回来，如果你没有人一同分享……此外，当地的环境弥补了缺乏个性的公寓装修。从她对伊灵的这一丁点儿了解看来，这里有很多舒适的咖啡店和酒吧，里面都挤满了不差钱的年轻夫妇。

玛丽可以想象自己住在这里，她会去慈善商店挑几件家具，如果吉姆是那种对二手店不屑一顾的人，那就去商业街更远处的那个高档精品店。停，停，停。她又开始胡思乱想了。这只是他们在一起度过的第三个周末，是她到伦敦的第一个周末。虽然一切都进展得无比顺利,但她仍不敢相信吉姆对她有那么钟情。

要她压抑谨慎的天性绝非易事。在吉姆帮她订机票的时候,他打电话问她的中间名,并确认她姓氏的拼写,"是一个'n'还是两个'n'?"玛丽一挂断电话,就惊慌失措起来。第三次约会就飞过去,她是不是疯了?更糟糕的是,她爱上了一个住在八百公里之外的男人,是不是疯了?

幸运的是,当信心动摇时,她有吉姆以外的支柱。玛丽一直很担心妈妈听到她生命中出现一个男人的消息会怎么想,尤其是这个男人在她应该工作的时候,竟引诱她漂洋过海。但当她终于结结巴巴地说出这些话时,妈妈竟如此开心,以至于玛丽都无法从她紧紧的拥抱中挣脱出来。"我真为你高兴,"妈妈不停地说道,"至少有那么一次,你应该把自己放在第一位。"玛丽从未意识到,她的单身身份会让妈妈如此担心。

然后是莫伊拉——非常好心地替她上第三个周末的轮班,条件是要她回答与吉姆有关的最限制级的问题。当斯托蒙特酒店的经理珍妮挥舞着三根长短不一的纸管打断莫伊拉时,玛丽才逃过了这让人害羞的场面。这让莫伊拉的调查告一段落,至少暂时如此。就在玛丽匆忙地赶赴周五晚上的航班之前,莫伊拉扔给了她一个密封塑料袋:又是一件轻薄半罩式内衣。

不过,玛丽现在心里已经确信,那些飞来飞去、匆匆忙忙和焦虑都是值得的。一个多月前,她从没想过自己会坐在床上,等待着一位英俊的英格兰人给自己送早餐。她太享受吉姆的这些贴心服务了。他专门给她买了些闻起来不像男人用的洗漱用品,还买了一盒巴里茶包,好让她能喝上正宗的爱尔兰茶。甚至当他们跑去街角的商店里买配茶的牛奶时,吉姆也总是走在那条把伊灵一分为二的主路外侧。

玛丽提醒自己，现在还为时尚早，情况可能会发生变化。但她拼命地祈祷不要发生任何改变。

吉姆把头伸到门边。"饿了吗？"接着他把整个身体挤进房间，注意力全部集中在一个勉强固定在天鹅绒垫子上的盘子上面。"抱歉，我没有托盘。"

"难以置信，"玛丽假装要把他送来东西猛地扫到地上，但她的肚子咕噜叫了起来，"什么东西闻起来这么香？"

"你过奖了，"吉姆把垫子放在玛丽的大腿上，"自制的。我指的是面包，不是那些鸡蛋。现在离我能拥有自己的农场还有一段距离。"

"那玫瑰呢？"

"昨天路过隔壁时偷来的，那会儿你正在忙着幻想我呢。"

玛丽狠狠地瞪了吉姆一眼："花是用来道歉的，而做了错事的男人才需要道歉。"

"啊——这才是我的姑娘。她本身就是个伟大的浪漫主义者。"

玛丽咬了一口，这些鸡蛋中有一半都是黄油。她在羽绒被下面又扭动了一下。"坦白从宽吧。"

"我只是忘了一件小事。"

"我刚刚是在开玩笑。"她的手紧紧地握住叉子。她不知道他接下来会说出什么。他们第一次见面时，她就问过，但如果他撒谎了呢？他在和其他人约会吗？肯定是这个——他有女朋友，甚至妻子。我的老天啊，如果他有妻子呢？

"我们一会儿要见人。"

"哦，见谁？"

"我的父母。"

玛丽吓得张大了嘴,大到可以看清卡在她白齿上的面包渣。

"肯定会很棒的。我想让他们见见你,只是一个简短的午餐。然后,在你回家之前,就都是我们的二人世界了……"

这一切都发生得太快了吧?更不用说他们会问他俩是怎么认识的——他们喜欢对方身上的哪些优点。玛丽一想到那种压力,就感到肚子上的肌肉在抽搐。

吉姆并没意识到,继续开心地说:"他们会很喜欢你的。你只需要做你自己就行。"看到玛丽没有反应,他把盘子和枕头移到一边,把脸杵在玛丽眼前,"对不起,我没有早点告诉你。我不想吓着你,但看来我似乎还是让你吓了一跳。如果你想的话,我可以取消,就说我病了?"

玛丽仔细地考虑了这个提议。但是,如果她在这件事上临阵退缩,会对他们彼此间的信任关系传递出怎样的信息?"不,我会去的。"吉姆立刻开心起来。"你可以在我洗澡的时候把这个吃完。"她指了指已经凉了的食物。

"或者我可以跟你一起洗?"吉姆凑近玛丽,让她感觉到他身上散发出的热气。他脱下T恤,把手伸到她的T恤下面。"我得好好弥补你,我太高兴了。"

玛丽从没去过和吉姆父母吃午饭的那种餐厅,那里有裸露的砖墙,本应是画轨的地方装饰着粗大的金属管子。她可以负责任地说,这里她不会想来第二次。水壶里有半棵植物。玛丽把植物的秆子推开想给自己倒水的时候,吉姆笑了。

"在这里!"他大声喊道。

玛丽站起来,把紧贴在大腿上的裙子抚平。如果早知道要来见他父母的话,她会带些更得体的衣服,肯定会更长一些。她不想让他们觉得她是个荡妇,配不上他们的儿子。

"嗨,很高兴见到你。"

"妈妈,爸爸,这是玛丽。"

"我是理查德。"吉姆的父亲走上前来,握住她伸出来的手,如果玛丽的爸爸在,他一定会认可说这是一个"有力的握手"。他握完之后,玛丽没把手完全收回来,而是收到腰间,准备伸向吉姆的母亲。但他妈妈一直心不在焉地在手提包里翻找着什么。

"妈妈。"吉姆伸手去摸她的手腕。她缓慢地抬起头,好像从一次意外的小睡中惊醒了。

"抱歉,抱歉,很高兴见到你。"她躲开玛丽的手——后者像是挂在树上的塑料袋一样悬在腰间——亲了亲她的脸颊。"我是朱丽叶,我知道詹姆斯肯定已经告诉过你许多关于我的可怕的事。"她笑的时候很敷衍,看起来不那么令人信服。

他们坐下看菜单的时候,吉姆回答了一些与手术相关的问题,玛丽试图用一大堆不成熟的想法把他们俩联系起来,她觉得这些想法还不足以构成某种预期。朱丽叶苗条、整洁、安静,与她那位引人注目的丈夫相比,是一个纤弱的女人。

"不管怎么说,儿子,很高兴看到你和女朋友在一起。我们之前都开始怀疑你是不是出什么问题了。"玛丽的眼睛这时肯定瞪得老大,因为理查德拍了拍她的肩膀。"开玩笑,开玩笑的!他已经很久没带人回家了。朱丽叶,上次是什么时候?我们的詹姆斯那会儿才二十岁,不是吗?不过,伊薇最近怎么样?肯定在追求什么了不起的事业。她一直是个积极能干的人。"玛丽注意到理查德

063

的眼睛亮了起来。"你经常和她联系吗?"

玛丽低头看着她的餐巾。她知道吉姆并没有多少近期或认真投入的前任(她想,这本身就有点奇怪,因为他那么有魅力),但她可以想象她们是什么样的人,一定都是金发碧眼大长腿。

"不,完全没有。那是很久以前的事了,那时的事……是不一样的。无论如何,我现在只有一个女人。"他伸出手,捏了捏玛丽握起来的手。

"很高兴听你这么说,"理查德边说边把酒杯斟满。吉姆已经比他们多喝了一杯。"玛丽,吉姆说你在酒店行业工作?这是他介绍酒店前台的方式吗?"他的笑声响彻整个房间。然而,没有人附和。

"爸爸!"玛丽能看出吉姆马上就要责骂他爸爸了,她希望他别担心。不知为何,处理这种评论似乎只会让他们显得更加仗势凌人。富人难道不就希望这样吗:认为你可以加入他们的笑话?

"实际上,我是从打扫开始做起的,"玛丽打断他说,"从打扫做到前台接待,现在我负责安排活动。是贝尔法斯特的斯托蒙特酒店——你知道吗?"

"不,我没听过。但我们的詹姆斯对那家酒店赞不绝口。"理查德似乎变乖了。玛丽在心里拍拍自己的后背。她能处理好这个问题——一次解决一个偏见。

"啊,他肯定会这么说的。但公平地说,酒店很不错。你知道,维持得很好。大家很喜欢在那儿办婚礼。"玛丽希望提到婚礼能把朱丽叶拉进谈话当中,因为朱丽叶的心思显然全不在这里。她只是凝视着中间某个地方,张开的手指握着酒杯柄,转动着酒杯里的酒。

"很好,很好。那你平常不工作的时候——都做些什么呢?"

"玛丽是个艺术家。"吉姆把手放在她的大腿上,位置很靠上,有点吓人。玛丽往后坐了一点,希望他的手能掉下来。"她用布料制作令人惊叹的地图。只有亲眼所见,你才能相信。"

"听起来很厉害。"吉姆的亲密姿态让理查德想起了自己的妻子。他摸了摸她前臂裸露的皮肤,她抬头看着玛丽。

"我们很乐意下订单做一幅地图。也许我们可以做一幅斯凯岛的……"朱丽叶一说完,吉姆和理查德都低头看着桌子。吉姆使劲用手按着面包盘中央,粘起来一堆面包屑。

"别这样,亲爱的。"理查德说着,又放下了手。玛丽试图与吉姆对视,但他全神贯注地用拇指捏碎一颗颗滑溜溜的燕麦。她从没想过朱丽叶会这么说,但她情愿接受理查德的傲慢指责,也不愿意面对这样的沉默。沉默很可怕,对陌生人来说是彻底的疏远。

食物送来的时候大家都松了一口气。玛丽把话题从斯凯岛那里转移开,很明显,他们对那个名字都有所忌惮。他们讨论了吉姆的工作;谈到了一些表亲的孩子们,他们不喜欢开学,玛丽觉得他们说的是某个寄宿学校。但"斯凯岛"这个话题依然徘徊在附近,就像桌子旁的一个幽灵,玛丽发现自己在有意识地不断躲避着这个问题。大家吃完东西之后,理查德立即要来账单,尽管玛丽一再抗议,他还是不让她掏钱。他已经很明显地表示,他认为她的信用卡额度不够。

吉姆连厕所都没让玛丽去,就拉着她一起冲出餐厅。

街道外面很喧闹,一个街头铜管乐队在为看热闹的观众演奏。过了好一会儿,他们才远离了嘈杂的背景,听到了彼此的说话声。

"所以……"他们往他的公寓走的时候,吉姆问道,"你活下来了?"

"勉勉强强。"

"你做得很好。听着,我为爸爸说的话感到抱歉,关于你工作之类的。"

"我并不为我的工作感到羞耻,詹姆斯。难道你希望我那样?"

"天啊——不!哇,你怎么会这么想?"

"首先,我不是伊薇,我在酒店工作,也称不上是'积极能干的人'。"

伊薇的名字被提到了多少次,两次?玛丽能感觉到,无论伊薇是谁,无论她的学历和血统如何,她都是惠特内尔夫妇真正想要的儿媳妇。

"我不想和伊薇在一起。我永远也不会——好吗?你就是我想要的,我唯一想要的。"

吉姆放下玛丽的手,把她拥进了自己的怀抱。她能闻到他身上的红酒味——与其说是果味,不如说是乙醇味——酒味盖住了他的古龙水味。有那么一会儿,当玛丽试图将这个拥抱着她的男人与他父母的残忍分隔开来时,世界绕行在他们紧贴的身体之外。

确信自己的声音不会颤抖时,她大胆地问道:"斯凯岛是怎么回事?为什么你们都变得如此……安静?"

沉默。

"那里发生了什么?"

吉姆的眼光避开玛丽,呆呆地望向她身后,茫然地盯着停在路边的车辆。在整个用餐过程中,他的表情都是那么魂不守舍,他母亲也是一样。最后,他摇摇头,吻了吻她的额头。

"我们回家再说吧。"

第八章

2005

坐地铁回吉姆公寓的那一小段路程，让玛丽有机会研究她身边这个男人的细微变化。他握着她的手，不过，除非是她的幻觉，他的手似乎握得没那么紧了。除去她为了打破自己的不安而硬说的怪话之外，他们沉默地坐在那里。直到这一刻之前，他们在一起的时光——只有他们二人的时光——简直甜蜜得让人吃惊。那带着鼻音的笑声，只有彼此才懂的笑话，还有在喝咖啡或鸡尾酒时那种隐秘的、完全不在乎周围其他人存在的眼神。而现在，自打午餐时提到了斯凯岛之后，玛丽能感觉到一种陌生感在二人之间蔓延。

"我很抱歉。"他们一进前门，他就开口道。

吉姆从餐具柜里拿出威士忌给自己倒了一杯，然后一屁股坐在沙发上。玛丽坐在对面的扶手椅上。她的感觉没错——他在躲避她的目光。他甚至都没有想着给她倒一杯，而她才是那个需要喝一杯的人。难道就这样了？她不明白，为了当面结束这段感情，花那么多钱坐飞机到底值不值。

"我指的是,关于我妈妈的事,我应该早点告诉你的。让你如此突然地面对这一切是不公平的。我以为她现在情况好一点了。事情在慢慢变好。也许只要我能带女朋友回来,她就能表现得像个正常人。"

"等等——什么能变好?我听不懂你在说什么。"

"她……所有的一切。"

"你光跟我说这些是不够的。"玛丽也惊讶于自己说话时语气的坚定。她飞到这里来,放弃了周末的工资,她可不愿意让站不住脚的借口浪费自己的时间。"你突然让我和你的父母见面。我们谈论你的前女友——了不起的伊薇——使我备受煎熬,现在你还要瞒着我这件事?"

吉姆抬起头:"你想知道斯凯岛的事?"

"是的。"

玛丽看到他的眼睛又开始往下看。吉姆之前似乎是如此坦诚。但是她想,除了对自己选择的职业道路不满这件事以外,他从来没有袒露过任何更私人的内容。这种全新的坦诚让他感到非常痛苦。他撕扯着下嘴唇的皮,不知道该如何开口。"那是山姆去世的地方,"吉姆终于说道,"山姆,我的哥哥。"

"噢,天啊,吉姆,我很抱歉。"玛丽真后悔自己对他不够有耐心,但她的语气已经无可挽回。不经思索就脱口而出——她又是这样。这总有一天会害死她的。

"没事,应该没事。那是很久以前的事了——二十年前。不过,妈妈可不这么觉得。"

玛丽又想开口道歉,但及时忍住了。她现在最不该做的就是让自己成为这件事的中心。她已经把事情弄得够糟了。

"告诉我,他是怎样的一个人。"

吉姆吃了一惊。她是不是又说错话了?但后来,他的脸色慢慢地变了,嘴角周围的线条又恢复了一点温度。也许这句话并不是个错误,只是很少有人问这个问题。

"他那时十八岁,"吉姆开始说起来,"只比我大两岁,所以我们总是在竞争,不管我们承认与否。我崇拜他。山姆是聪明风趣的那一个,还是更帅气的那一个。无论是在学校里还是在学校外,我们走到哪里都有一群女孩为他而倾倒。"吉姆微微一笑,"他也是我父母最喜欢的孩子,尽管他们永远也不会承认这一点。他被大学录取了,两个月之后开学。牛津大学,医学系。"

"听起来他很棒。"玛丽鼓起勇气说道。

"他的确很棒。而奇怪的是,我甚至一点也不嫉妒。"这下吉姆开始主动说了起来,敞开心扉对他来说似乎不那么痛苦了。玛丽注意到这是赢得吉姆信任的方法——用最温柔的方式。"他让我不用承受那么大的压力。我可以当个任性的弟弟。有点厚脸皮,不过我已经习惯了。和山姆在一起时,我觉得自己天下无敌。现在看来,这像是青少年的傲气,但你在那个时候从来不会那么想。我以为他会永远在我身边……当然,直到他不在了。"

"我能问——"

"发生了什么?嗯,我多希望我知道。"吉姆一饮而尽,把杯子放在桌子上,然后用手紧紧地抓住扶手,他前臂上的血管鼓了起来。"我们都不在那里。当时他在斯凯岛,考试结束后,他和学校里的朋友们一起去苏格兰庆祝。妈妈接的电话,在大半夜里。"

玛丽能在脑海中看到朱丽叶——当电话响起时,她半睡半醒、迷迷糊糊,接电话的时候腿都软了。

吉姆吞了口唾沫。"当时他正在开车，车突然就翻了。我们接到消息时，山姆被空运到医院。我们开了一整夜的车。爸爸当场就崩溃了，天知道他开得有多快。赶过去的一路上，我都在祈祷山姆能活下来。我以前从未祈祷过，但如果有什么能让我开始祈祷，只能是为了山姆。我保证只要山姆没事，让我做什么都行。"

"但是他没活下来。我们到那儿的时候，他已经走了。他没能撑过那一夜。我们进去看他时，管子和机器已经撤掉了，他就躺在床上，再也醒不过来了。"吉姆终于抬起头来，与其说是看着玛丽，不如说是眼神穿过了玛丽，"没人能过得去这道坎，不是吗？妈妈更是一直走不出来。爸爸说过……"

"说什么？"玛丽低声说。

"说她是行尸走肉。"

玛丽的电话在脚边振动起来，是她的闹钟。她不相信自己能按时到达机场——过去的两天，他们早上根本下不了床，生物钟已经彻底与外界不同步了。他们仿佛已经在床上躺了一个世纪。

"抱歉，抱歉。"玛丽按下闹钟"稍后再响"的按键。

"不，说抱歉的应该是我。你现在就走吗？"

她摇了摇头。反正她没有行李要托运。吉姆坐在椅子上往前挪了挪，俯身摸着她的膝盖。

"玛丽，我很抱歉，我真的很抱歉。今天不应该是这样的，我并不想这个周末就这么结束。我希望这个周末不用结束，真的。你知道最糟糕的是什么吗？"

她不知道这次谈话还能把他们带到哪里去。她唯一想做的就是伸出手去抱着吉姆，她面前的这个三十六岁的男人，仿佛一下子穿越回二十年前，变成了那个惊恐而不知所措的少年。"我觉得,死的那个人应该是我,而不是山姆。对于活着这件事,他会做得更好。我这辈子大部分时间都希望这一切能结束。我可以逃离这一切。"

他怎么会这么想呢?如果吉姆代替山姆死去,那么他们永远都不会相遇,在他这一个月的陪伴之下,玛丽已经变成了另外一个人,而如果他们不曾相遇,她依然只会是现在这个女人的影子。她浑身发抖。不管这里发生着什么,她都毫不怀疑,现在所探知到的是比不安更深层、更麻烦的事情。

"听起来很不懂得感恩,对吧?可并不是这样的。压力,期待——来自我父母的期待,尤其现在山姆不在了。但在工作里也一样,和朋友相处时也是,我不敢出任何差错。有时我想知道,如果我表现得并不完美,生活会是什么样。有时我甚至不想起床,更不用说硬撑着假装自己没事。"

玛丽强忍着不去抓起放在她膝盖上的那只手,小声说:"那就别硬撑了。"那时,她就知道自己是爱他的。无论他状态如何,她都会想跟他在一起。

"然后我遇到了你。"吉姆说。

"什……什么?"

"然后我遇见了你。我知道现在为时尚早——我知道。关于感情这种事……我是最不可能抱太大希望的人。但是,这是我很长一段时间以来,第一次觉得可以做自己,而且有一些东西值得我坚持下去。"

"啊,这我可不好说。"玛丽讨厌自己不由自主的否定。但她要说出自己的真实感受吗?这太早了,尽管她可能希望并不是这样。

"玛丽,你是与众不同的,"她肯定没能成功隐藏自己的表情,因为吉姆很快又加了一句,"我的意思是,好的那种不同。你是那么地……有原则。当你坚持自己的立场,让我坚守自己的位置时,简直堪称彪悍。我需要这个。但我觉得你并不需要我,一点也不。不,我不知道,更像是,你愿意和我在一起。只想和真实的我在一起,而不是别人期待的那个人。和你在一起,我觉得很自由。嗯,更自由。"

吉姆笑了。或者更确切地说,是玛丽觉得他笑了。那笑容刚一出现就又消失了。

"我们可以逃走。"

"什么?"

吉姆猛地坐回椅子上,皱起眉头。玛丽有一种说错话的可怕感觉。

"我们为什么不逃走呢?"她建议道,"刚才你说你想要这样,对吗?"

吉姆眯起眼睛看着她,好像在揣摩她对自己脱口而出的话有多认真。面对他的热烈凝视,玛丽并没有妥协。

"那么来吧——给我点惊喜。"

那天晚上,等她回到贝尔法斯特时,这句话还在她的耳边回响。

第九章

2018

　　爱丽丝到办公室的时候，避开了茶水间的闲聊，径直走向她的办公桌，手里拿着一大杯咖啡。在咖啡因进入她血液之前，最好谁也别出现在附近。今天早上她睡了还不到一个小时，能活着就已经是奇迹了，更不用说正常工作。

　　昨晚和玛丽在酒吧分开后，爱丽丝思绪万千。有一个多小时，她都在担心玛丽是否平安到家。虽然玛丽看起来很坚强，也非常在意私人空间，但爱丽丝在喝酒的时候看到了她更为脆弱的一面。她不会做什么傻事的，对吧？爱丽丝本该问玛丽要个电话号码的，但她被吉姆的神秘失踪搞得心神不定。

　　等这种焦虑终于开始消散时，好奇心取而代之，成了妨碍爱丽丝入睡的主要因素。她没有从玛丽那里获得很多细节，但这无法阻止爱丽丝迫切地想要知道吉姆发生了什么。爱丽丝痛苦地意识到，有些失去太过沉重、太难处理，以至于让人难以释怀。很明显，玛丽正在她的痛苦周围徘徊。要是爱丽丝能弄到更多的信息，也许就能拼凑出一个完整的故事，好给玛丽一个了结……

"你在这里!"爱丽丝的老板,主编杰克从小隔间探出头来。他的嘴角上有一抹看起来像干掉的烤豆子一样的东西。她想要告诉他,但后来决定还是不说了。他是一个很容易尴尬的人。"我们能快速地聊一下吗?"

"当然可以。"爱丽丝拉出旁边的办公椅。他们很久没有招新的实习生了。

"去我的办公室?"

她的胃突然沉了一下。她在这儿工作的五年里,有没有被叫进过杰克的办公室?有时候如果她表现不错,想在他眼皮底下晃悠一下以争取加薪,就会自己跑去他的办公室,但她从来没有被叫去过。她做错了什么?

门一关上,杰克就说:"不会占用你很长时间,坐下吧。"

他看起来很紧张,也很慌乱——比平时更严重。不管是什么,肯定都是坏消息。爱丽丝有感知这种事的雷达。从她开始在这儿工作以来,空调就一直是坏的,她脊梁骨上的寒意显然不能归咎于空调。

"爱丽丝,恐怕报纸的情况不太好。"好吧,这也不是什么新闻。除了当地几个无所事事的退休老人,究竟还有谁会买《伊灵号角报》?"我们将从九月开始裁员,而你是我们这里资历最浅的记者。"

"也是最便宜的,对吗?"

杰克没有理会这个笑话,他在椅子上局促不安。"这意味着你的工作可能保不住了。"

爱丽丝早上喝的咖啡从喉咙里冒出来了一点。她不能丢掉这份工作,她的银行账户里没有一分钱的存款。她会付不起房租,只能搬回斯劳和妈妈一起住。她的手心开始冒汗。上一次她们毫无芥蒂地住在同一屋檐下还是她十二岁的时候,那是十四年前的事了!这会把一切过往都翻出来的。

"对不起,爱丽丝,"杰克低下头,"裁员的消息尚未得到证实。要等几周后股东们来了再说,但我希望你先有个准备,以防情况真的发展到那一步。"

"难道没有什么我能做的吗?我可以工作更长时间,承担更多责任……"爱丽丝并没有说她可以接受减薪,她已经没有多少钱维持生活了。

"如果我是你,会开始润色简历,这样就能处于有利的地位。或许你可以把你最好的文章放到网上。"

"我并没有任何好文章!"她的声音比她料想的要大得多,在随之而来的令人不安的沉默中,爱丽丝想起了玛丽昨天晚上的爆发。那种在绝望释放后的寂静。

"你还有一些时间,"杰克瞥了一眼墙上的日历,"他们要到九月初才会来,那就是说还有三个星期。我会尽我所能帮你的。如果你能给我一个好故事,我会把它推上头版,把它放在网上最热门的位置。只要你能在八月底之前给我一篇好文章——真正的好文章,我就会登它。爱丽丝,我向你保证。"

"我很感激。"她努力地控制着喉咙里发痒的感觉。她不能哭。不能在工作场合,不能在她需要被认真对待的时候。

"让我知道你想写的故事是什么。我会为你留着八月的最后一期。"

在任何其他情况之下,杰克的善意都值得换来一个微笑,但爱丽丝无法信任自己颤抖的下唇。她面无表情地走出他的办公室,在别人还没来得及问他们聊了些什么之前,就跑回了自己的办公桌。她深吸了三口气,试图控制住自己的恐慌情绪。振作起来,基顿。爱丽丝想着,这里面肯定还有一丝希望。

呃,让她的文章上头版——这可是件大事。爱丽丝一直都想有机会更好地表现自己,只是从没想到要付出这么大的代价。到底有没有什么本地新闻,足以说服一群大公司的混蛋不应该砸她的饭碗?这附近从来没发生过什么大事件,尤其她还是一个在过去两年内采访过四家牙医诊所开业的人。

爱丽丝解锁手机,出于习惯,打开了推特。这是爆炸性新闻的发祥地——至少对她这一代人来说是这样。她不知道自己想在那里找到什么。一个令人鼓舞的评语?一个适合的梗?她最后一篇文章的灵感?

她马上就能把这些都弄到手了。

爱丽丝时间线上的第一个帖子是一个视频——看起来很受欢迎的样子。她检查了一下,自己手机是静音的,然后按下播放键。一开始,很难弄清楚发生了什么,或者这些镜头是在哪里拍摄的。画质很差,可能是手机拍摄的。她能看到的都是后背、包、外套和凌乱的古怪发型挤作一堆。在这个封闭区域里肯定有几百人,甚至接近上千人。他们都在为那么几厘米的空间挤来挤去,直到突然之间,他们都僵住了。

两秒钟后,镜头前的空间奇迹般地空了出来。爱丽丝认出了那个车站。还有在图像中间的那个人。她心跳的声音如此之响亮,以至于她怀疑在隔间另一侧的艾瑞卡是否会听到。

是玛丽——和她的告示牌一起暴露在众目睽睽之下。

这是她昨晚情绪爆发的视频。

爱丽丝把手机扔到桌子上，把脑袋埋在她空空的手中。玛丽私下的绝望时刻被如此公开地分享：这太可怕，让人难以忍受。这是一种侵犯。这是怎么发生的？爱丽丝从她的手提包里快速拿出耳机，把它们插到台式电脑上。虽然她工作时不想被人看到在浏览社交网络，但现在管不了那么多了。多亏了杰克的通知，她显然已经没什么可失去的了。

爱丽丝在时间线上看到的第一个帖子来自她的一个老校友——一个美容博主，她转发了最初的视频，并配文"女王"。爱丽丝点进了最初的帖子。谁觉得他们有权利在玛丽毫不知情的情况下，传播她崩溃的视频？一个叫西蒙·西格的人，就是这个人。卑鄙小人。他在视频上方写道："昨晚在回家的路上目睹了这一幕。这才是你能把事办好的方法。"这条推特有二十万次转发，而且每秒都在增长。

更糟糕的是什么？有两万条评论。爱丽丝感到她的早餐开始从喉咙下面往上涌。她把光标移到评论图标上方，先让自己做好准备。互联网吸引着人类的同情心，但它的匿名性为最恶劣的尖刻语言提供了完美的背景。她能看下去吗？她必须看。比起让玛丽看到这一切，还是让她来吧。尽管只见过玛丽一次，爱丽丝对她有一种保护欲，这很自然，毕竟她得到了一个完全不会敞开心扉的女人的信任。如果这些人中有谁说了什么粗鲁的话……爱丽丝在桌下愤怒地握紧左拳，鼓起勇气用右手点下鼠标。

第一个评论还算是好话——"挺管用"。第二条评论无聊程度差不多——"这就是我工作时的心情"。第三条评论让爱丽丝作呕——一句愚蠢的讽刺，是顶着假名写的。她想象着玛丽看见这条评论，脸上越来越红。不能让它发生，不能。她受的苦已经够多了。就算爱丽丝不得不花一整天的时间举报成千上万个令人毛骨悚然、没有面孔的人,她也毫无怨言。

幸运的是,像往常一样,她只是自己吓自己。仔细浏览下来,粗鲁的评论很少,只有零星几条。大多数评论,人们只是在说"老天""笑死""厉害了"。他们当中比较善于观察的人提到了那个告示牌——"那是怎么回事?"甚至有些人已经在询问吉姆是谁了——"那么,他在哪儿?"爱丽丝回想起玛丽的脸,她皱着眉头告诉自己,不到四十八小时前,吉姆打电话联系她了。相比之下,即便是最善意的评论也显得无比空洞。

玛丽有可能已经看过这个视频了吗?毫无疑问,她一时的情绪爆发被拍了下来,她一定会觉得很尴尬,更不用说现在有无数陌生人在评论她的私生活。也许这消息永远不会传到她的耳朵里?在谷歌上快速搜索"伊灵车站的女士",就会发现这段视频目前只在社交媒体平台上传播,爱丽丝想象不到玛丽会有这些社交平台的账号,就算有的话,她也不会费心去查看的。

她回到推特,看了看最初发布的视频。从她上一次看视频以来,这段视频已经积累了超过一百条评论。她开始读最新的一批评论:

"为什么会有人像那样离开一个女人?"

"吉姆去哪儿了?"

"找到吉姆。"

"带他回家。"

"这背后有故事。"

是的,爱丽丝想着,是的,有故事。如果有人能够发掘这个故事,那个人肯定是她。

第十章

2005

"我们到了!"

玛丽说话时背对着吉姆,嗓子一紧。这可不是网上描述的小木屋。它几乎都不能被称为木屋,倒更像是一个棚子,尽管这么说对各地的园丁都不太公平。好吧,这是一个简陋版木屋。

从伦敦回来之后的最初那几天,要策划一次自己和吉姆"大逃亡"的责任,让玛丽感到无力。她是怎么想的,居然自告奋勇去做这件事?但她也不想放弃。每当她想起吉姆在伊灵的公寓里,说死的应该是自己而不是山姆时,玛丽的心就仿佛又碎了一次。她必须用更多美好的记忆把这个念头从他脑子里驱逐出去。

不幸的是,玛丽的经济状况让她把"大逃亡"降级为度假,她每天晚上下班后,都会去斯托蒙特酒店附近的公共图书馆为这次假期做研究。图书馆没什么隐私可言(公共图书馆的名称已经说明了这一点),但还是比用自家客厅角落里那台笨重的台式电脑好得太多了——附近的任何人都能看到玛丽在做什么。据她所知,弟弟们都不知道她的生活中出现了一个男人,她想维持这样的状态。她和吉姆才认识了六个多星期,而他俩的幸福状态仍然珍贵得让她难以和他人分享。

玛丽算了算,她能为这次旅行承担的支出是两百英镑,而这会把她的积蓄用个底朝天。这笔钱让她在选择地点的时候并没有太多自由,最后选了一个以前去过的地方:安特里姆海岸的海滨度假小镇——波特拉什。既然已经开学了,那里应该会很安静,远离游客常去的景点,在狂野的海边。而且那里也很便宜,尽管她应该知道,以极低的价格出租的房子大都是有猫腻的。玛丽试着回忆那一系列光线充足、精心拍摄的照片后面的描述——"浪漫""舒适""独特",这些词都涌现了出来。

然而,夸张的宣传语和虚假广告之间还是有区别的。她打量着他们接下来五个晚上的住处。只有一间单人房:在房间的尽头,一张小小的双人床被床头板上方和两侧的橱柜包围着;厨房的桌子离床脚很近,住在这里的客人甚至可以用脚够到面包。最糟的是,这里根本没有厕所。

"我倒一直挺喜欢在户外尿尿。"

吉姆一只胳膊搂在玛丽腰间,想把她转过来。她牢牢地站在那里。她是怎么把事情搞砸的?而且是这么重要的事。她对木屋出租公司的骗子们的愤怒已经演变成想哭的冲动。她让吉姆失望了,可现在是她需要为他俩坚强起来的时候,她不能表现出沮丧。从来没有一个好的假期是从"策划师"趴在客户肩膀上哭泣开始的,即使吉姆肩膀的形状最适合不过了。

"对不起,它看起来并不是……"玛丽摸索着找她的手机。如果这里有任何信号的话,她就能证明她在研究的时候没有大意。

"不用说了,我不会听的,"他在她的脸颊上亲了一下,"返璞归真——他们是不是这么说的?"

他走过去把包放在角落里,踢掉了鞋子。其中一只鞋子砸在散热器上,阀门掉到地板上,洒下一些白色粉末状的残留物。玛丽希望他们不是用石棉取暖的。不过,看起来他们在短期内也暖和不起来。她哆嗦了一下。秋季已经过了一半,想要再次见到阳光的强烈渴望,已经取代了脚下七叶树果和金色树叶所带来的新奇感。

"见鬼了!"吉姆穿着袜子站在床垫上,橱柜上面滚下来一个毯子,他绊了一跤,"那么,你觉得这预示着我们会很冷吗?"

玛丽捡起一块滚到她脚边的藏青色格子毯,它的霉味比想象中还要厉害,中间有个很大的洞,边缘烧焦了。

"想笑就笑吧。"吉姆从床上跳了下来,溜到她身边,腰上缠着一条还没做完的布艺拼接被子。松散的线头磨蹭着油毡地面。"就笑一下下嘛。"他从她手里夺过厚毯子,也给她做了一件纱笼①。

这太可笑了,简直荒谬。但他们就在那儿,笑得肚子疼,都快喘不过气来了。每次他们停下来,只需看一眼彼此身上的奇装异服——实在是太可怕了,简直需要插入一个健康警告——就又会大笑起来。吉姆是怎么做到的?解开玛丽的心结,提醒她这世上什么才是重要的。

那天晚上,他们睡在吉姆打造出来的羽绒被堡垒里。当玛丽终于从他怀里挣脱出来去准备晚饭时,他用他们从房间角落里翻出来的被褥,搭了一个帐篷床。他还在里面放了三盏样式各异的自行车灯。如果玛丽憋着气,眯着眼睛,那么这一切看上去几乎

---

① 将长方形的布系于腰间围成的一种服饰,多见于东南亚等地。

可以称为奢华。

"在这么糟的条件下，你尽力了。"她说着，又往吉姆怀里钻了钻。

"我也想对你说同样的话。"

"嗯，汤不是我做的。"

"我的意思是，面对这么糟糕的我，你尽力了。"吉姆回答。

他拿着打开的红酒瓶喝了一大口，然后把它递给玛丽。当他把一整箱红酒装进租来的汽车的后备厢时，她有点担心——她的陪伴真的糟糕到需要那么多红酒吗——不过，既然她已经看到了他们之后几天的食宿条件，她对吉姆那疯狂的打包方式真是感激不尽。

"是的，你说得对。你真是一个非常、非常糟糕的家伙。"

她还没有完全习惯他这个大块头在身边——他赤裸身体的热度，他皮肤在她手掌下的感觉。然而，与此同时，她从来没有觉得和任何人在一起如此舒服过。玛丽必须时不时地停下来提醒自己，他们才见过四次面——待在一起的日子总共还不到二十天。疯狂和完美之间的界限似乎十分微妙，尤其是对吉姆来说。

"我可以躲在这里。"他说着，用胳膊肘支起身子，透过他自己打造的窗帘向窗外张望。百叶窗坏了，雨水敲打在玻璃上。

"反正看起来我们哪儿也去不了。"她嘟哝着说。

她不相信自己会这么说，但除了像这样躺着，直到房东太太把他们赶出去，玛丽不想做任何事。别的什么都不需要，也不需要任何人。她想知道这是不是爱情的真谛，如果爱情就是让你感到平和的话。如果是这样，她希望爱情的状态不像世界上其他人说的那样脆弱。

吉姆躺了下来，让玛丽背对着他，他的胸膛紧紧贴着玛丽。开车把她累坏了，她能感觉到自己要睡着了。

"这正是我所需要的，"他对着她的一团发丝呢喃道，"我觉得你可能正是我需要的人。"

玛丽很快就明白了为什么别人会说一次度假就和一次改变一样好，反之亦然。公平地说，她对假期和休息——不管你怎么称呼它们——没有太多的经验。但这么多年以来，她第一次觉得自己彻底地休息了。虽然就天气来说，在波特拉什度假是一次惨败，但从体验和情感上来说，却是一场胜利。玛丽每个晚上都能睡十多个小时。吉姆声称他也是，尽管玛丽有两次在凌晨去户外上厕所时，发誓自己看见他正盯着天花板。

除此之外，她在伦敦最后一个下午从吉姆眼中看到的那种痛苦，这次并没有出现。他身上的负担似乎减轻了，她希望是消失了。她完全没有提到山姆或他的父母，也尽可能避免谈论工作。不是每个人都需要把生活的各个方面融合起来。如果她能成为吉姆生活中唯一的好事，那无疑是一种荣幸。她不再觉得自己需要时时刻刻为他担心了，尤其是在他们之间进展得如此顺利的时候。

他们待在那里的最后一天，太阳第一次露了脸。玛丽收拾她放在浴室架子上的洗漱包时，心想这是个好兆头。她花了不少功夫才激起吉姆去旅游景点的一点热情，现在他至少去洗澡了，敲打着倒空的塑料洗漱瓶，哼着一首她没听过的歌。

"我们五分钟后出发。别逼我把你从里面拖出来。"玛丽在吵闹声中喊道。

"那就别提一个我无法拒绝的提议。"

她往淋浴门上扔了一条毛巾,然后回到他们的小木屋,在她失去控制之前,把当天要用到的东西装到包里。

一小时后,玛丽在邓路斯城堡的停车场停了下来。他们前方,一位疲惫不堪的老师挥舞着写字板,试图强迫那些掉队的人排到购票队伍的后面。

"看来是学校的旅行。"引擎"咕嘟咕嘟"地慢慢熄火时,吉姆抬了抬眉毛。

"这是一个具有重大历史意义的地方。"

"到底是对谁来说?"

"对你。快下车。"

玛丽拉着他的手,拖着他穿过入口处的陈设,走得比桥上的孩子还快。那群孩子在桥上跳来跳去,看看要用多大的力气才能使桥摇晃起来。他们在水边找到了一个僻静的角落,俯瞰海浪拍打着下面陡峭的悬崖。在阳光的照射下,岩石周围的泡沫似乎在闪闪发光,堤道海岸蜿蜒伸展开来,雄伟壮丽,一望无际。

吉姆用屁股撞了玛丽一下。"好吧,你赢了。这很值得来。"

"我知道肯定会不枉此行。想想看,如果我屈服于你的魅力,我们就不会来这儿了。"

"差点就没来成,不是吗?"

她苦笑了一下。像吉姆这样的人不需要恭维。

"你真会瞎说,你知道吗?"她把手伸进他的后口袋,但他扭了扭身子,让玛丽够不着他。

"里面藏着你不想让我看的东西?"

"也许吧。"

玛丽又扭身去碰他的口袋。但这时,吉姆的脸上闪过一种类似于厌恶的表情,这使她停了下来。她还没来得及说什么,这一瞬间就被刚才桥上那群吵吵闹闹的孩子打断了。他们用瘦小的身子碰撞在吉姆右边的栏杆上,等着水花喷到他们脸上,紧接着又尖叫着跑回干燥的地方。

"这就足以让你扫兴了,不是吗?"吉姆说道。

他的笑容又回到脸上,不管玛丽方才发现了什么沮丧的表情,现在都已经消失不见了。她不知道拥有这么起伏不定的情绪是否健康,还是只有她对此觉得奇怪。现在,面前出现了更为重要的对话,她很快就把他的拒绝抛之脑后。

"什么扫兴?"

"孩子。"吉姆回答道。

"哈——那么糟糕,嗯?"

"我可不适合。"他承认道。

"有自己的孩子?"

"是的。"

"挺好的。我也不适合要孩子。"玛丽从来没有想过要有自己的家庭,现在这个简单的事实似乎证实了她的答案。她并没有因此而感到困扰。

"真的吗?"吉姆把身子往后缩了一点,仔细端详起玛丽的脸。如果他是在寻找迹象,看她是不是在开玩笑,那么他并没有成功。"你家里那一大家子人呢——他们难道不会让你想要拥有一个大家庭?"

"天啊,才没有呢。那会让我想要拥有别的东西。为什么?我是说,为什么你不适合?"这不是她想要进行的对话,肯定不会这么快。但是既然他们已经开始了,她也可以得到一些确定的答案。"如果你不介意我问的话。"

吉姆似乎并没有感到不安。"养孩子很麻烦的,对吧?那种责任。你要对别人的生活负责。你不能一会儿丢下责任,一会儿又担起责任。是的,那种责任。那不适合我。"

玛丽不知道该怎么理解他说的话。他们在伦敦聊完之后,她应该能想到这一层的。吉姆是个无拘无束的人,或者说他渴望无拘无束。孩子永远无法融入他的计划。但成家和恋爱是两回事。她告诉自己,这并没有改变他们的关系是他生活的支柱这一事实。

"在我看来,你挺好的。"

"那肯定是掩藏得好,"吉姆咧嘴一笑,张开双臂搂住她的腰,"也许我和你在一起就很好。至少是你让我想变得更好。"

她还没来得及否认,吉姆就搂着她的脖子,将她引了过来。他很坚决,用舌头搜索着,让她陷得更深。有那么一会儿,一切都消失了,只剩下吉姆、玛丽和他覆盖在她嘴上的温暖双唇。然后,从后面传来了一声"狼嚎",伴着三十个人的脚步声。

她想挣脱开来,可是被吉姆一把抓住了,双手紧紧地圈住。

"我爱你,这么说并不会让我感到丢人。永远也不会。"

第十一章

2005

玛丽被喜悦冲昏了头脑,竟在去酒吧的路上走错了路——两次。吉姆也爱她。当然,她对此有感觉,但能得到证实就是另一回事了。这对她来说,比给他们的关系贴上任何一种标签都更有意义。这意味着他们会有一个未来。

当他们在过去的一周里玩过家家的时候,她很难不去想象,每天早上在吉姆身边醒来会是什么样子——他的脸在枕头上,他们的肚子紧贴着彼此,等待着水壶烧开。她可以想象,十年、二十年之后,他们回到波特拉什庆祝周年纪念日。他们甚至可能为了好玩而住在同一间地狱般的小屋里,如果那小屋还在的话。

"我想你不喜欢坐在最靠近电视机的位置吧?"他们走进酒馆时,吉姆说道。在电视上,身穿西装的主持人一脸自命不凡的样子,面对闪烁其词的采访对象,不耐烦地用笔敲着桌子。酒吧里的一个男人打了声哈欠,哈欠打到一半变成了打嗝。"看起来很有才华。"吉姆补充道。

"小声点!"玛丽拍拍他的胳膊,"去给我们找个座位。最好的位子在后面,那里。"

玛丽上次来这里已经是二十年前了,那时她个子还没到爸爸的腰。妈妈当时怀着加文,所以一起度假的只有四个人,他们挤在火车站后面一间只有一张床的小公寓里。显然这一切对妈妈来说都有点难以承受,她肿得像个气球,还因为玛丽和泰利无休止的争吵而疲惫不堪。她要求自己一个人在房子里待上两个小时,把他们都赶了出去,不过她大概也想不到爸爸会带他们去酒吧。

爸爸买了酸橙苏打和一包薯片让他们分着吃。他们从中间撕开包装,这样就能看到所有的薯片。一般来说,玛丽很希望薯片公平分配。自打泰利从妈妈的身体里出来的那一刻起,他就是个贪吃鬼,他整整有十二磅重,黏糊糊的小爪子里有惊人的储藏能力。但那天玛丽惊呆了,她的心思根本没有放在零食上。

她那婴儿般的大眼睛一动不动地紧盯着后屋的墙壁,整面墙上每一寸都被地图遮盖着。从地板到天花板,一页又一页的大型测量网格和辅助线重叠在她所见过的最迷人的墙纸上。各个地方的位置并不准确,在她左边脚踝的某个位置,利兹碰到了法夫,而它又紧贴着一个别针大的黑点——贝尔法斯特。粉色和黄色线路构成的网络布满整个城市,玛丽用手指跟着这些线路,越过浅绿色的田野,沿着代表河流的淡蓝色线路一直走。

在那之前,地理一直是学校课程表上的一门科目。它并不是一门非常重要的课程,更像是在漫长暑假之前那几个小时里打发时间用的,其他的时间都被数学、科学和拼写课程占满了。地理课很无聊,也没什么变化。玛丽从匆忙的课程中学到的只是,每个人在这个地图上都有自己的位置。这也是预定好的。你来自哪里取决于命运之骰,对大多数人来说,如果你最后能到达其他地方，就是一种幸运。

但这个？嗯，这完全是另一回事。在她七年零九个月的人生中，玛丽第一次真正地感受到在贝尔法斯特之外还有一个世界，一个也许并不像之前从别人口中得知的那么遥不可及的世界。在随后的几年里，她一次又一次地回想起地图房间的情景。如果一切能像拼接地图那样简单就好了——由可能性拼凑而成的东西，也许是一个家——那么她的视野也许并不会像她最初所想的那样不可改变。

二十年过去了，生活不易。爸爸病了，妈妈需要帮助，如果玛丽对自己诚实——能像她在黑暗中，在轮班结束独自一人躺在床上时那样诚实——她会说真正的问题其实是她自己。爸爸的确诊是一个方便的借口，可以用来逃避她没有搬出去或另找一份工作的真正原因。实际上，日常生活已经碾碎了她的干劲。有时候，她唯一能够雄心勃勃去做的，就是在职工休息室里选择另一种饼干。是吉姆提醒了她，外面还有什么在等着她，她还能飞得更高。

"哇，"吉姆说着，把他们的啤酒放在最近的桌子上，脱掉他的夹克，"你没有提到这个。"

"我不知道它是否还在这里。"

他朝旁边的座位挥手示意，拉开了座位。

"你觉得你能在地图上找到我们现在的位置吗？我们比赛看谁先找到。"

没过多久，玛丽就取得了胜利，是肌肉记忆把她的手指拽回到多年前她曾经停留过的地方，但她对此守口如瓶。

"那么我呢？"吉姆问道。他已经喝完了他的酒。玛丽连一口也没喝。

"什么你呢?"

"我在哪儿?"

"这是个难题。"她捏了捏吉姆的大腿。

"这里面有伦敦地图吗?我们来找找我的公寓。我现在超想家。"吉姆噘着嘴,装出一副悲伤的样子,"输的人买下一轮酒。"

他们在好胜的沉默中行动起来。隔壁房间里传来一阵惊慌失措的骚动,接着是有节奏地敲打塑料的砰砰声,玛丽认为这意味着电视机罢工了。

"找到了!"还不到一分钟,吉姆就喊了起来。玛丽穿过散落的椅子,透过他的肩头看向地图。他把胳膊搭在她的腰上,她能感觉到他前臂的手毛刺得她牛仔裤腰上的皮肤痒痒的。"就在这里。"

令人生气的是,他是对的。

"离这儿真的好远啊。"玛丽叹了口气。

不论是玛丽还是吉姆,这都是他们第一次提到关系中彼此心照不宣的问题。玛丽刚说完,就希望自己能把这话吞回去。她不想让自己听起来很黏人,也不想破坏他们完美一日的记忆。她要表现得坚强、独立以及与众不同,维持这些吉姆从她身上看到的品质——虽然在他们相遇之前,她从没在自己身上看到过。

他开始用手指在伊灵周围画出一条曲线。他在代表火车站的十字路口上圈住了这个圆圈。"你知道这不重要。你知道的,是吗?"玛丽已经不知道自己知道的是什么了。过去的两个月让她的世界发生了翻天覆地的变化。这两个月太棒了,让人兴奋和眩晕。当然,也充满了不确定性。"我想让你知道,我会在你身边,无论你在哪里——天涯海角,伊灵……"他在地图上给这个词画了条线。"永远。我是认真的。我希望你知道这一点。"

玛丽僵住了。这是不是她所想的那样?不能的。希望得太多,结果会一无所有。

"真的,玛丽。来,看着我。"吉姆抬起她的下巴,一只手托在下面,"我一直都想逃走,想消失。但和你在一起,就这一次,我不这么想。"吉姆有好多话想对她说——他想告诉她,玛丽是他混乱生活中的定心丸;在遇到她之前,他从来都不知道自己可以如此依恋一个人,而对方却不会带给他一丁点的压力。也许他并没有彻底崩坏,只是需要找到她。"相信我,没有人能逼我这么说。我想陪在你身边,一直。"

玛丽几乎就要让他再说一遍。她一定是听错了。这是会发生在其他人身上的那种浪漫。这不会发生在她身上——在波特拉什所能提供的最破旧的酒馆里。

"搬来和我一起住吧。"

"你说什么?"

"你没听错,搬来和我一起住吧。你已经见过那个地方了——绝对够我们两个人住。"

玛丽仔细地打量着吉姆的脸,看看他是不是在骗自己,可是他就像往常一样真挚。

"我已经厌倦了这样来来回回的。我想要这段感情,我想要你。"吉姆探身向前,吻了吻玛丽的额头。他是她交往过的唯一一个高得足以亲吻她额头的人,也是唯一一个温柔到会这么做的人。

"好的,"她低声说,然后伴随着她刚刚找到的信念,大声说道,"好的。"

第十二章

2018

玛丽在教室门外犹豫了一下。她很害怕回到"夜间热线",自从两天前听到吉姆的声音在模糊不清的电话那头后,她就一直很害怕。但同时,她却依然怀抱着希望。她叹了口气,心想,这恰当地描绘出了她过去七年里那种停滞不前的状态。

昨天,玛丽从酒吧回来后,看到吉姆的字条散落在走廊的地板上,不管之前向爱丽丝吐露一切给她带来了怎样的安慰,这些都在刹那之间瓦解了。她跪下来,开始随意捡起明信片。**还记得街角的晚餐吗?这是我在全伦敦最棒的约会。**她知道不应该这么做。与其说这是在撕扯伤疤,不如说是在戳一个鲜血淋漓的伤口。**贝尔法斯特最棒的特产——是属于我的!我是这个星球上最幸运的男人。**

吉姆总有办法让玛丽接触到更宽广的世界。玛丽在遇到他之前,相信生活就是为了勉强糊口——无论在家里,还是在工作中。但是吉姆让她明白,她可以享受生活,而不仅仅是勉强度日。他打开了她的视野。他鼓励她要有远大的梦想,然后梦想得再多一些。他们在一起的六年里，玛丽从未怀疑过吉姆会给她整个世界，而她现在就坐在这些证据之中。

在吉姆鼓励她去想象脚下的世界，在无限可能的海洋里遨游时，玛丽也一直是他俩的避风港。他在电话里也说了。她把每件事拆解成可以处理的小碎片。她很慎重、冷静。她当然也有出错的时候——每个人都有。

昨晚在车站就是一个很好的例子。那段回忆让羞惭的热潮一涌而上，但又被玛丽压了下去，一时的失控并不会改变她的性格。吉姆比任何人都了解真正的玛丽，他肯定是的——不然为什么七年杳无音讯，现在却来找她？如果他鼓起勇气打了一次电话，那么他今晚更有可能再次打来。

玛丽推开"夜间热线"的门。

她径直朝座位走去。桌上摆着泰德给她的巧克力棒，已经快融化了，还有一些从报纸上剪下来的内容，好像是湿地廊道。

"你还好吗？"泰德挥挥手，另一只手还在鼓捣着一个大茶包。

玛丽总是惊叹于雕刻在他嘴角胡楂儿上那深深的笑纹。那才是积极向上，她想着。泰德在妻子死后，像其他人一样重拾自己的人生，甚至事情发生不久，他仍抽时间问候所有志愿者。这么善解人意的人可不是普通人。一个念头在玛丽的脑中一闪而过：她是否曾经告诉过他，她是多么感激能在自己的生命中拥有他的友谊。

"我在你桌上放了一篇文章，是一个新的徒步路径，我想我们可以试试。"

玛丽没有回话，他继续说道："比我们平时走的远一点。记得上面写着在河的北边，也许我们可以等你有一整天空闲的时候去。

我现在正忙着处理客户的事,但也不是说沼泽地会突然消失——"

克特破门而入,打断了泰德的话。那道门反弹的力量差点把奥利芙撞晕。

"是风云女郎!"克特喊起来,嘴里塞满食物,看起来是一大口燕麦棒。"'夜间热线'的网络红人。"他脸上的笑容与泰德、奥利芙和玛丽脸上的困惑起了冲突。

克特看到他们的表情。"拜托——你们肯定已经看过这个了。"他从后口袋里掏出手机,打开了一个应用程序。泰德、奥利芙和玛丽挤到他身边。他打开的是推特,玛丽并没用过。她没有任何社交媒体的账户,甚至连愚蠢的脸书账号都没有。那种自我推销、信息通知、自我陶醉——光是想想就足以让她过敏。

克特滑动手机,找到了一个视频,然后按下播放键。开始的几秒是很多不满的人,位置看不出是哪里。但接着传来一个玛丽一听就认出来的声音,像钉子划在黑板上一样刺耳。

是她的声音。

"看在上帝的分上,你他妈的能不能给我点呼吸的空间!"

玛丽的胸口感到刺痛。她的上肋骨承受着难以忍受的压力,而她的肺在肋骨下面的某个地方,几乎吸不进去任何一丁点空气。忘记昨晚吧,现在的她更需要空间。为什么大家都离得这么近?她抑制着想把手机拍掉,不让他们惊恐的眼睛继续看下去的冲动。她试图强迫自己专注于那个视频,而视频现在已经播完了。最后一幕里的画面似乎模糊不清。玛丽眨了眨眼,再看的时候画面清晰了起来。天啊——那个告示牌!告示牌也在视频里。

"这……这是什么?"玛丽的喉咙因为恐惧的刺痛而收紧,"是谁?怎么会?"

克特张大了嘴:"我以为你已经看过或者听过……"

"来,过来,快坐下,"奥利芙说道,"给玛丽倒杯茶,别傻站在那里。"她厉声对克特说。

在克特听从奥利芙的命令去倒茶之前,玛丽抓住了他的手腕。

"呃,是这样的,显然有人用镜头把这个——拍了下来。"克特的措辞可能已经很谨慎,但玛丽仍然觉得羞耻感如海浪般涌上心头。

"然后他们上传到推特上。不过,人们很喜欢这个视频!"

"你是什么意思,喜欢这个视频?"

"他们说了你的各种好话。你是一个传奇——你坚持自己的立场。你能把事情办成,诸如此类的。"但没有一样是真正重要的,玛丽想着,胸口一阵刺痛。**带吉姆回家**。"实际上有很多友好的评论,这对于互联网来说简直罕见……"

他再次打开手机,好像是想说明一下,但奥利芙在他开口之前就把手机抢走了。

"你们看过这个了吗?"玛丽轮流盯着奥利芙和泰德。

他俩都摇了摇头。

"真的,"泰德补充道,"我什么也没听说。"

"我不上网的。"奥利芙嫌恶地皱着鼻子说。

"这似乎还没有被转载到其他——诸如报纸,或者任何你们会读的——媒体。"即使有人非常委婉地提到奥利芙的年龄,她也会显得很生气。对克特来说,三十五岁以上的人显然已经是老古董了。"我的意思是,这是典型的网络热点视频,"他继续说,"标题党。很多人观看、转发,然后开始关注下一个热点。不到一天,人们就已经转移注意力了。"

克特的垂死挣扎——显然是为了安抚玛丽的焦虑——被忽略了。

"很多人是多少人?"

克特咬住下唇:"一百万人浏览?"

玛丽的脑袋重重地垂向前方。她想象不出那么多人。他们全都坐在屏幕后面,评判她、嘲笑她。这简直是暴徒。一群暴徒。如果她认为在这一生中她已经体验过了自己的那份无力感,那就太过于天真了。难道没人想过她不想在网上变得声名狼藉吗?难道他们没想过这可能会让她痛不欲生吗?怎么会有人这么自私?

他们甚至没想放过吉姆。他的名字写在告示牌上,而牌子就在那儿,谁想看都可以看到。吉姆会看到那个告示牌吗?他不用社交网络,她最后一次见他的时候他还不用,但如果他还在外面什么地方,也许认识的人会给他看?当然,玛丽想让吉姆知道她仍然关心着他,知道无论多久,她都会等他,直到他恢复理智回家。但她不希望他通过一些愚蠢的、哗众取宠的网络视频发现这一切。真丢脸!

视频里的她看起来一团糟——头发散乱,皮肤苍白得可怕,模糊不清的分辨率让一切变得更加可怕。如果她的某个弟弟看到之后拿给妈妈看呢?那么接下来的问题就会变成:她到底在车站外面干什么。她从来没有找到合适的理由向妈妈解释守夜这件事。吉姆的父母应该不会看到的,对吧?他们至少比奥利芙大十岁,对科技也不太了解,所以在吉姆父母那边,她应该还比较安全。

"我发誓,人们记不住他们在网上看到的任何东西。"当房间里已经安静到其他志愿者肯定无法忍受的时候,克特开口道。泰德和奥利芙挪近了一点,好像想抱抱玛丽,但又害怕她也会让他们给自己一些空间。

"但是为什么呢?"玛丽喃喃自语,然后,更大声地说,"为什么?为什么会有人注意到……那个场景?我只是想让他们不要继续推来搡去,还有那该死的胳膊肘。"没有人回应。

"为什么?"

克特耸了耸肩:"我想这是意料之外的事,在地铁上对陌生人说任何话都有可能成为头条新闻。还有那个告示牌……"

"告示牌怎么了?"玛丽厉声说道。她受够了人们多管闲事,或者更确切地说,把别人的事当作自己的娱乐。

"没什么!"克特举起双手,"它很有意思,仅此而已。"

一阵敲门声传来。奥利芙、克特、泰德和玛丽同时朝声音的来源望去。他们可以清晰地看到一个女人的脑袋,干净利落的红褐色波波头和整齐的刘海儿勾勒出了她的轮廓。一层层的玻璃花纹让人看不清她的模样,但她冰冷的蓝眼睛穿透了玻璃。

"嗨,大家好!我是爱丽丝。"

几秒钟后才有人回应。"啊,是的,我们正等着你呢。"奥利芙终于说道。然而,这个场景看上去却毫无期待或者欢迎的气氛。奥利芙费力地从挂在她胸前的绣花钱包里掏出时间表。"爱丽丝·基顿,是吗?"

"是我。"

"又见面了。"玛丽努力挤出一丝笑容,"很高兴看到你来。"

"你认识她吗?"克特正在扫着短袖的前襟,上面有些燕麦棒的碎渣。玛丽从没见他动作这么快过。

"是的,我们昨天短暂见过一面。其实是玛丽建议我报名的,然后,我就来了!"

"所以,爱丽丝。"奥利芙说她名字的时候尾音特别清晰,"如果你找把椅子……对,堆在那里的那种小椅子,你今晚可以坐在我旁边。克特,你来接听第一通电话——你能给爱丽丝戴好耳机吗?"

世界再一次向前转动,而玛丽站着,凝固在时间之中。视频里的图片像恐怖电影的镜头一样,在她的脑海里闪过。她用手摸摸额头,额头上湿漉漉的。他们是怎么说的来着——病毒式传播?也有道理。玛丽几乎不记得上次这么恶心是什么时候。那通电话,现在还有这个?简直要了她的命。

"你还能待在这里吗?"泰德冒险把手搭在玛丽的肩膀上,只是轻轻一碰,却仍足以让她在一间热得难以忍受的教室里抖了一下。

"是的,说实话。我想这对我是最好的,比起落单……"

事实上,她想做的只是倒在床上,再也不起来。但在这么紧要的关头,她不能这么做。如果吉姆再打电话来,她一定要在那里听他说话,去帮他。

"你最了解自己,"泰德回答道,"如果需要什么,你也知道我在哪里。"

泰德离开不久,大家就开始接听电话。头几个通话时间不长的电话大多是克特接的,其他奇怪的都转给了奥利芙或玛丽。临近午夜的时候,线路越来越忙碌,就像往常一样——与其说是魔法时间,不如说是恐怖时刻;独居的寡妇们如果只是担心在窗外徘徊的可疑人士,用不着打紧急求助电话;卡车司机杰拉尔德,确信水管在对他说话;虽然奥雷里亚会尽可能地多出去走走,但她在休产假的时候还是因为与外界隔离而难以适应。

"玛丽，我需要你接这个电话。"克特用手捂住电话的话筒，静音键早就失效了，"奥利芙的电话被切断了，所以我想用你的试试，万一她的机器出了故障。"

"晚上好，这里是'夜间热线'。"在这儿快七年了，玛丽已经能够自然而然地快速说出这些对白。令人惊讶的是，尽管她自己的世界正在分崩离析，这些词汇却能以完美的形式出现。

"晚上好。"

"在开始之前，我必须问几个问题。你有自杀的想法吗？"

"没有。"

"你现在在一个安全的地方吗？"

"是的——算是安全的吧。"

"好的，谢谢你。目前来说就这些问题，我们可以继续聊下去。我能帮你些什么吗？"

"玛丽，是你吗？"

视频带来的痛苦，让她的身体处于自我保护的模式，玛丽没有注意到电话另一端的声音和它听上去耳熟的程度。

"我不知道你是否还会在那儿。"

"为什么？"玛丽压低了声音，"我为什么不在呢？"

"自从我打过电话以后……你看起来很痛苦。我想联系你，但我最不想做的就是在这个过程中让你难过。"通话本来就不清楚，现在还断断续续，就好像麦克风磨蹭在粗糙的表面一样。玛丽想知道他是不是长了一脸络腮胡。"你瞧，我不知道自己当时是怎么想的，打那通电话……我不想让你误会。那天很晚了，我喝了点酒。"她眨眨眼睛闭上了。她应该知道的。"我已经筋疲力尽了，我不知道还能做什么。我很抱歉。"

"没关系。那就是我在这里的原因。你现在感觉怎么样?"

"迷失。"

玛丽不敢相信自己的耳朵。就好像过去的七年都消失在这个小小的词汇里,伴随着视频带来的羞辱一起消失了。没关系,真的。如果这意味着吉姆最终会回家,那就真的没关系。

"我感到如此迷失。我做了一个糟糕的决定,需要你原谅,否则……我不知道该怎么办。"

在"夜间热线",他们为最糟糕的情况接受过训练——最暗黑的电话,能想象到最糟糕的忏悔。这从来都不容易,从来都不,然而来电者的姓名是不公开的,当初正是这一小段距离让倾听者的角色成为可能。但当听到自己认识的人陷入困境,直到现在,玛丽才意识到那会让人感到多么无力。

她需要更深入地了解他所说的内容,但在她的座位和奥利芙近到可以碰到她的绣花上衣时,这是很困难的。她不能引起奥利芙的怀疑,与此同时,玛丽发现自己渴望逃开,就像以往涉及吉姆,她所表现出来的那样。他们眼中只有彼此,对世界的其他一切视而不见,充耳不闻。

"你听到了吗?我很抱歉,我真的很抱歉。"又来了,刮擦声把声音盖住了。

"听到了。你不是孤身一人,我在这里。"然后,玛丽几乎是耳语般地又说了一句,"我可以打给你。"她需要更多的隐私,"等我一会儿,稍等一下,你能不挂电话等我一会儿吗?"

她没等对方回答,就钻到桌子底下拿她的包。她在前口袋里翻找手机,用拇指对着开机键一通乱按,想快点打开那该死的手机。

"请再等一分钟。"她低声说。

玛丽把她的手机号码输入座机，以便能把电话转过来。她的眼睛一直盯着桌子，使自己尽可能不引起别人的注意。如果克特或是奥利芙看到，他们就会切断通话。她知道这违反了"夜间热线"的规定，但她无法忍受再次失去他。在感情冲昏头脑的时候，她忘记了周围每个人的行为。

这其中，也包括了爱丽丝，此刻她正睁大眼睛盯着玛丽，完全被眼前的场景吸引住了，以至于没有在记事本上做笔记。

"哔哔"声开始响起，像指针敲出来的摩斯密码，是她和吉姆的救生索。不超过三十秒，他们就会像开始那样，突然地结束。

"喂？喂？你还在吗？"

电话线那头有口哨声，一种尖锐的嗡嗡声直接穿过了她的耳朵。玛丽抬头看着屏幕。

线路断开了。

第十三章

2005

　　玛丽拿着箱子,还没走到半路,妈妈就已经出现在门口了。天已经黑了,身后厨房的灯光映出她的轮廓。玛丽闻到炖肉的味道,几乎是满满的焦糖味;里面传来赛马的声音,爸爸的咒骂声比电视机声音还响亮。

　　"她回来了!啊,我们可想你了!"

　　"妈妈,还不到一个星期呢。"

　　"我知道,我知道。但我们想知道你在波特拉什度假时发生的一切。进来吧,晚饭快好了。"

　　玛丽刚把吉姆送到机场,去赶返回伦敦的航班。他才离开只一小会儿,就已经让她的内心感到一阵空虚。然而,除了妈妈以外,似乎没有人注意到。其他人对她的生活没有什么兴趣。加文和康纳像往常一样吵闹不停,争着要表演昨晚在布朗德比发生的一切——一些关于邻居杰米的荒唐故事,说他在打人,然后他们兄弟俩就像特工队一样挺身而出、打抱不平。打趣和玩笑,加文在空中飞舞的手臂至少把两个杯子扫到了地上——这些都让人感到安慰，但玛丽的焦虑情绪仍然像块铅面包一样塞在她的胃里。她不知道妈妈听到她要离开会做何反应。

"一切都还好吗？"妈妈一边擦桌子一边问。

玛丽正在擦洗平底锅的底部，想弄清楚哪些痕迹值得她花时间清理，哪些留着算了。爸爸在隔壁房间咳嗽了一声，声音大得足以把死人吵醒。见她没有回应，妈妈走了过来，把手放在她的背上。天气很冷，透过她薄薄的罩衫，玛丽能感觉到妈妈之前拿着抹布的手稍微有点潮湿。

"怎么了？"

"我要搬家了。"

玛丽转过身来。宣布要离开自己的家人是一回事，但能否当着他们的面说出来则是另一回事。

"搬出去——搬离这里，离开贝尔法斯特。詹姆斯让我搬去和他一起生活。"

玛丽看着妈妈睁大了双眼，她鬓角的头发已开始变白。她注意到妈妈染发时忽略了鬓角。

"噢，玛丽。太棒了！"她设法控制住了情绪。

"妈妈，我很抱歉。"

"为什么抱歉？"

"离开你。"

她不知道家里没她，妈妈该如何是好。那些男孩们……还是老样子。男孩们，即使爸爸刚做完化疗回来，他们仍然试图从爸爸那里抢电视遥控器。

"我一旦在那里找到工作，就会把我那份家用寄回来。"玛丽已经开始担心自己的工作和收入了。吉姆说过，他可以帮她几个星期，但她不愿意依靠这个，这种安排也不可能永远持续下去。"我会尽可能经常回来的，如果发生了……"

"紧急情况"这个词玛丽说不出口，因为这就意味着承认他们试图回避的事实：爸爸的身体每况愈下。她不愿意在这种状态下离开他，但如果她现在不走，要等到什么时候呢？

"坐飞机只要一个小时。两个小时就能到家门口了。"

妈妈什么也没说，但玛丽看得出来，那是因为她开始哽咽了。

"这是属于你的时间了，你知道吗？"妈妈伸出一只胳膊搂住玛丽的肩膀，把她紧紧地贴在自己身边，"我真为你高兴。"

玛丽眨着眼睛忍住了眼泪。"不过，钱的事，我是认真的。"

"我不会接受的。你已经做得够多了，现在是时候让你自己开开心心的了。我知道这事来得太突然——这种事常常是这样的。"

玛丽和吉姆认识了两个月，只在四个不同的场合见过面。妈妈肯定马上要提醒她这一切发生得太快了，玛丽该怎么回答呢？她自己也这么想。要不是因为他们之间的默契如此强大，她也会怀疑的。

"你不觉得太快了吗？"玛丽知道自己的想法，但她仍然想得到妈妈的同意——每个人都需要，不管她是七岁还是二十七岁。

"不！你怎么会这么想呢？我可没这么说，对吧？而且，感觉对了，就是对了。我跟你爸爸也是这样。六个星期我们就订婚了，看看我们现在。"玛丽瞥了一眼妈妈正在给爸爸织的那件毛衣，它搭在厨房的椅子上，还没织完。他现在瘦了很多，所以总是觉得很冷。"当你遇到对的人，无论如何都要和他在一起。同甘共苦。我相信你会为吉姆这么做的，玛丽。"她停顿了一下，"但有一个问题。"

玛丽的脉搏加速。她们已经讨论过工作、钱、爸爸——她不知道还有什么其他的问题。

"我们还没见过你的小伙子呢。"

"哦。"至少是可以克服的问题。"你愿意跟我一起去吗？搬家的时候？"玛丽还没来得及为费用担心，就脱口而出，"你和爸爸一起来，这样你就能看到我生活的地方了。"

玛丽可以看到妈妈在脑子里翻来覆去地思考着这个提议，审视着自己的脸，寻找她要收回这个提议的迹象。"好吧。"妈妈笑了。玛丽已经有很长时间没有看到妈妈这么发自内心的笑容了。"看到你们俩在一起我会很开心的。看看偷走你的心的男人。我会去看看船次。"

酒店的人知道她要离开时都惊呆了。玛丽尽量不往心里去。她的经理珍妮的反应就像是有人建议把大楼的地基拆掉一样。"在这里工作了十一年，"她一遍又一遍地重复着，"没有人能像你这样把活动安排得井井有条。"她问起这个幸运的小伙子是谁、认识了多久时，玛丽含糊地说是老朋友，被莫伊拉狠狠地踢了一脚。

"你干吗这么说？"

"我还能怎么说？我不想让人觉得我疯了。"

"因为你和一个陌生人同居。"

玛丽感到她的发际线上冒出了一层淡淡的汗珠。莫伊拉说得对。与一个男人见了四次面之后，就搬去和他一起生活，这话听起来不可能不疯狂。但这并没有改变她的感受，也没有改变吉姆的感受。当他们每天晚上通话时，即使是在十二个小时的手术之后，他还是在电话里兴奋地噼里啪啦讲个不停。

"放轻松,女孩。"莫伊拉用留言簿的背面拍了拍玛丽。玛丽会想念莫伊拉这个坏家伙的。"这是你做过的最大胆的事,我不会让你反悔的。"

搬家的日子很快就到了。妈妈不知怎么弄到了买船票的钱,并以帮玛丽搬行李为理由来证明这笔开销是合理的。尽管治疗让爸爸走路时上气不接下气,而玛丽的行李甚至装不满两个大旅行袋。妈妈之所以选择夜间航行,是因为她凭借她那根本不科学的猜想,认为可以靠睡觉把晕船的感觉睡过去。一小时过去了,玛丽唯一的愿望就是能一动不动地躺在船舱的地板上,这样就不用把头塞在马桶里过夜了。

吉姆不顾玛丽的反对,坚持要去港口接他们。玛丽想知道,这是不是他在为自己没有早点去见她父母而感到抱歉。她向他解释发生的事情——妈妈听说她要和一个他们从未谋面的男人搬到一起住——他感觉很抱歉。他最不想看到的,就是让她的父母认为女儿被交给了一个陌生人,更不用说是一个对他们一点兴趣也没有的人。这并不是他的错,她想,这是他们两个人的错,因为他们太过沉迷于对方,以至于没有想到这会被解读为自私。

他们上岸时天还没亮,玛丽背着一个包,妈妈背着另一个。爸爸伸出手去提住包的另一个提手,但每当爸爸想要承担一些包的重量时,妈妈就会把包往自己这边提。

"为什么不让我来?"在斜坡底部,一只手似乎要抓起那个袋子。"早上好,美人。"吉姆的声音大小刚好能让玛丽听见,但她的父母听不到。

玛丽做了她能想到的最简短的介绍。"妈妈,爸爸——这是吉姆,詹姆斯的昵称。詹姆斯,我的男朋友。"她不敢相信自己以前从没这么称呼过他。

"她的男朋友,"吉姆重复道,"我也很抱歉,我们到现在才见面。"

"我们走吧?"吉姆指着停车场的方向说道,"我本来害怕车会有点挤,但看起来我们的玛丽没带多少东西。"

一路上,妈妈和吉姆聊了整整四个小时。爸爸还说了好多别人都不知道他做过的事,关于橄榄球,还有他请求肿瘤科给他们换个大屏幕,这样他就不必在治疗期间错过比赛的任何一分钟。吉姆从服务站买了几杯茶(不太热了,但还是很受欢迎),还买了牛角面包。他们在高速公路上飞驰时,妈妈不停地为这些奢侈的东西而感谢他。妈妈的脖子没有抽筋真是个奇迹,她那样不停地从驾驶座中间探出头来,想引起吉姆的注意。

"我们好久没来伦敦了,对吧,斯坦?"

"一九七六年——第一次香港国际七人橄榄球赛[①]。你对这事有印象吗?"

"恐怕我那时候太小,记不得了。"吉姆回答道。他打了指示灯,减慢车速,把车停到公寓外的一个车位上。"那么,我们到了!家,甜蜜的家。"

他从车尾厢里取出两个包,一边肩膀挎着一个。他为爸爸打开车门,两人一起走向公寓,聊得很开心。玛丽还没来得及跟上他们,妈妈就伸手抓住了她的手腕。

"他简直完美。"她悄声说。

"好吧——别激动。"

[①] 最重要的国际性橄榄球赛事之一。赛事开始于一九七六年,每年三月下旬或四月初的周五开始。

"你是个幸运的姑娘，玛丽·奥康纳。"

十三年——在一起六年，分开七年——玛丽从来没有忘记自己有多幸运，一分一秒都没有。

第十四章

2018

午夜过后十分钟。桌上的电话从玛丽手中掉下来，啪的一下落在桌上。她笨手笨脚地在事情变得更麻烦之前赶紧抓起电话。"抱歉，很抱歉。"

爱丽丝可以看得出，玛丽正试图在奥利芙发现之前把手机收好。也许她应该去帮玛丽打个掩护？幸运的是，奥利芙正忙着接另一通电话，嘴里不停地发出"嗯"的声音，爱丽丝并没有多少机会插话。

"对方又挂了吧？"克特问道，"我们一直碰到刚接通就挂断的电话——我敢发誓是同一个人。唉！"他没等玛丽证实或否认他的假设，"准备好接下一通电话了吗？希望这次电话那头会有人。玛丽？"

"事实上，克特，我得走了。"她已经开始收拾自己的东西。她没法直视任何人。爱丽丝希望玛丽不会哭出来。爱丽丝走进房间时看到的玛丽是如此脆弱，如果刚刚看到的是她在接吉姆的另一个电话，那毫无疑问，她会崩溃的。

"哦,没问题。呃,你看,我再次对之前的事表示抱歉。就像我说的,风头已经过去了……"玛丽没在听,她要走了。"等会儿!"克特从座位上跳起来。

玛丽转过身。"你回家没问题吗?"自从爱丽丝来了以后,克特平均每分钟看她五次,这会儿特意给爱丽丝使眼色。"我们的预算可能不够坐出租车,但或许爱丽丝可以陪你走回去?你住得不远,不是吗,玛丽?"

"当然,我很乐意。"爱丽丝在玛丽有机会开口拒绝之前就跳了起来。

玛丽看起来对这种关注感到不适,也为这种唐突恼火。但没办法,爱丽丝已经站起来追着玛丽出了门。

"你还好吗?"爱丽丝在她身后说道。

愚蠢的问题。那通电话,也许现在是两通电话。然后是那个视频。爱丽丝知道玛丽已经知道了它的存在。克特用口型对她说"视频"两个字时,爱丽丝意识到自己撞上了"夜间热线"的紧急情况。

直到五分钟后,玛丽停下脚步的时候,她才开口说话。

"好吧,呃,我到了。"她们站在一家炸鱼薯条店的外面,爱丽丝曾经看过一套这条路上的出租公寓,但是没租。"我的意思是,我住楼上。"玛丽含糊说道。她跨过门槛,正准备把门关上。

可爱丽丝把脚塞进了门缝里。"我给你沏杯茶,好吗?我也想喝一杯。"

"其实……"

"就喝一杯,要不了多久。今晚可真难熬。"还没等玛丽提出异议,爱丽丝已经溜进了走廊。"那么,从这里上去?"

对强迫玛丽这件事,爱丽丝多少有点不好意思,但如果说她们的第一次相遇教会了她什么,那就是玛丽是一个非常不主动的人。这某种程度上解释了为什么爱丽丝此刻会在这里,玛丽是永远也不会找人帮忙去寻找吉姆的。但爱丽丝可以保证,她需要一个了结。如果玛丽现在还不明白,那么等她走到那一步,她就会明白的。而事实上,这些答案很可能提供了一个故事——一个可以帮助爱丽丝在工作中保全自己的大新闻。好吧,这也算是个额外收获。

玛丽转动钥匙打开前门,然后径直走到沙发上,把它当成自己的避难所,蜷起脚缩成一团,像个受惊的孩子。爱丽丝负责烧水。

"那么,"爱丽丝说着把两杯茶放在用作桌子的三脚凳上,坐在玛丽对面的椅子上,"你还好吗?说真的?你可以跟我说说的。"

玛丽的情绪写在脸上,就像刚洗过的白床单上的血迹一样清晰。爱丽丝觉得,这就是给记者的礼物。现在,她能感觉到玛丽正在权衡——重复当晚发生一切的痛苦和分享它们可能带来的解脱,哪个比重更大。玛丽咬着下唇,好像想把这些话留在心里。然后,她终于心软了。

"他打电话来了,吉姆。又一次。"

"今晚?"

"是的。"

"他说了什么?"

玛丽深吸了一口气,呼出的气让她的下唇颤抖起来。"他说他感到很迷失。他也很抱歉,因为联系我却让我如此难过,并不是他的本意。这并没有所谓，我也试着告诉他，但在'夜间热线'那里，太难说话了。而且，吉姆也一直很注重隐私。所以我要把电话转到我的手机上。我知道，我知道，不应该这么做，但我不能在那里跟他说话。不能当着其他人的面。我让他稍等一会儿，我会把他转到我的手机上。然后，我把手机拿到耳边的时候……他已经不在了。"她战栗着。

爱丽丝脑子里跳出来上百个问题，但在玛丽的悲伤面前，这些问题被她吞了下去。她口中只冒出几个字："我很抱歉，真的。"

"我只是……我只是不知道该怎么办。我不能再失去他了。"

爱丽丝完全了解那种感受——那种被抛弃后的无力感。但是，现在难道要看着自己最黑暗的那段阴影重现？她此时能做的就是把心思放在她来这里的原因上：为玛丽找到吉姆，并得到能让自己保住工作的故事。

"这是他吗？"爱丽丝最后问道。

她指着陈列在厨房兼餐厅兼客厅里唯一的相框，这个相框支在一个空荡荡的壁炉台上。吉姆的脸占据了照片里面的三分之二。他身材高大，皮肤黝黑，典型的帅哥，就像周日晚间历史剧的主角。爱丽丝发现，除了他左眉上的一道缺口——就像刀划过眉头——她连一个瑕疵都找不出来。在这张自拍中，玛丽的脸在他肩膀上方的位置，要么是他正背着她，要么是她在他身后几步远的地方。不管在哪里拍摄的，照片里都有令人惊叹的景色：一些平坦、层叠的石头从这对情侣身后汹涌的大海中浮现出来。

"是的，那是他。他是我的伴侣，也可以说是我男朋友。不过，他比我大九岁，管他叫男朋友总觉得很傻。"

"你看起来那么快乐。"

也许爱丽丝逼得太紧,玛丽的眼睛一下子闭上了。"我们的确很快乐,"她说道,"非常快乐。在我遇到他之前,我根本不知道'快乐'这个词是什么意思。不完全知道。我从未像和他在一起时那样充满活力。抱歉,我失陪一下。"她跌跌撞撞地从沙发上下来,朝一个方向走去,爱丽丝想那大概是浴室。她听到门被锁上的声音,然后是压抑的呜咽声。

爱丽丝希望自己可以安慰玛丽,但经验告诉她,有些悲伤只能自我消化。玛丽出来的时候,就暗示着爱丽丝该离开了。但她将空手而归,除非能从玛丽的公寓里找到什么线索……

在爱丽丝的良心有机会反对之前,她用手机拍下了壁炉上的照片。照片的画质比昨晚的视频好多了,她不知道什么时候会需要它。另外,这张照片里有吉姆。吉姆。吉姆什么?爱丽丝连他的姓都没问出来,作为一个记者有点说不过去。

她站起来,走向洗手池。在收音机和烘干架之间塞着一堆文件。爱丽丝翻看了几张账单和传单。不出所料,这些东西都是寄给玛丽的。爱丽丝把它们又塞了回去,她不想被玛丽当场逮住。在匆忙中,一张护照照片掉了出来。

还是吉姆,但证件照里的他和其他普通人一样,没能展示出最好的状态。尽管她知道自己无权评判,但这张照片中的他看起来邋里邋遢,尤其是与另外那张如此迷人的照片相比。眼袋,长而柔软的头发,还需要刮刮胡子。他怎么了?

爱丽丝把照片翻过来。**詹姆斯·惠特内尔,2011 年 7 月**。所以吉姆是"詹姆斯"的缩写。这应该能让她开始着手调查了。

玛丽再次出现时,爱丽丝已经到了门口。"所有这一切都不是你的错——你知道的,是不是?"她无法忍受像玛丽这样善良深情的女人会为过去发生的事情责怪自己。她甚至没有提到网上的视频。可能最好别提,爱丽丝一边想,一边递过去一张收据,背面潦草地写着她的号码。一晚上能聊的内容是有限的。"拜托,如果你需要什么,给我打电话。需要什么都可以。我想帮忙。"

她犹豫了一下。是时候告诉玛丽她的想法了——一个可以找出吉姆身上发生了什么事并且挽救自己职业生涯的调查,一举两得。虽然爱丽丝没说,但她已经看到了玛丽对视频的曝光反应有多激烈。玛丽不会想要新闻报道的,即使是由她认识的人悉心思虑而写的本地新闻也不行。爱丽丝该如何开始讲述她的计划呢?两天前,她在酒吧里讲到自己职业的时候,对玛丽撒了谎。

爱丽丝觉得,**寻求谅解比要求许可更好**。此外,如果爱丽丝能让结果为过程正名,如果她能找到吉姆……那就不需要原谅了。

"我应该让你睡一会儿。晚安,玛丽。"

外面的空气依然温暖,尽管已经是凌晨一点了——这是伦敦短暂而炎热的夏季中少有的夜晚。爱丽丝的公寓离这里只有十分钟的步行路程,但不知为何,她没力气迈开双脚。她再也不能忽略自己涌起的痛苦了。

自从遇见玛丽后,爱丽丝一直试图压抑自己与这个女人之间的亲近感。这个女人拿着一块告示牌,上面诉说着她人生中最糟糕的时期。这是爱丽丝从来没有提起过的——因为她害怕羞耻和悲伤会卷土重来,毁掉她多年来取得的一切进步。消失。恋爱伴侣的消失和家庭成员——一个有血缘牵绊的人的消失,哪种情况更糟?

爱丽丝永远不会忘记她爸爸消失的那一天。那时,她刚满十二岁。一周前,他还是她生日派对上的焦点,扮演她最喜欢的角色——小丑。做鬼脸，开粗鲁的玩笑。爱丽丝所有的小伙伴都很喜欢他，但谁也没有她那么爱自己的爸爸。他俩亲密无间，是最好的朋友。

派对一结束，他俩就蜷缩在沙发上，手里拿着热巧克力，一起看《每日赛事》①。爱丽丝已经吃了太多甜食——蛋糕、冰激凌、礼品袋里的糖果——但她总能为了他俩的传统而给肚子里腾点位置，喝着热巧克力看球赛就是他们的传统。爱丽丝盯着分数发呆的时候，爸爸会假装没有注意到她从他饮料的顶部吸走了奶油。当她靠在他的肚子上打瞌睡时，他拉过毯子，披到她的脚底下。爱丽丝知道，有他在身边，她永远是安心的。

但是，时间到了2004年3月15日，星期一——这是一个永远留在她记忆中的日子。爱丽丝醒来时，他已经不见了。她能感觉到，妈妈正试图为她摆出一副勇敢的面孔，但即使是世界上最伟大的演员，也无法在吃惊地意识到自己的家庭已被摧毁时，伪装出自信的神情。爱丽丝记得当时她用手捂住了耳朵。如果她没听到，那就不是真的。这样，她就可以相信爸爸是睡过头或工作到很晚，很快就会回来和他们一起。

但随着日子一天天过去，几天变成几个月，几个月变成数年，爱丽丝别无选择，只能接受他们的三口之家已经变成了随时可能破碎的两口之家。时间也没有让她停止追问自己——是不是她做了什么让爸爸离开的事，或者她要做些什么才能让他回来。

到最后，其他人对他离开的兴趣都减退了。他离开了，仅此而已。爱丽丝的妈妈则伤心欲绝，一下班就上床睡觉。对爱丽丝

---

① BBC电视台的足球节目。

来说，这就是失败。她对着那张因忧伤而麻木的脸，也说不出什么话来。但爱丽丝能做些什么让事情变得更好，或者证明爸爸还有可能回来？她当时还很小，刚上初一，才开始自己放学回家。没有一个十二岁的孩子能开展有效的调查。

十五年过去了，爱丽丝现在的年纪已经足够大，可以帮上忙了，尽管这次是她直系亲属以外的人。她突然想到，在所有人中，她妈妈最知道该对玛丽说些什么。但她会同意爱丽丝不经玛丽的批准，继续调查吉姆的故事吗？在内心深处，爱丽丝知道那个答案。

但她现在可不能听这个答案。

第十五章

2006

　　玛丽在见到吉姆之前先听到了他的声音。更确切地说，她觉得那是吉姆。如果她没弄错的话，他在自己做什么手工活儿。她并不觉得有什么东西需要修理。在搬进来的六个月里，她还没能习惯他把伊灵的公寓保持得如此干净。

　　玛丽试了几次才把钥匙插进门里。她从阿克斯布里奇路的缝纫店买了好多袋东西。她开始好奇自己会不会是他们的最佳顾客——自从玛丽上个月底建了一个网站后，她就收到了大量的委托订单，现在她发现自己每周都需要补给线和印花棉布。

　　玛丽终于进来了。她把身上背的东西放在门旁边，把太阳镜放在边桌上。这里的喧闹声要大得多——连续不断的敲击声，似乎是从客厅传来的。吉姆什么时候有工具箱了？除非他最近抽什么风买了一个。要说是中年危机的话，他是不是有点太年轻了？

　　玛丽在门口站了好一会儿，也没弄清楚吉姆到底是在组装东西，还是在搞破坏，更别说弄清楚他到底在鼓捣什么了。他的衬衫袖子卷了起来，背上蒙了一层薄薄的灰尘。在他左臂的上方有一个小螺旋形的凹痕。那是一个特别温暖的春日，看起来他正在流汗。她那英俊潇洒、专业能力很强的男友，被需要自行组装的家具给打败了。

玛丽清了清嗓子。什么反应都没有。他完全沉浸在自己的世界里。她并不想吓着他，但轻轻拍一下他的肩膀应该没问题吧。

吉姆跳了起来，他的喊声被铁锤砸在地板上的撞击声所掩盖。

"对不起，对不起。"玛丽把手放在他的胳膊上方，"但不得不说，我很喜欢看你干一些力气活。这是头一次。"

她欣赏着吉姆脸上掠过的那一丝气愤的表情。他最近的工作排班一直都是十二个小时，有时甚至十四个小时，这使她十分感激自己的新工作也占据了不少时间。她面朝缝纫机，机针有节奏地刺穿印花布，也刺穿了她的意识，让她根本没有时间去想念他。不过，她把手机声音开得很大，这样当吉姆发短信说他要离开诊所时，她就可以出门去接他。看着他穿过伊灵百老汇车站的大门，是她一天中最重要的时刻。自从搬到伦敦以来，玛丽最美好的时刻之一，就是和吉姆手拉着手一起走回家的五分钟路程。

"我能问一下这，呃……是什么吗？"玛丽看着吉姆沮丧地叹了口气，"我的意思是，完工后会很好看的。"

"这是给你的。"

"啊？哇！好的，啊，我一直想要一个……"玛丽眯起眼睛，试图读懂说明书上的小字，它令人担忧地被丢在离满是木板和钉子的房间中央很远的地方。吉姆肯定觉得他懂得更多，还是说所有人都会这么想？

"一张书桌，让你缝东西用的。这本该是个惊喜的。"

玛丽蹲下来。吉姆牛仔裤膝盖处的布料被撕破了——它是这个组装项目的牺牲品,另一个牺牲品是地板。她用双手捧起他的脸,吻了吻,把脸上的锯末吻掉了。她本以为自己不可能比站在门口看着他为组装家具而汗流浃背的那一刻更爱他,而现在又有了这个贴心的惊喜。玛丽意识到,这就是他们在一起的美妙之处:每当她认为自己不可能更爱他的时候,她就会陷得更深一点。

"我希望你有一个属于自己的工作空间。我想,我们可以把桌子放在那边。"吉姆指了指餐桌旁,餐桌上摆满了玛丽正在制作的东西。几个月来,他们每个周末晚上都只能把自己的大腿当餐桌。"而且我也想做点什么,确保你知道这是你的家,是我俩的家。"

"吉姆。"玛丽张开口,半个音节哽在喉咙里,她强忍着没哭出来。她不想让他认为自己在这里感到不快乐或不舒服,因为他没有做任何让她有这种感觉的事。但是,玛丽仍然没有忘记她过去二十八年的家。给妈妈打电话和跟她一起瘫在沙发上不是一回事。

"不!让我说完!还有一点……我想,这也是我想让你像我一样看重你工作的一种方式。你生性谨慎,总爱担心,我能明白。但这事会成功的,玛丽。它会的。"

她现在可忍不住眼泪了。从来没有人像吉姆那样相信她,没有人这么对她。当然,她的家人希望给她最好的,但那是另一种形式的最好,那种好来自知足,而不是促使你去追求自己最高的希望和梦想。吉姆向玛丽展示了她的家庭责任感和她自己的抱负不是相互排斥的,把自己放在第一位并不一定是自私。

"谢谢你。"她勉强控制住情绪说道。她不知道自己做了什么,能配得上这样一个善良、慷慨又这么支持她的男人。靠制作地图谋生一直是个梦,但经历一场让她自信能够接受这个挑战的爱情,也是一个梦。玛丽觉得自己有点自私,好像是她故意把所有的好运都偷藏起来了。"要我帮你一起把这个拼完吗？看上去你需要我的帮助。"

在她掌舵的情况下，他们严格遵守安装说明，很快就把书桌装好了。

"我觉得我们应该庆祝一下。"吉姆坐在成品边上，玛丽开始在他周围整理她的工作台。"我们可以选车站附近新开的那家印度餐馆——你知道那家吗？买瓶酒，把那套影碟看完——我们马上就要看最后一张 DVD 了。"

"我们不是应该去参加格斯的乔迁派对吗？"

吉姆耸耸肩："我不想去。"

老实说，玛丽也不想去。搬到伦敦来的几周后，她在生日酒会上见过格斯和他的未婚妻吉莉安。玛丽到的时候，每个人都盯着她看，吉姆的手握住她的手。那个成功偷走詹姆斯的心的女孩，吉莉安低声说道。终于有人让他改邪归正了——在关键时刻！吉姆对这句话特别反感。他们只喝了一杯就离开了，从那以后，玛丽觉得吉姆一直在躲避他那个更为庞大的朋友圈的邀请。

"你不想见见你的朋友们吗？"她冒险问道。这不该是她管的事，但她不希望吉姆失去他大学时的朋友圈。更重要的是，她不希望他们因为吉姆最近的孤僻而责怪她。

"我想和你在一起。"

"我们总在一起，日复一日……"

"已经厌倦我了？"

"永远不会。"这事实让玛丽停住了脚步。

吉姆抓住机会，把她拉进了自己怀里。

"那么，有什么问题呢？"

有问题吗？这明显是那个过去的、遇到吉姆之前的玛丽，在没问题的时候硬要找出点问题来的玛丽。在伊灵的这六个月，是她一生中最美好的时光，比他们在波特拉什玩过家家时她所能想象到的要好得多。没有重大的分歧或争执。他们的周末在快乐之中悄然流逝，他们形成了新的生活习惯，玛丽可以一直这么活到生命结束的那一天。

但玛丽有时会想，他们这种与世隔绝的生活方式是否完全健康。莫伊拉还没有机会来看她，吉姆和玛丽也还没有坐下来给自己订机票去贝尔法斯特。吉姆的朋友们几乎都被"炒了鱿鱼"，就只剩下他的父母。自从他们搬到一起住以来，理查德和朱丽叶只来过一次，喝了杯咖啡，连一块饼干都没吃。他们似乎对玛丽没有多少好感。

吉姆的手伸进玛丽牛仔裤的后口袋里。他闻起来还是和以前一样，烟熏味。"好。但我可不和你分我的烤馕。"

"这才是我的女孩，我早就知道。"

"我们一起去拿吗？"

"不用了。"吉姆已经站了起来。六点了，玛丽的肚子饿得咕咕叫。"我去就行。"

"我想和你去。"玛丽跟着他到走廊去拿她的外套。

吉姆抓住外套的帽子，把它放回挂钩上。"你留在这里，整理好桌子，自己收拾一下。半个小时我就回来了。"

他在玛丽的脸颊上亲了一下，不等她提出抗议就出了门。

她不知道这是怎么回事。他告诉她，今晚想要约会，但不希望她陪着去买约会需要的食物。看起来不像是还有另一个惊喜的样子，除非他有想接的电话，或者他不想让她跟着，因为看到他买酒的价钱,或者数量,或者喝酒的速度而感到震惊……

电话打断了玛丽越想越可怕的念头。她已经有好几个月没有去设想最坏的可能性了,也很少想关于吉姆的。那个男人刚给她做了一张书桌——没什么好担心的。

"喂?吉姆和玛丽家。"

"玛丽?"

她一听到妈妈的语气就知道了,她担心错了地方。

是爸爸。

第十六章

2018

爱丽丝打开报社的电脑，一边打呵欠，一边等待电脑加载。又一个和玛丽在一起的夜晚，又一个不眠之夜。她再也无法否认，她在寻找吉姆的过程中付出了双倍的努力——无论是个人层面还是职业层面——虽然她曾希望能够绕开自己的过去，但这是不可能的，不是吗？

她爸爸的失踪改变了一切。爱丽丝和她妈妈的关系再也回不到从前。除了例行公事的问候，她们从不发短信，除非生死攸关的大事，她们也从不打电话。爱丽丝当然知道妈妈爱她，愿意为她做任何事，但就好像有一根帐篷杆把她们分隔在了安全距离之外。如果她们开始敞开心扉，谈论过去发生的事情，那么她们花了这么长时间才建立起来的正常的幻象就会崩塌。如果爱丽丝说出关于爸爸离开的真实感受，妈妈就会再次伤心欲绝。

爱丽丝突然被偷走的不仅仅是童年，还有未来。她想知道，如果当下的生活中有父亲的存在会是怎样一种感觉？她可以和他谈谈工作上的事。虽然她并不为在报社的停滞不前感到骄傲，但父亲是不会在乎的。好的父亲是不会的。他会笑话她那些废话连篇的文章，还是会把文章的链接分享给他的朋友和同事？对于她的困境——迫在眉睫的裁员——她可以从他那里得到建议。毫无疑问，他也会对她的个人生活有看法，只要是她认为适合带回家的男孩。当然，这并不是说曾经有过这样的机会……

计算机启动了。"基顿，注意力放在眼前的问题上。"她提醒自己，在椅子上坐得更直了些。这对她来说可能太迟了，但如果说过去几天她看出了什么，那就是，对玛丽来说一切还不算太晚。吉姆主动联系她，肯定是有原因的。她开始在网上搜索"詹姆斯·惠特内尔"。

事实证明，在全世界范围内有很多人叫这个名字，所以她不得不立即缩小搜索范围，添加"英国"和"伦敦"的组合。在房产记录中，她找到了他曾经在附近拥有的一套公寓的信息，那套公寓七年前卖了一小笔钱。爱丽丝气愤地想，这与玛丽现在住的地方也差太多了。被这么一无所知地留在这里，就好像她还没受够折磨一样。

她在牛津大学一个学院的校友页面上发现了詹姆斯的全名，没有其他细节，伦敦市中心一所上流中学的情况也是类似。爱丽丝不应该感到惊讶，因为在玛丽壁炉架上的照片里，他看起来如此儒雅，但玛丽看起来不像来自有钱的家庭——他们一定有天壤之别。豪华的公寓，富有的家庭，爱他的伴侣——在爱丽丝看来，吉姆之前的生活相当不错。那他为什么要消失？

他究竟还需要工作吗？爱丽丝又翻过了四页搜索结果，直到在一个漂亮的网站上看到"詹姆斯·惠特内尔医生——耳鼻喉科"，这肯定不是国民医疗服务的网站。爱丽丝点进去。**错误404——该**

页面不存在。好吧，那就不足为奇了。吉姆已经找不到了。如果他要从这个地球上消失，就不可能去给某个有钱人做鼻腔咨询。

但是能在那样的地方找到一份工作，他的工作一定很出色，不是有那种能追踪到医生信息的地方吗？以防他们其实是心理变态。也许爱丽丝能在那里找到更多关于他的信息，看看他还可能在哪里工作。她在浏览器上打开了一个新页面，打开医疗记录，输入了詹姆斯的名字。**对不起，我们找不到符合你搜索的记录**。

所以他在这里也消失了！爱丽丝沮丧地咕哝了一声，又回到私人诊所那时尚又中性的色调，吉姆的档案现在已经不存在了。她不相信在一个前台有奶油色真皮沙发的地方，员工流动率会这么高。那里肯定有人知道吉姆为什么从他们的页面上消失了，也许还知道他消失的原因，就这样。

爱丽丝迅速地记下地址。是时候去实地考察了。

埃尔德里奇健康中心位于肯辛顿小路上的一栋联排别墅里，这里绿树成荫，非常安静。爱丽丝在门槛上徘徊，对着抛光的青铜门环检查牙齿。虽然她总是穿着得体地去上班，但这里比商业街要高级得多，她不想让可恶的饼干屑破坏她本来就已经岌岌可危的安全感。

自信是关键。爱丽丝耸了耸肩，走进接待处，表现得好像她对这里很熟悉。

她猜，桌子后面的女人年近三十。她梳着一条光滑的棕色马尾长辫，脸上一副百无聊赖、早就想辞职的表情。爱丽丝对此再清楚不过了。

"我能帮你吗？"她问道。

"是的。我是来见詹姆斯·惠特内尔医生的。"

接待员的下巴"掉"了下来,露出了整齐得让人过目难忘的下排牙齿。她的眼睛睁得大大的,表情从震惊到困惑,然后又变成爱丽丝无法确定的某些情绪。但有一件事是肯定的:她知道这个名字。

"恐怕惠特内尔医生已经不在我们这里工作了,"她字斟句酌地说道,"我能问问你找他有什么事吗?"

"哦——我是他的一个老朋友。"

接待员皱起了眉头。吉姆比玛丽大九岁,而玛丽——大概三十五岁,还是四十岁?所以吉姆很可能比爱丽丝大二十岁。糟糕!"我是说,我是代表一位老朋友来的。我不知道他已经离开了……好吧,还是很感谢。我现在就走。"

她转过身来。一走出那个诊所,她就从大楼的一侧冲了过去,瘫倒在垃圾桶后面。她不想让前台跟着她走出来,再问一些尴尬的问题。她到底在想什么,自称是老朋友?这是她的一个重大错误。不管怎么说,她也不会把有关吉姆下落的重要情报透露给一个该死的陌生人,对吧?爱丽丝不知道自己是脑子短路了,还是本来就很迟钝。她需要一分钟让自己镇定下来,然后才敢勇敢地走过那扇窗户。这实在太浪费时间,而且前门砰的一声就关上了。有脚步声——似乎有两组——先是在水泥台阶上,然后,脚步踩在了侧巷的砾石上。爱丽丝蹲到地上。她透过垃圾桶瞥了一眼,看到接待员和另一个年轻一点的女人,后者的红褐色头发披在肩膀上。接待员给她的同事递了一支烟,她们都点上了。

"艾米,刚刚发生了一件特别奇怪的事,"接待员说,"有一个女孩走了进来。从你桌子那边看不到,但她和你差不多大。我不知道，也许二十五岁吧？挺漂亮的，整齐的波波头。她进来说要见惠特内尔医生。"

"谁？"

"对了，他在这儿工作时你还没来。他大概十年前还在这里——也许不到十年？我告诉你，如果你见过他，你会记得的。他太帅了，艾米，帅呆了。每个人都对他有意思，但他已经有伴侣了。他有个交往了很长时间的女朋友，玛蒂？我想那是她的名字。我见过她一次。尽管不想承认，但她和他一样迷人。我觉得她有点奇怪，而且我见到她的时候，整个情况都很奇怪。"

"等等，我搞不懂了……"另一个女人看上去一脸天真，要把她弄糊涂并不困难。

"哦，对了——所以惠特内尔医生，詹姆斯，他坚持让我们都叫他詹姆斯。"接待员放弃了她的北方口音，转而使用标准腔，"他离开很久了，现在这个女人还在找他？要我说，很奇怪，尤其考虑到詹姆斯离开时的情况。"

"什么情况？"红褐色头发的人一听到八卦就兴奋起来。爱丽丝也是，只是她的心跳得太厉害，都快让她听不清楚对话了。集中注意，基顿。集中注意。

"我们从来都不确定。一个私人助理无意中听到他老板说，他在被炒掉之前先辞职了。詹姆斯被扫地出门只是时间的问题，他那副样子……"

接待员在碎石上掐灭她的香烟，嘎吱作响。

"哇！"她的同事一边说，一边带头往回走，"我不知道这里还会发生这样的事。"

"但你要保密，"接待员补充道，"我不想让人说我四处八卦。"

第十七章

2006

玛丽完全没有做好失去爸爸的准备。虽然从他被确诊到真正离开，中间有很多年，但这并不重要，再多的时间也无法帮她适应没有爸爸的生活。他是他们的基石。如果没有比赛转播的声音作为她的兄弟争吵的背景音，他们家肯定会崩塌的。还有妈妈——她该怎么办呢？他们二十二岁结的婚，在一起的时间比分开的时间还长。是爸爸让玛丽知道应该在男人身上寻找怎样的品质——诚实、体贴，还有那种即使住在过于拥挤的房子里，也能让妈妈觉得自己是女王的倾慕。

吉姆一进门就知道出了什么问题。玛丽一只手里还拿着电话。他丢下外卖袋子——印度烤玉米片撒了一地——然后把她抱在怀里。但不管他怎么努力，都无法将玛丽的痛苦从她心中挤出去——那些因为想到她再也不能拥抱父亲的痛苦，再也没有父亲来告诉她，他是多么为她的进取心和才华感到骄傲的痛苦。

在葬礼前的一个星期，玛丽脑子一片混乱，根本没办法工作。机组人员罢工，意味着罢工结束前没有航班，吉姆无法从工作的咨询中脱身，不能待在家里陪伴玛丽，尽管他一直在说除了在公寓里陪她，在她痛苦的时候陪她，他哪儿也不想去。更糟的是，他工作上出了问题。吉姆一直到凌晨才能回来，当玛丽直接问他时，他没有否认问题的存在。他会说，**等事情解决了我再告诉你**。玛丽也接受了这一点，她知道在未来的一段时间里，她的悲伤已经满溢，没有给其他情绪留下任何空间。

在守灵仪式上，到场的不到一百人，玛丽忙得不可开交，忙着接受别人的吊慰，还要忙着准备三明治。弟弟们的工作是照顾妈妈，但玛丽始终分神留意着她。然后还有吉姆，他几乎不认识任何人。玛丽简短地把他介绍给莫伊拉和她的新男友，但他们还要和其他人聊天，吉姆的踪影很快就消失在了玛丽的视线中。当然，他是个成年人，但是由于工作压力，他上周的行为非常不对劲。玛丽不想在他可能需要一点新鲜空气的时候，要求他陪在自己身边，这样会使事情变得更糟。

难得有五分钟的休息时间，玛丽去找吉姆。房子并不大，她很快就在厨房里找到了他和她弟弟加文。他俩每人手里都拿着一罐健力士黑啤，身后那一排她觉得是已经喝空了的罐子。他俩都懒得清理一下这个地方吗？为什么加文没和妈妈在一起？

玛丽深吸了几口气，试图使自己平静下来。如果真有需要争吵的时候，那也不是现在。此外，卡罗尔阿姨还在喊着："再来些苏格兰蛋①——宴席承办人做了吗？玛丽你知道不？"等玛丽找到苏格兰蛋，又和聚集在走廊里的三个堂兄弟聊了几句之后，她已经没有心情再去看吉姆了。她试图抑制住"反正他也不值得自己

---

① 英国代表性的鸡蛋料理，用肉馅包裹水煮蛋后，再蘸上面包糠油炸制成。

一直担心"这种想法。

于是，她爬上楼梯，来到一个没有守丧人的地方——妈妈和爸爸的房间。它看起来和玛丽最后一次看到的一模一样——差不多七个月前，也就是她搬去和吉姆住之前。她不知道她一直在期待着什么变化。爸爸的衣服还叠放在角落的椅子上，他的猜谜书还放在梳妆台上，从他漏洞的钱包里掉出来的零钱散落在旁边。她倒在他的枕头上，抬头盯着天花板，想知道他最后的时刻都在想些什么。她祈祷他想的是一些开心的事——妈妈、她、弟弟们，也许是二十多年前他们在波特拉什的度假。

"我把你的男人放在我房间里睡觉醒醒酒。"加文从门口探出头来。

"什么？"

玛丽挺身坐直了。她没有权利躺在这里，但至少弟弟还算宽厚，没有提到这一点。如果说有什么的话，那就是他自己看起来也很惭愧。这是第一次。

"什么？"弟弟没回答，她又问了一次。

"你的男人——詹姆斯。"加文翘起拇指和小指，把手靠到自己的嘴边，玛丽觉得是在模仿吉姆下午喝酒的样子。

"你确定吗？"

"他是这里最能说的醉汉，也是唯一有那种口音的醉汉。他，呃……在楼下的卫生间里吐了。"

"天啊！"玛丽立刻坐了起来，还捏了捏脖子后面的皮肤。这些结似乎越缠越紧了——她想起来自己只是来这里休息一下。她应该再去找找他的，应该多留意一下。"你说他在楼上？"

"我只是捎消息的，别冲我来啊。"

在玛丽以前的房间里，吉姆侧躺着，身体蜷在一起。玛丽帮他把身体舒展开，用冰冷的手掌捂住他的前额。

"我的美人。"他用沙哑的嗓音说道，散发出带着威士忌余味的辛辣气息。那是他身上气味的一部分，尽管通常没有这种呕吐的味道。"我错过了什么？"

"看上去，几乎整个守夜。"

"我需要一点东西来帮助我渡过难关。"

"帮你渡过难关？"

"别这么敏感。你明白我的意思。"

玛丽能感觉到怒火在上升，她脑袋里的压力和它的热量让她胳膊下黏糊糊的。她站起来准备离开。

"拜托，"吉姆含糊地说，"你怎么回事？"

"这是我父亲的葬礼，"玛丽低声说，"你可真丢人。"

她关门的时候，一只手掌贴在木头上以减弱声音，玛丽咬住指关节不让自己哭出来。刚才到底发生了什么？这不是她所认识的吉姆。他们在一起的九个月里，有过几次小争吵——家务、开始新工作的压力和吉姆的高压工作交杂在一起时，她说过尖锐的话——但从来没有这样过。难道他们第一次的正经争吵，也会成为最后一次吗？恰恰在这样的时间与地点。如果在父亲的尸体刚刚入土的时候她都不能敏感，那还有什么时候可以？玛丽比以往任何时候都更需要吉姆，而无可否认的是，他让她失望了。

她从来没有想到吉姆会这样使她失望。她从来没有想过他会让她失望，仅此而已，尽管她认为那根本是不现实的。玛丽突然意识到，她被吉姆、他们之间的化学反应和他的才华迷得神魂颠倒，从来没有客观地评估过他，评估那些让他变得和其他人一样平凡的缺陷。

他究竟喝了多少？她看见了那罐健力士啤酒，看上去还喝了其他的，闻起来是威士忌的味道。玛丽搬进来后，确实有那么一阵子，对吉姆的酒量感到惊讶。但他很少表现出受到酒精影响的样子，不像其他人那样摇摇晃晃，或者说话含混不清，或整个人很迟钝，所以这不可能真的是个问题，对吧？

玛丽猛然想起了他们第二次约会时，她向吉姆借的那件夹克——口袋里装的是个酒瓶。她就知道。他们在伊灵的垃圾回收箱的情况也让人窘迫。她总是试图在上面放一个麦片盒子，以免邻居们怀疑他们怎么喝了那么多瓶酒……

"你在这里！"玛丽吓了一跳，胸口砰的一声撞在门上，弄得门嘎吱作响。她听到吉姆在门的另一边语无伦次。"对不起，亲爱的，我不是有意要吓你的。你还好吗？"妈妈眼睛下面的皮肤凹陷下去，在头顶带流苏的灯罩照射出来的昏暗光线下，颜色发紫，像深深的瘀青。

玛丽拉着妈妈的胳膊，领她进了隔壁弟弟的卧室。"妈妈，应该是我来问你才对。"

妈妈朝她微微笑了一下，笑容几乎没有延伸到嘴角，更不用说脸上其余的部分。

"愚蠢的问题。"玛丽喃喃地说。

"他很能喝，是吗？"妈妈把头转向加文的卧室，"凯伊阿姨说他直接抱着酒壶喝酒。我也不怪他。"

"很抱歉，"玛丽的声音颤抖着，"我……我不知道，否则我会……"什么？不带吉姆来？提前说一下他喝酒的问题？她不知道自己之前为什么没提过喝酒的事，但话又说回来，这似乎不是什么严重的问题。玛丽自己也喜欢喝酒，只是从来没有喝到这种程度。或许，某种程度的故意忽略是他们在一起幸福美满生活的基础——保持沉默是他们维持完好关系的唯一方法。

"啊，我不是来评价你的，好吗？天知道，你父亲也有他的恶习。如果他没有的话，说不定现在还活着。"玛丽的童年是在父母为父亲每天抽二十根烟的习惯而争吵的背景下度过的。"我就是想确认一下，你们俩没有发生过争吵之类的事情？"

玛丽摇摇头："他从来没有这样过。"

"那就没什么好担心的了，亲爱的。没有人是完美的。"

玛丽压抑着自己。这与妈妈帮玛丽搬到吉姆在伊灵住处时所说的话相去甚远。这让玛丽想起了妈妈对人的看法是多么容易改变，尤其是那些有伤害她孩子倾向的人。她突然有一种冲动，想维护妈妈对吉姆的好感，维护妈妈过去认为的他们之间的幸福关系。

"我自己也不是圣人，可能是因为——搬过去的压力太大——然后他说上周工作上也出了些问题。我不知道是什么，也许有人投诉或者……"

"与你无关，宝贝。听起来这个年轻人有很多烦心事，可能今天已经把他逼到了极限，"妈妈没继续说下去，盯着玛丽的双眼，"如果真的有问题，你会告诉我的，对吗？"

"你说什么？"玛丽的声音颤抖着。

"我想说的是，任何时候你需要我，打个电话。无论你多大了，都可以随时回家。"

第二天玛丽飞回伦敦的时候，妈妈的话在脑海里挥之不去。安全带紧紧地系在她的腿上，而她和吉姆之间的气氛更为紧张。

吉姆醒来的时候头痛欲裂,在黑暗中崩溃地到处找止疼药,然后像在沙漠里迷失了一周的人一样大口灌水。玛丽知道止疼药在他包的前口袋里,可她有点报复的意思,一直假装睡着,直到出租车到达前十分钟才起来。

头顶上传来细微的"哔哔"声,安全带的指示灯关闭了。吉姆瞬间松开了安全带的扣子,转身九十度面朝着玛丽,挡住了靠窗座位上那个商人的视线。

"我说不出我有多抱歉。"他身上还有酒气。

"我现在不想谈这个。"

"呃,我想,"过道对面,一个十几岁的孩子把耳机掉在他们附近,动静一点也不小,"我搞砸了。非常严重。"

"你还记得你说过什么吗?"

吉姆咬紧牙关,看起来就是不记得的意思。"我让自己出丑了,我知道。但更重要的是,我让你难堪了,在你需要的时候,我不在……"

"那让我帮你回忆一下,"玛丽打断他,她很讨厌大吵大闹,更讨厌现实中真的争吵,可是她没有办法就此罢手,"你对我说,我对父亲的死太敏感。"她知道不应该刺激他,需要在失去主动权——也许还有吉姆——之前安静下来。但不知为何,她停不下来。"你是这么想的吗?嗯?"

"当然不是!我不知道自己为什么这么说,这听起来不像是我。我并不是在否认说过那句话。"吉姆举起双手表示投降,"我喝醉了,但这不是借口。完全不是。玛丽,求求你。"他伸手去抓她的手,但被她抽了出来。

"喝酒这个到底是怎么回事?"玛丽问道。

"我这一周工作上出了状况。"吉姆用手指按着额头,力气大得让人担心,"我本来不想告诉你的,因为你还有那么多事情要操心。你在哀悼。有个病人投诉我……的工作。我不想让你担心。他们说的不是真的,而且已经过去了。但还是——"

"可是,这不只是昨天,对吧?"玛丽想起了所有那些吉姆下班一进门就给自己倒杯威士忌的夜晚,或者坦白地说,在任何地方都是如此。他们在波特拉什干掉的那一箱红酒,从喝的量来看,远远不是一人一半的程度。"你有酗酒的问题吗?"

"没有!"吉姆看上去吓了一跳,"也许我偶尔会喝得有点多,但每个人都是如此。是的,也许最近喝得有点多。不过我是用酒来放松,不是用它当拐杖什么的。你看,玛丽。玛丽,求你了,看着我好吗?"

餐车的前轮夹住了玛丽掉落在地板上的围巾末端。被团成一团塞在前方座椅小网兜里的围巾,整个儿掉了出来。她用力拉了几下,才把被夹住的围巾扯出来,然后她直起身子面对着吉姆。毫无疑问,他看上去懊悔不已。但在得到她想要的答案之前,她不能回到他给出的那种安全感中。她不是那种下最后通牒的人,但经过了今天凌晨的辗转反侧,她知道不下这个最后通牒,她无法继续这段感情。

"你愿意放弃吗?放弃喝酒,为了我?"

吉姆靠回座位上。当他说放弃喝酒不是什么问题的时候,他是诚实的。

"好的,"他回答说,这时他脸上的震惊已经转换为听天由命的接受,停顿了一下后,他又说:"你知道这一切中最糟糕的是什么吗?当我遇见你时,是山姆死后我第一次重新喜欢上自己。你不知道是你拯救了我,一点都不知道。而我却是这样'报答'你的。我知道我得补偿你。"玛丽看到自己的倒影在他眼睛的亮光中颤抖。他的眼珠都在充血,比她以前见过的都厉害。"如果需要彻底戒酒才能补偿你,那我就这么做。"

"谢谢你。"玛丽弯下身,用双手握住他的手,"我也会和你一起戒酒。这对我们的健康都有好处……"话一出口她就想打自己一拳,仿佛他们的初衷只是为了排毒,而不是要解决一个她认为有可能拆散两人的问题。

"我很感激你为了我这么做。"

吉姆摇了摇头:"这就是队友的意义。"

第十八章

2018

在从诊所返回伊灵的公共汽车上,爱丽丝的头快要炸开了。什么丑闻?吉姆能做出什么害他差点丢掉工作的事?玛丽了解他工作上的任何麻烦吗?爱丽丝不能这么问,除非她先解释一下自己为什么要去吉姆前雇主那里打听消息。如果非要她说,她猜玛丽不知道。玛丽自己说的:她和吉姆很幸福,非常幸福。虽然吉姆不是世界上第一个在家比在工作场所更自在的人,但他在家庭和工作场合之间的表现差别之大,似乎并不正常。

爱丽丝沉浸在思绪之中,差点坐过站。她的胳膊被自动门夹了一下。公共汽车开动时,她揉着身上的瘀青,意识到自己下得也太早了。现在正是伊灵百老汇车站外交通高峰的时段。发生了这么多事,玛丽还在那里,手里举着告示牌。即便有那个视频,她还是每天都来。现在大多数人并不会比平常更关注她。

玛丽低着头时在想些什么?爱丽丝猜,应该是和那些电话有关。她可能在想吉姆是否在某处想着她,他是不是受伤了,他是否需要她,她是否还能做些什么给他带来安慰……爱丽丝现在可以去找她,但又觉得玛丽并不希望自己出现。爱丽丝需要做的是为她提供实实在在的帮助,方式就是搞清楚吉姆到底发生了什么。追踪这些电话是个很好的开始。

但要如何追踪?爱丽丝对"夜间热线"的运作一无所知。奥利芙整晚都在忙,而且坚持说泰德在他家里为所有新志愿者举办的培训课上会讲到更多的细节。爱丽丝不记得奥利芙说过什么时候进行培训,这可能要等上几个星期,而她等不了那么久。她必须在月底前写好这篇报道,否则她就会攥着P45[①]被《伊灵号角报》开除。

她需要的是有人告诉她"夜间热线"的后台是如何运作的,越快越好。玛丽是不可能的;奥利芙给人的感觉是没什么耐心;泰德则会告诉她别着急,等到他的培训再说。那就只剩下克特,外星人克特,他能有所帮助吗?

爱丽丝还没来得及充分思考她想做之事的逻辑,就走到一条小路上,从她昨晚收到的志愿者小册子里查找克特的电话号码。

"你好!"铃一响,他就接了电话,"这里是克特。"

"嗨,克特,我是爱丽丝。'夜间热线'的爱丽丝。我昨天才来的……"

"爱丽丝,原来是你。你好吗?"如果克特疑惑她打电话的原因,他也很有礼貌地没在语气中透露出这一点。

"我能去你家吗?"

"什么?噢,呃……嗯,当然可以。"接着又停顿了一下,"为什么?"

[①] 英国人在失业后由雇佣机构发给个人的税务单,其代码是 P45。

"我想如果我到那儿再告诉你,可能会快一些。"

"那你来吧。"克特一口气说出在伊灵街另一边的地址,爱丽丝拿起圆珠笔在手上胡乱记下来。

谢天谢地,爱丽丝想,这个世界上还有信任别人的人。

克特的公寓在一座混凝土房屋的六楼,电梯已经停用了。等爱丽丝走到他门口的时候,已经满头大汗——但并不是露珠般迷人那种样子。

"欢迎!"克特一边说,一边招呼她穿过前门,经过一个装满各式各样鞋子的箱子,"我家就是你家,就当是自己家一样。"

爱丽丝没有时间考虑对克特家的期待,但没想到天花板上会有明显的潮湿痕迹,墙纸也像橘子皮一样剥落下来。

"要喝点什么吗?"克特穿着一件格子衬衫,前面塞在裤子里,后面耷拉着。爱丽丝好奇自己是否妨碍了他参加聚会——甚至是约会。这比昨晚他身穿乐队 T 恤的打扮更亮眼。

"不,不,不用了,谢谢。"爱丽丝看到水池边堆着许多要洗的厨具,滤水架上却什么都没有。

大家陷入一阵沉默。

爱丽丝知道,克特在等着她解释为什么会突然出现在一个几乎完全陌生的男人的公寓里。他看起来至少不危险,爱丽丝对此感激不尽。

"我想我应该解释一下来这儿的原因……昨晚的一切都有点疯狂。发生了很多事,我对所有一切都很困惑,所以想多了解些关于'夜间热线'的事。"

克特困惑地皱起了眉头。他的眉毛很浓密,有点蓬乱,长得足以卷起来。十分迷人,这会是爱丽丝用来形容那双眉毛的词汇吗?她提醒自己,不是来观察克特的。

"好吧,你很有责任心。"他指着散落着面包屑的沙发说道,"坐吧。"

"所以,当电话打进来——打给你或任何负责接电话的人——我们在屏幕上什么也看不到。没有来电者的号码或者类似的东西?"

"是的,是这样。那些都关闭了。不知道是怎么做到的,但对我们来说就是匿名的。"

"没有办法追踪打电话的人吗?"

"不是我们的工作。"克特摊开手掌,似乎在暗示后勤系统是天上掉下来的。

"即使你认为他们可能有危险,或者他们说了什么邪恶的事——你知道,比如说很危险的恶行?"

"你为什么要问这些?"

爱丽丝假装要多写几行字,为自己争取一些时间。"这说得不是很清楚,"她抬起头时说道,"把这些都搞清楚是很重要的,你不觉得吗?"在她的印象中,克特是那种会回答任何问题的人,不管是不是反问句,所以她继续说下去,"确认一下,所以是完全没有办法追踪这些电话,对吗?"

"你真是个十足的南希·德鲁[①],是吗?"

爱丽丝避开了他的目光,转而看向他衬衫袖子上的小裂缝,裂缝下的皮肤上似乎还有蓝色圆珠笔印。突然间,他看起来更像一个个子很大的青少年,而不是一个二十五岁左右的男人。她从未见过如此难以归类的人。

---

① 一系列虚构作品中的主角,身份是一名少年侦探。

"很搞笑。不,我是说,这是怎么做到的?他们扰乱了通话……怎么做到的?"

"是的,我想是的。但我不是专家。泰德才是你要问的人。"

"我们甚至不知道来电者的位置?"

"除非他们说出来,不然我们就不知道。我们是在玩'二十个问题'的游戏①还是什么?"

爱丽丝摆出严厉的表情瞪了克特一眼。

"我的意思是,你就不能等到明天和泰德面谈的时候再问吗?"克特继续说道。

"你怎么知道是明天?"

克特的脸颊唰的一下红了。"有时泰德需要帮助……所以我主动提出帮他。"他结结巴巴地说。

"好吧,"爱丽丝眯起眼睛,"那么回到这些电话上:它们没有被记录在案吗?"

"爱丽丝,这到底是怎么回事?"

她的呼吸哽在喉咙里。她这次能靠撒谎脱身吗?她到底想不想试着脱身?要是有人能分担这重担就好了,不是吗?此外,克特是"夜间热线"的自己人,真正的内部人,而不像她那样为了破解吉姆之谜而来的新人。这是她愿意冒的险。"我想找到吉姆。"

克特看起来很迷惑,但下一秒,似乎反应过来了。"玛丽告示牌上的吉姆?她的男朋友?或者,我是说,我一直以为他是她男朋友……"

"是……是的。"

---

① 一种经典游戏,一方在脑中想一件事物,另一方通过询问二十个以内的问题来猜出对方想的是什么。

"为什么？"克特看起来有点吃惊，但至少面对爱丽丝的爱管闲事，他没有生气，没有觉得受到冒犯，或者表现出其他可能的反应。

"因为玛丽很伤心，而且会一直伤心下去，除非他能回来。因为生活在迷雾之中是不健康的。因为……我不知道……你就不想做一次有意义的事吗？"

克特似乎能够懂得爱丽丝最后说的话。他抿紧嘴唇，似乎有所触动。

"这是玛丽想要的吗？"

爱丽丝试图平息内心不安的情绪。总有一天玛丽会感谢她的。她知道的。"她为什么不呢，克特？她不是那种会自己寻求帮助的人。"

她看着克特在脑子里反复思考她的答案。他的眼睛突然变得湿润起来，看起来他好像已经离开谈话，去到这四堵墙之外的某个地方。"我能理解。"

"但我仍然认为……这件事我们应该保守秘密？"爱丽丝很快接着说，她得稳住克特，"我们不能让她抱太大希望。如果我们找到吉姆，那很棒，我们会告诉她的。但如果我们找不到，那……我认为这应该成为我们之间的秘密。"

"是的，我们不应该让她抱太大希望。你说得对，失望的感觉太糟了。"克特说出最后一句话的时候真的动情了。

"所以你要加入吗？"

"好吧。"他又回到了房间里，摇摇头，好像在驱赶噩梦，同时微微一笑，"但我还是不明白为什么你对这些电话如此着迷，该不会是吉姆……"他张大了嘴巴。

他这周早些时候在"夜间热线"注意到什么了吗?爱丽丝目睹了玛丽接到电话后是多么的心烦意乱,其他志愿者肯定也都看到了,不管玛丽多么希望不被发现。

"玛丽现在已经接到了两通电话,她认为是吉姆打来的。"把这个消息告诉克特,让爱丽丝感到一丝内疚。但她需要后援才能弄清楚"夜间热线"到底是怎么一回事。"但你不能告诉任何人,好吗?我第一次见到玛丽时,她私下告诉我的。如果她觉得别人知道了,会很生气的。"

"好的!冷静下来。我不会的。但我不明白她为什么要告诉你,然后又不想让'夜间热线'的人发现。我们和她认识更久。不过,这不重要。"

爱丽丝很高兴看到克特能够把握分寸。

"但我得说,你搞不定这些电话,它们的初衷就是让别人无法追踪。所以如果你真的想找吉姆,那就得去找其他渠道。"

"我已经开始了,"爱丽丝开口说,"我有吉姆的全名——詹姆斯·惠特内尔——我搜索了一下,在工……"她突然停了下来。如果她告诉克特自己是记者,那就会被怀疑别有用心。

"拖延老板的时间和金钱,是吗?"

"差不多。"

"你到底是做什么的?"克特问道。

"数字化,销售……"爱丽丝随便乱说了一下,"但是回到玛丽身上。听着,警察不会帮我们的,他们结了吉姆的案子。如果他们同意重新调查的话,也需要好几年的时间。"

克特点点头。爱丽丝猜测他和自己年龄相仿。

"吉姆已经失踪七年了,"爱丽丝继续说道,"所以即使我们能获得手机数据、监控录像、汽车定位等数据，也不会有太大的进展。"

"不如从认识他的人下手？我指的是，除了玛丽之外，肯定还能找到些其他人。他的父母怎么样？"

"据玛丽说，他们切断了和她的联系。"

克特翻了个白眼。

"我和你的想法一模一样……"

"至少我们知道他们的名字吧？"他问道。

"在我笔记本的某个地方。"纸从爱丽丝的便笺簿里散了出来，"理查德和茱莉亚……还是说这写的是朱丽叶？"爱丽丝把索引卡片举在灯前，上面写着她第一次见到玛丽那天的日期，还有她们在酒吧第一次谈话内容的潦草摘要。

"为什么我觉得今天得熬夜了？"克特嘟嘟囔囔地说着走出了客厅。

爱丽丝对这种假设感到不快。他不会认为他们的合作意味着……不，不可能。"不好意思——你这是要去哪里？"

"厕所。除非你想和我一起？恐怕从现在起，你要给我的撒尿时间掐表计时了。"

膀胱解放之后，克特边在牛仔裤上擦手，边走了回来。"想到了！我撒尿的时候想起来的。"

棒极了，爱丽丝想着，这是位擅长边小便边思考的天才。

"视频引出的那些东西怎么样？"克特问道。

"你是指网上的评论吗？"

"也许吧。还有那个主题标签——**找到吉姆**。"

爱丽丝没有意识到他们已经发起了一个流行话题，或者，如果还没流行起来，至少在一定程度上可能会有些有用的信息。

"我很乐意从那个标签开始。"克特的肚子咕咕叫着，"可是我需要吃点东西。你更想做什么，意大利面还是搜索信息？"

"意大利面。"爱丽丝毫不犹豫地答道。这一天太过漫长。网上找不到与吉姆有关的信息，在诊所中险些露馅儿，发现了他离开诊所时笼罩的疑云……她还没开始跟克特说这件事，但这个可以之后再说。他已经打开了推特，盯着屏幕。

爱丽丝把水装满，在橱柜里找到一些意大利面。它们令人不安地粘在一起。

"吉姆父母叫什么名字来着？"在意大利面快做好之前，克特问道。

"理查德和朱丽叶。"

克特继续打字，停了一会儿，然后说："啊哈！"

爱丽丝的心怦怦直跳，也许有吉姆发的信息。一个地理位置。她从壁炉架前飞到沙发上，身子紧贴着屏幕，紧到她都能感觉到克特温暖的身体在靠着她。"格斯·德雷德林顿·霍奇是谁？"

"我和你一样一头雾水。"克特把他的推特放大到整个屏幕上，"你看一下。"

爱丽丝没一会儿就看完了这些内容。"鉴于近期的这个视频，詹姆斯的父母理查德和朱丽叶要求尊重他们的隐私。找到吉姆。"

"家里的朋友？"

"要我说，是的。"

克特已经把格斯这个姓氏复制到谷歌。第一个搜索结果来自一个名为迈卡威瑞的资产管理网站，头像与他推特的账号一样。克特直接给格斯发了邮件。

"我不知道你有资金要投资。"爱丽丝想找点东西搭配晚餐。冰箱里有凤尾鱼,但最佳赏味期是两个月前。

"我没有。但他不知道这一点。"克特写完了邮件,嗖的一声发了出去,"也就是说,要等到周一上午十点。你可以请假的,对吧?"

爱丽丝点点头。都快被解雇了,她对团队来说也就不是那么重要了。另外,杰克永远也不会注意到她这么一会儿的缺勤。她给他发了封电子邮件,说她可能有一个故事——一个可以作为头版头条的故事——但没有透露任何更具体的内容,包括它的主题,以防她搞砸了。杰克因为可能要解雇她感到抱歉,从而非常信任她。

但是克特呢?奥利芙模糊地提过他是在银行工作,如果真是这样,他才是更难请假的人。也就是说她只能独自行动。"等等——你也会来的,是不是?"

"我有一堆假期要休,"克特回答得有点太快了,但在爱丽丝提出质疑之前,又补充道,"那么,就这么说定了。应该说,就这么计划好了。"他把衬衫的前襟弄平,"我们要去见新朋友——格斯了。"

第十九章

2018

正如克特所料，他们昨晚忙了一宿。克特和爱丽丝约好与格斯的会面之后，就并排坐在沙发上，一边吃着意大利面，一边超级仔细地浏览玛丽视频下的其他推特评论。虽然可能性极低，但在大量随机的表情符号中，可能还隐藏着另一条线索。

有几个叫吉姆的人在最初的帖子里被标记出来，但运气不太好——这简直就像辨认罪犯照片——他们当中没有一个和玛丽壁炉前照片上的那个人有一点相似之处。

爱丽丝离开克特家的时候，已经是午夜了，她都开始靠在他的肩膀上打瞌睡了。他坚持要叫出租车。

然而，没有片刻安宁。早上十点前，爱丽丝被克特的一条短信叫醒了（对周末来说，这可真是要人命）：**别忘了，泰德"夜间热线"的培训课程是在十二点。今天。期待你的到来——克特。**爱丽丝仍然认为，让他参与吉姆的调查是一个明智的决定——毕竟他找到了格斯的线索——但希望他不会因为过剩的热情和无法在一天中合适的社交时间发短信而破坏下一步。她从床上爬起来，冲了个澡。

泰德的家离"夜间热线"步行大约十分钟,这片区域很受年轻家庭的欢迎。爱丽丝经常光顾的那家价格比较便宜的超市就在附近,但她每次往返那里都会绕路,因为她不想看到父亲们教孩子骑没有辅助轮自行车的情景,或是他们把婴儿扛在肩上的样子。

然而,今天,她不得不直面自己的不适。她的眼睛一直盯着手机上的地图,专注于眼前的任务。如果泰德有办法追踪"夜间热线"的来电,爱丽丝得弄清楚要怎么做。而且,要尽快。

二十五号的门开着,她已经听到里面传来了泰德的声音。出于礼貌,她正准备按门铃,泰德就出现了,招呼她进去。"爱丽丝!很高兴再次见到你。我刚听了一些关于你的事。"他穿着一件马球衫,肱二头肌把袖子的罗纹撑开了。很有吸引力,爱丽丝想着。对于年纪大一点的人来说,的确如此。他肯定有——多少,五十岁?

"我希望是好话!"

"当然——这家伙嘴里都是好话。"泰德拍了拍克特的肩膀,那是重重的一掌,让克特的身子抖动了一下。

"那我就放心了。"爱丽丝抬头看着克特,他似乎无法正视自己的眼睛。他表现出一种她以前没有见过的害羞表情。"谢谢你邀请我来,"她继续说道,"你的房子真不错。"

她还没来得及好好看一下房子。他们站在精心装饰的客厅里,这里有精致的花卉壁纸、配套的地毯和三件套皮革家具。

"谢谢。但现在这里变得冷清了。大多数时候只有我一个人——我的孩子们都搬走了。蒂姆在上大学,瑞秋也毕业了,但她和朋友住在东边的某个地方。她说那里'更酷一些',"泰德用手指在空中比画引号的时候太过使劲儿,看上去就像兔子耳朵一样蹦来蹦去,"通常是为了躲避她老爸上门。"

"有道理。"爱丽丝的笑容中藏着一丝痛苦。她希望蒂姆和瑞秋知道他们有多幸运。

"我想应该把前门开着,通通风。我白天通常不会来这里,晚上也懒得拉窗帘。"泰德用手推了推沉重的褶皱窗帘。爱丽丝想象着褶皱间积聚的灰尘,悲伤得难以忍受。"有点闷热,不是吗?很久没有这么暖和的八月了。"他把一只手靠在窗前的电话桌上,伸出另一只,看看还能不能把窗推得更大一些,"好吧,那么,我们开始吧?"

泰德在扶手椅上坐下。克特和爱丽丝坐在对面的沙发上,只是克特似乎像往常一样缺乏空间意识,爱丽丝不得不塞一个靠枕,以避免碰到他上下晃动的膝盖。

"正如克特所知,我跟所有志愿者都会有这样一个培训。我很乐意见见大家,我的妻子——贝弗也会喜欢的。"他澄清道,"她两年前去世了,胰腺癌,确诊后没几周就走了。她才四十六岁,她应该有更多的时间。我们应该有更多时间的。"

"我很抱歉。"爱丽丝说着,小心地直视着泰德。在感受到别人悲伤的时候,没有什么比尴尬地转移视线更糟糕的了。

"谢谢你。"泰德的声音有点哽咽,爱丽丝真希望能减轻他的痛苦。"贝弗充满了活力。我无法形容没有她的日子有多艰难,我早上要费很大劲儿才能撑出一副坚强的表情。但我必须试着去做,无论是寂寞还是其他什么。总之,'夜间热线'是贝弗的重要遗产,她会很高兴我们拥有这么多优秀的年轻志愿者,就像你俩。

我刚说到哪儿来着?最重要的是——克特,你已经知道这一点了。老手,他们不都这么说吗?还是'老帽'?我一直搞不明白是哪个……就像我说的,志愿者最重要的是同情心。良好、真诚的沟通。"

爱丽丝吞了口唾沫。她出现在"夜间热线"的原因并不完全真诚。如果不是因为玛丽,还有找到吉姆对自己事业的意义,以及为了玛丽内心的平静,她就不会在这里。等爱丽丝从内疚感中走出来,回到谈话中,泰德还在喋喋不休地谈论理想志愿者的品质。她需要他直奔主题。

"我想我真正感兴趣的是操作的机制。"爱丽丝打断他说道。她转向克特以寻求支持,但克特和泰德一样,对她突然插话感到吃惊。糟了!爱丽丝永远不知道怎样的强势才是恰到好处的——不够强势,你就会陷入困境,就像在《伊灵号角报》那样;过于强势,则会惹人生气,尤其如果你是一名年轻女性。

"哦,"泰德笑着补充道,"好吧,有兴趣总是好事!有趣的是,我自己对此一无所知。"

爱丽丝瞥了克特一眼。他皱着眉头。

"真的假的?"克特问道,"你不知道,那谁知道呢?"

"全都承包出去了,软件的部分。"泰德双手举过头顶,仿佛把爱丽丝找到吉姆的最佳机会外包出去的技术,就飘浮在空中。

爱丽丝强忍着不放声尖叫。"我可以用一下你的洗手间吗?"她问道,担心这种冲动会让她做出不合时宜的举动。

"当然,当然,"泰德回答说,"你得去楼上,楼下的洗手间管道有点问题。左边的第一扇门——那是我的卧室,不过别介意。就是衣柜旁边的那扇门。"

和客厅相比，泰德的卧室就朴素多了。没有楼下的杂乱，只有干净的白床单和一个柳条洗衣篮，衬衫的下摆从洗衣篮的缝隙里拖到地上。这让爱丽丝想起了什么，她花了一两秒钟才想起来——**玛丽的客厅**。同样只具备功能性的家具摆设，任何微小的个人细节似乎都反映了主人潜在的空虚，并将其放大十倍。

爱丽丝坐在床沿上，枕头上还能看到泰德脑袋的印子，他根本懒得把枕头拍松。他怎么能不知道他那该死的组织后台是怎么运作的？尽管他人很好，但这种无能至少可以说是令人愤怒的。也许贝弗才是这个项目的策划者？但她也不太可能跟贝弗通灵问到定位匿名电话的方法。

床头柜上有一张照片——婚纱照。贝弗在泰德旁边就是一只小精灵，她那小小的胸部包裹在紧身的刺绣缎子上衣里。她看起来很精明，是那种能让"夜间热线"顺利运转的女人。她看起来也非常幸福。这张照片里承载着二人之间太多的快乐，爱丽丝觉得光是看这张照片都有点越界。

她低下头不再看。泰德床头柜最上面的抽屉里伸出一根绳索，扰乱了房间整洁的线条。她拉开抽屉，想把绳子拉出来一点再塞回去。然而，一股尼龙绳被铰链卡住，她最终把整个东西拉了出来，一盘沉重的、乱七八糟的东西。

在乱糟糟的东西上面，有一张纸在边缘。爱丽丝把它捡起来。花了一分钟左右的时间，她才意识到这可能是什么。

这不会是……不会吧？

她用手机拍了张照片，然后把那张纸塞回原位。

"亲爱的，给你，"泰德说着，递来一个杯子，然后又递过来一包奶油蛋羹，"我们都开始担心你上哪儿去了！"

"对不起——我头疼得厉害。有点头晕。"

克特跳了起来,他的敏捷程度至少是之前的两倍。"来,爱丽丝,坐这里吧。"

"我开车送你回家吧?"泰德已经把车钥匙拿在手里了。这是她在震惊中最不想看到的。

"不,不,我一会儿就没事了。你可以继续。"

"绝对不行,"泰德摇着头说,"你应该回家躺下。"

爱丽丝点点头,结束了对话和其他一切。"也许克特可以陪我走回去?"

"好的,我很乐意。"这助人为乐的机会似乎让克特内心深处那小狗脾性显露了出来。他郑重地扶起爱丽丝的胳膊。

"克特,我只是头晕,不是年纪大。"爱丽丝恼怒地说。感觉到他松开了手,她几乎马上又后悔了。"抱歉。"她喃喃道。

"没关系。我理解,你只是脾气暴躁,而不是年纪大。"

"赶紧把她安全地送回家,"泰德在门口说,"我们可以重新安排你跟班的时间,等到你感觉好点再说,所以不要太着急。不过,希望能在下周的周年大会上见到你俩。"

他们一走到看不见房子的地方,爱丽丝就加快了脚步。

"我以为你不舒服?"克特个子够高,不需要调整步伐就能跟上爱丽丝。

"嗯。"

"是头痛吗?我有一些止疼胶布,在我……"

她该跟克特说什么?她不能告诉他自己刚才看到了什么。不能在自己都没弄明白的情况下告诉他。这会让事情变得更复杂。他可能会说漏嘴。天啊——他还在说话吗?

"灵气疗法[1]！你绝对想不到它对治疗紧张性偏头痛多有效。解决方案往往来自最离谱的地方。"

这一点克特可能是正确的。

---

[1] 灵气疗法（Reiki），一种源自日本的替代医学疗法，主张利用宇宙能量进行养生、修炼和疗愈。

第二十章

2007

虽然玛丽知道自己没有权利这样做，但仍然对吉姆没来机场接她而感到失望。两年过去了，早期的激情几乎已经消磨殆尽，而且，只是周末回趟贝尔法斯特，倒也没多少行李。不过，吉姆是突然改变计划的，他前一天还说会去接她。然后，等她在起飞前给他发短信时，他就好像因为有其他更有趣的计划而忘记了这件事。显然他在市里有事"要忙"，谁知道那是什么意思。

推着箱子穿过希思罗机场二号航站楼迷宫般的免税店时，玛丽试图把那种不太对劲的反胃感压下去。似乎每个摊位都卖酒——大桶的杜松子酒、伏特加和威士忌，价格低到足以让任何人心动。也许吉姆最好还是不要出现在这里。到现在为止，他已经戒酒超过十二个月了。为了支持他，玛丽也十二个月没喝酒，但她仍然希望他远离诱惑。

一年多前，他们从爸爸的葬礼上回来的时候，吉姆还一蹶不振，但他进入戒酒这一新篇章却轻松得让人惊讶。他们把碗柜里剩下的酒都扔了，出去约会时，把酒吧换成了餐厅。事实上，这对吉姆来说太过轻松。一开始,玛丽怀疑酒精是否真是那么严重的问题。她反应过度了?难道就像吉姆所说的那样,守灵夜刚好出现在糟糕一周的末尾,实际上并不代表着一个长期的问题?

三个月后,他们去参加格斯和吉莉安的婚礼,玛丽很快就证实了她之前确信的内容。格斯不敢相信吉姆(用他自己的话说)"戒了酒"。当他看见吉姆放下来的是接骨木花饮料而不是白葡萄酒时,差点呛了一口。"小子,她拯救了你,太及时了。"格斯一边说,一边用两只胳膊搂着他俩。虽然这种感觉可能是好的,但玛丽还是忍不住想知道,她到底把吉姆从什么地方拯救了出来。她整个晚上都和吉姆喝同一个杯子里的饮料,以确定他没喝酒。

不过,吉姆对这一切处之泰然。从前的吉姆又回来了,还更有魅力。一年过去了,他还是那个自信、爱交际的人,就像玛丽在斯托蒙特酒店爱上的那个人一样。她也第一次注意到在他们相遇不久后,吉姆说过的那种不安定感。只是现在,它似乎不再是玛丽想象中的那种消极品质。在他戒酒的最初几个月,吉姆为他俩安排了不少于五次的周末计划:巴黎、都柏林、阿姆斯特丹和柏林(柏林太好了,以至于他们去了两次)——吉姆现在已经换到一家私人诊所工作,他们可以享受一下他多出来的休息时间,玛丽最近也收到大量高额订单,赚了不少钱。

他们甚至鼓起勇气和吉姆的父母一起去了苏塞克斯郡,他父母在那里有一套海边度假屋。玛丽不太情愿,但她并没有说出来,在共同生活的十八个月里,他们见理查德和朱丽叶的次数屈指可数。也许是因为海边的空气,也许是因为吉姆的性格比较平静,那三个晚上都过得很顺利。

在这次旅行的前一周,《旗帜晚报》刊登了一篇关于崭露头角的艺术家的文章,文中介绍了玛丽的一幅地图。吉姆骄傲得快要爆炸了。报纸发行的那天晚上,玛丽到伊灵百老汇车站去接他,他坚持要把报纸都买回家,两个人能搬多少就搬多少,以至于公寓里都被塞满了。他们甚至拿了一份给理查德,好让他不再小看玛丽的事业。从那以后,理查德和他们相处得即使不算太好,也还算舒服。

至于朱丽叶,很明显,她很高兴有机会尽情溺爱儿子。然而,看到她的头靠在吉姆的胸前,玛丽不禁想起自己的母亲。她意识到吉姆因为之前酗酒的不雅行为,开始逃避去贝尔法斯特。他已经连续两个周末没和自己一起回去了。玛丽并不想因此而怨恨他——毕竟,与他交往的是你,而不是你的家人——但这并不意味着她不希望他和妈妈有更好的关系。

玛丽能想到吉姆是为自己在守灵仪式上的行为感到羞愧,尽管自从他们在回家的飞机上和解后,他再也没有明确地说过这一点。好吧,他俩都觉得羞愧。每当加文试图拿这件事开玩笑时,她就会大发雷霆。即使面对妈妈,她在这个问题上也闪烁其词。她永远不会忘记妈妈那关切的眼神,但事情远不止如此。吉姆在妈妈心中的地位也因此从高高在上掉到了最后一名,他失去了光环。妈妈不想提起吉姆在葬礼上的表现,但以玛丽对她的了解程度,她知道这并不意味着妈妈的忧虑有丝毫减轻。

因此,他们没有告诉任何人不再喝酒的真正原因,而是坚持用"健康"和"改善睡眠"的说法,并极力打消别人对备孕一事的暗示。在孩子或婚姻的问题上,他们两个都没有改变自己的看法。现在的吉姆比以往任何时候都更敏锐、更聪明。每当玛丽发现他匆忙做着早午餐还吹着口哨时,都会有一股新的爱慕之情涌上她的心头。他毫无抱怨地戒了酒。他是认真的——他真的愿意为她去天涯海角。

玛丽已经排到了出租车。她把行李箱塞到后备厢，在包里翻来覆去找她的手机，想给吉姆发短信说自己正在回家的路上。在他失约之后，她有点怀疑自己的在意是否值得，但她还是想见到他。

看来吉姆先发了信息：

在安菲尔德路的尽头见——你有个约会。

吉姆 X

"这是怎么回事？"

吉姆穿着他那件漂亮的深蓝色夹克，坐在那堵摇摇晃晃的墙边，这两种景象一起出现的样子还真不错。他还穿着那件标志性的无领衬衫。在他面前一直生他的气实在太难了。如果他太忙，没能把她从机场接回来，那么她就应该让这件事过去，不要让糟糕的气氛影响他们的夜晚。

"我说过是约会，不是吗？"

"但你应该告诉我需要打扮一下的。"玛丽没有化妆，毛衣领口沾上了午餐的痕迹，"我有时间把包放下，去换套衣服吗？"

吉姆摇摇头。"抱歉——不过不用担心。你看上去总是那么美。我们有地方要去，而且现在时间已经有点紧张了。"他站起来吻了吻玛丽。好在带了口香糖，她若有所思地想着，接着又感觉到他的嘴唇在她身上停留的时间过长，可能会引起路人的不适。她当场就原谅了他。"好吧，剩下的留着一会儿再说，"吉姆眨了眨眼，"我们出发吧？"

他拉着玛丽的手，沿着主路往前走，拉着她停在公园和药房之间新开的餐馆外面。玛丽上周路过时瞄了一眼菜单,它贵得让人瞠目结舌,看起来很可能在一个月内就要倒闭。这个地区的人很有钱,但大多数人都还有点理智。

"你先请。"

"你确定吗?"吉姆为玛丽开门时,她低声说道。

"我请客。"

"拜托——一人一半。好吗?"

"这是一个特殊的场合。"

是吗?但玛丽还没来得及开口,服务员就来迎接他们了。入座后没多久,服务员又拿来了一瓶苏打水和两份菜单。

玛丽还没看完开胃菜,吉姆就把一个盒子从桌子上滑了过去。

"给我的吗?"

"不然还有谁?"吉姆笑了。

这不可能是——对吧?他们从一开始就说得很清楚不会有婚礼,但玛丽毕竟是女人,因此长期以来她一直认为一个方形首饰盒里装的不可能只是一张昂贵的收据。

"打开吧,"吉姆哄着她说,"卡片留到之后再看。"

玛丽深吸了一口气,打开盒子。里面放着一只手表,上面系着一条精致的银链,表带在深红色的靠垫上绕了两圈。

"我的意思是——这……这是什么?这太昂贵了,太……"

吉姆把明信片从盒子下面抽出来,推到玛丽面前。明信片的正面是柏林的工业城市景观,这是他们上次一起旅行去过的。

两周年快乐!你想象不到你为我做了多少。谢谢你,当我身处风暴之中,你总是我平静的港湾。谢谢你无论发生什么，都爱着我。

敬我们接下来的两年、四年、六年、八年——会很美好的！天啊，划掉这句，太可怕了。毁掉了前面的气氛。我的意思是，在这里敬我们更多的美好岁月。

永远属于你的，
吉姆 XXX

还没看到署名，玛丽的眼里就已经含着泪水。吉姆现在属于她的这个事实，对她来说简直幸运到无法理解，更不用说他还把这句话写了下来。

她竟然忘了今天是他们的周年纪念日。她一直在为他之前不能去机场而生气，担心这肯定意味着什么，没有空间考虑其他事情。有那么一瞬间，她想过要编个理由以摆脱困境，然后决定还是实话实说。他安排了这一切，至少应该对他坦承。

"对不起，我忘了今天是我们的周年纪念日。贝尔法斯特一定是把我的脑子搞糊涂了……"

"没关系。"吉姆回答道，他看上去一点也不生气。玛丽不知道自己怎么会如此幸运，遇到了一个这么宽容的男人。"这对我来说是一个好借口，让我可以请你吃顿好吃的，我们也可以享受一个约会之夜。"他走过去把手表戴到她的手腕上，"我就知道这个会很适合你的。我今天在珠宝店待了好几个小时。我在那里试着考虑你可能喜欢什么，简直不知道该怎么选，所以才没能去机场接你。但我希望你认为我选得不错，并认为这是值得的。"

"你永远是值得的，"玛丽回答道，"永远。"

第三部
面对

PART THREE

她已经学会，要赢得吉姆的信任只能用最温柔的态度
但她只感觉到了愤怒，觉得自己遭到了背叛

第二十一章

2018

"哇,你,呃……收拾得挺像模像样的。"爱丽丝看着克特跳上格林公园车站的楼梯时说道。他为了和格斯的会面,穿了三件套的西装,格斯就是他们在推特上找到的——如果他们的怀疑被证实的话,他应该是吉姆的朋友。

克特抚平他的细条纹背心。爱丽丝觉得这种打扮有点过头了,但这就是克特。"谢谢。"爱丽丝看得出他在努力控制自己的笑容。"这位夫人,您也不赖。你感觉好点了吗?"

爱丽丝花了一两秒钟才明白他在说什么。两天前她突然从泰德家离开时,曾借口自己有些不舒服。克特后来给她发了问候短信,但她太忙,没回复。

"是的,谢谢。我不确定我是病了,还是……"爱丽丝的脑子一直在思考适合的形容词。困惑?震惊?害怕她的发现对大家来说意味着什么——她自己、克特、玛丽?尤其是玛丽。她最后选择说:"累了。我想是因为所有事都凑到了一起,今天的进攻计划是什么?"

从周围汽车的排气管口径就能判断,他们正在往梅菲尔区①走。一个建筑工人挑逗地朝爱丽丝吹了声口哨,爱丽丝瞪了他一眼。

"我会向格斯介绍说我是他的潜在客户,投资人或是别的什么。"克特整理了一下他的领带,"然后闲谈到我们走进办公室,门关上。然后……"

"我们就直接说?"

"我想这是最好的选择。我是说,最糟还能发生什么?"

爱丽丝默默地思考着这个问题。最糟的情况已经发生了吗?不——她还不确定。她需要把泰德家那个下午的事抛在脑后,至少暂时抛在脑后,集中精力在格斯身上寻找有关吉姆失踪的线索。

"就是这里了。"克特说。他们站在一栋巨大的联排别墅外面,房子的铁栏杆刚刷过漆。"你准备好了吗?"

她点了点头。她芭蕾鞋的鞋底拍打在大理石楼梯上。到了接待处,她把自己藏在克特身后,害怕有人察觉到她不属于这里。

青少年时期的爱丽丝总是在为钱发愁。爸爸消失后,她们只能靠妈妈当助教的工资生活。爱丽丝那份送报纸的工作只能给她挣点零花钱。没有爸爸带她去看电影已经很糟了,但知道自己没有钱去看电影显然更糟。

"克里斯托弗·雷普敦?"

"正是在下。"克特站了起来,握住男人的手,男人的脸肿得像电视上的厨师。他的小指上戴着一枚戒指,无名指上也戴着一枚,戒指边缘挤出了手指上的肉。

"我是格斯·德雷德林顿·霍奇,很高兴认识你……一起的?"

---

① 伦敦上流住宅区。

"我的伴侣，爱丽丝。"克特补充道。

爱丽丝太过紧张，没工夫对这个伪装感到不悦。

"请走这边。"

格斯的办公室简直富丽堂皇，还有中央空调——太奢侈了！他们在那张大橡木书桌另一侧的两把软垫椅子上坐下来，等着格斯坐下，每人面前都放着一杯苏打水。

"今天我有什么能帮到你们的吗？你在信中提到了一个中等水平的遗产投资组合——或许是想在亚洲投资？"

"是的，这是一件事。但在那之前，我想问……"克特用胳膊肘撞了一下爱丽丝。

"我们想问问这个。"

格斯看起来很困惑，等着爱丽丝摸索出她的手机。她打开了一个推特的截屏，把手机转过来。

"我们在找吉姆。"

格斯瞥了一眼屏幕，表情颇令人寻味。然后他坐在椅子上转过身，用眼角看着克特和爱丽丝。

"记者？"

"不是！"克特和爱丽丝互相嚷嚷着，"是玛丽的朋友，"爱丽丝补充道，"希望这样能帮她做个了结。"

"我还是应该让保安把你们赶出去。"

"至少能让我们解释一下吧？"

爱丽丝敏锐地意识到自己在绝望中发出了多么尖锐的声音。这个人认识吉姆，比吉姆的同事和他更熟，除了玛丽之外，也许比世界上任何一个人都更了解吉姆。他一定知道一些能帮助找到吉姆的事情，根据爱丽丝的经验，这些答案能帮玛丽重建她破碎的自尊。

"我以为这事已经过去了，"格斯叹了口气，"这就是那条信息的意义所在。詹姆斯的父母不想玛丽引人注目。我不知道是否应该提醒他们这段视频的存在，但最后还是说了。我觉得他们有权知道。可这只是让他们感到痛苦——玛丽的行为，更不用说评论里所有那些猜测。'他为什么离开？''他到哪里去了？'呃，这与他们毫不相关。詹姆斯的父母让我在网上说了那些话。如果你是玛丽的朋友，也许你可以让她也读一下那条推特。"

"但是你一定同意玛丽有权知道他在哪里。"爱丽丝逼问道。

"她的确有权利。"

爱丽丝回想了一遍他刚才说的话："难道你不也想知道他没事吗？"

"当然想！但这是不可能的。说实话，吉姆消失的时候，我一点也不惊讶。大多数认识他的人都有同感，似乎只有玛丽是例外，她一直都不明白。在她眼里，他们的关系就是'幸福家庭'。有些人只选择看他们想看见的东西。"

"而你完全不知道他去——"克特开口道。

"我已经说得够多了，"格斯转过身，把拳头放在桌子上，"也许，太多了。我只好请你们离开。"

爱丽丝不想从座位上站起来。他说玛丽看到的都是她想看到的东西是什么意思？爱丽丝从未遇到过比她更坚定地了解自己真实处境的女人了。

她张开嘴想说话，但克特已经站了起来，一只眼睛盯着书架旁边的应急按钮，格斯的手在上面摇摆。他拉了拉她的袖子。"走吧，爱丽丝。"

克特领着爱丽丝走进地铁站附近的咖啡店。在她烦恼的时候，克特买了两杯冰咖啡和一块撒满葡萄干的大饼干。

"别再生闷气了。"他一边说着，一边转动着他的食指，仿佛想要把她的不满抹去。

"但他本可以解答我们的问题。"

克特歪着头。"紧抓救命稻草是不会有什么结果的。无论如何，格斯给了我们一些有用的情报。"

"他有吗？"到目前为止，调查似乎特别漫长，而且线索七零八落。爱丽丝已经被弄得晕头转向了。

"嗯，显然吉姆不太开心，或者他和玛丽在一起并不是那么快乐……"

"这我们没办法知道，"爱丽丝反驳道，"她从来没对我这么说过。事实上，她说的正好相反：他们非常爱对方。"

"不，这只是格斯的猜测，"克特承认，"但没有一对情侣是完美的。"

"吉姆在工作上也不太开心，"爱丽丝主动说起，克特皱起眉头时，她补充道，"我去查了他上一任雇主，某个私人医生的诊所。长话短说，我无意中听到那里的人说他的离开疑云重重。"

"什么意思？"

"她们没说。"

"讨厌。"克特简直是本世纪最云淡风轻的人了，然后他掰开饼干，把大的那一半递给了爱丽丝。

"我也有同感，"她一屁股坐在椅子上，"我不知道接下来能怎么办。"

她没指望有人会回答这个问题,但如果说克特有什么值得信赖的地方,那就是即使在最恶劣的情况下,他也能把对话继续下去。

"我的直觉是论坛。"

"论坛?"

"寻人的论坛。"

爱丽丝僵住了,无法咽下满口的饼干,但克特已经把笔记本电脑从公文包里拿了出来。这个公文包是他为了这次会面带的,看起来就像《鉴宝路演》[①]里的展品——相信价格也不会很友好。

"你确定吗?我是说,那些网站上会有很多人。更多的是最近的案子——"尽管爱丽丝很想找到吉姆,但她不能掉进这个特殊的兔子洞里。不能再掉一次。

"不,那是好几年前的事了。我昨晚找到了关于吉姆的帖子,很短,他失踪后的一两周有过几个留言。我看不出有什么有用的,但我想这是因为这些信息都过时了。你说他已经离开了——多久,七年了吧?你知道的,我们需要更新一下这个页面。"克特把他的椅子拖到爱丽丝旁边,椅子腿在地板上划出刺耳的声音。爱丽丝紧闭双眼。"你还好吗?我想是起得太早了吧?"

"好吧。"那是很久以前的事了,基顿。振作起来。屏幕上有一系列模糊的闭路电视图像和在加油站前庭拍的照片。

"首先,我们需要一张吉姆的清晰照片,"克特自言自语道,"正面照之类的。爱丽丝,你在听吗?"

她低头看着自己的咖啡,一口还没动过。她没法强迫自己去

[①] 英国的一个电视节目,在节目中,古董鉴定师会前往英国的各个地区(偶尔也会前往其他国家),对当地人带来的古董进行鉴定。

看那个论坛页面。

"我是说我们需要一张吉姆的照片,这可能会带来一些有用的信息。"

"我有一张。"爱丽丝平静地说。她找到了她第一次、也是唯一一次去玛丽的公寓时拍的照片,用蓝牙把照片发给克特,但她的思绪还在别处。

"哇!好养眼的一对。你从哪儿弄来的照片?"

"在玛丽的公寓。我想可能会用得上。"她没有提到这张照片并不是玛丽自愿分享的。她必须在克特开始详细搜索失踪人口论坛之前,离开这里。

"那看起来像巨人堤道。"克特太专注于研究照片的背景,没有质疑爱丽丝的反应。"你知道吗,在那次修学旅行中我差点摔断了脚踝。我在狂奔,海浪不知从哪里冒出来。我跟你说,那里地势更低,像羊的屁股一样凹凸不平。"

爱丽丝已经听不下去了,但他高兴得得意忘形。"我现在就把照片传上去,好吗?我打赌在几天内,我们就会收到一大堆新的回复。与此同时,还有那两通电话,对吧?在这方面,那个善良的老泰德可帮不上什么忙……"

棘手的问题总是纷至沓来,准备一起践踏爱丽丝。"我想那个问题还是留到下次再说吧。"

"哦——你是说你发现了什么?你想一起查查看吗?"

"不用了!"这个词脱口而出之后,克特看起来很沮丧。但爱丽丝知道,如果她对电话的直觉被证明是对的,克特到时的反应会比现在大得多。她将一把硬币扔在桌子上。"克特,我得走了。要是有什么事,我会告诉你的。"

她真心希望不要有什么事。

第二十二章

2018

爱丽丝喝光了最后一口咖啡,这是她今天的第五杯了,她想知道自己最后是怎么跑到这里来的。这里指的是《伊灵号角报》的办公室,而且是在晚上十点半。尽管如此,爱丽丝对于加班到深夜并不陌生,这就能解释为什么她大半个月都没见过室友玛雅,以及为什么她大概有一年都没约会过了。真的有那么久了吗?不管怎样,以任何人的标准来看,这都有点悲惨。爱丽丝自己也不明白,为什么她要把这么多的精力投入一份回报甚微的工作上。很快,她的牺牲可能都不会有任何回报了。

这就是为什么把收集到的、与吉姆相关的信息串联起来是如此重要,而且她必须现在就开始行动。归根结底,她从昨天和格斯的谈话中了解到了什么?玛丽和吉姆之间的感情,可能不像玛丽让爱丽丝相信的那样光彩迷人,以及吉姆消失的时候格斯一点也不惊讶……再加上工作上的丑闻,到目前为止,爱丽丝能得出的唯一结论是,吉姆那看似完美的生活正在分崩离析。

她把铅笔芯重重地压在记事簿上,笔芯啪的一声断了。她把铅笔扔到房间另一头，享受着铅笔落在空无一人的大楼地板上发出的闷响。她在职业生涯中从未感到如此沮丧过。以前爱丽丝的文章只是做做样子，对那些毫无意义的文章进行表面上的修改，只是为了填满专栏而已。而现在，她的工作终于开始有意义了。

即使是最没意义的文章，也无法阻止爱丽丝相信新闻是可以帮助他人的，否则她就不会忍受这么长时间的工作、这么低的工资以及对自信心的打击。学校职业顾问当年问十四岁的爱丽丝想做什么时，她直接回答：揭露真相。顾问翻了一捆传单，然后只选了一个小册子：调查新闻学。

就在那次简短而敷衍的职业谈话结束几天之后，她首次踏上了自己选择的职业道路。更重要的是，它们恰好发生在克特昨天在咖啡厅里登陆的论坛上。十二年前，这个网站还很简陋，但这并没有阻止十几岁的爱丽丝为她父亲创建一个页面：**尼克·基顿：失踪**。那之后，她在夜里再次陷入了失眠。但这次让爱丽丝辗转反侧的，不是悲伤，而是希望。会涌现出大量线索的。她开始想象重聚是什么样子——在某个公园，在春天的第一朵鲜花之下得到迟来的道歉，并接受它。

可怜、天真的爱丽丝，她最终得到的不过就是别人的几句慰问。她再一次感到失望。即使是现在，一想到那个论坛，她就恶心。看到克特昨天带着和那些被误导的青少年一样的希望打开网站，感觉就像是又被打了一拳。她不想击碎他的想法，但也没有足够的力量让自己参与到调查中。

这让爱丽丝听起来像是个过于敏感的人。她不是，并不是。如果她愿意，她可以自己去论坛看看。事实上，她现在就可以这么做，因为她现在有像样的网速和过多的时间可以去浪费。没有比现在更好的时机来证明她已经成长了多少。

她在浏览器上打开了一个新窗口,开始用嘴呼吸。

"你这么晚还在!我以为只有我一个人。"

爱丽丝猛地一转头,扭到了脖子。她退出浏览器,随机打开一个 Word 文档。在恐慌中,她最终点开了一篇三年前的文章,内容是当地烤肉店发生的一连串食物中毒事件。

"哈!杰克,没想到会见到你。"

他看上去疲惫不堪,怀里抱着几个沉重的夹子,上面都写着"账目"。

"九月前有很多东西要整理,"杰克咕哝道,"我需要想办法让收支平衡,但这些账看起来有点,呃……或许可以说,不太靠谱?"他笑的时候,最上面的文件摇摇晃晃地从一堆上滑了下来。爱丽丝把它捡起来,放回到"高塔"之上。"顺便问一下,那个故事准备得怎么样了?听起来你手上好像有什么激动人心的东西。"

"是的……好吧,正在努力。"她不想再多说什么。她知道应该信任杰克——他确实给了她头版的救命稻草——但目前这个故事还太脆弱。再让它承受一点压力,整篇文章可能就会崩塌。

"是什么类型的故事?虽然我说过有个专栏就好,但采访也可以,只要是大新闻。理想情况下,最好是独家报道。"

采访吉姆……这将是终极目标,但这真的是爱丽丝想要讲述的故事吗?

"更像是曝光文章。"她说道。

杰克歪着脑袋,很感兴趣的样子。"那可太棒了。我们已经很久没有这样的报道了。它们在读者中很受欢迎,是提升你简历的好办法……一般来说。"

爱丽丝知道他是好意，但她现在最不需要的就是有人提醒她即将失去一切。

"谢谢。实际上我得走了。"在杰克没来得及问这个曝光新闻的题材的时候，爱丽丝关掉电脑，抓过包，说道，"我现在需要去跟进一条线索。"

"现在？好吧，那我不耽误你了。如果现在这个时间去，肯定很紧急。祝你好运，还有整个曝光文章。"杰克太过兴奋，"曝光"二字拖得特别长。

爱丽丝来不及多说什么，就匆忙离开了。

爱丽丝这下可以确认，在灌木丛后面游荡并没有适合的姿势。她有一种强烈的似曾相识感。首先是埃尔德里奇健康中心的垃圾桶——现在是这里。她无法想象，真正的记者就是把时间花在这些事情上面的。如果这个故事真的能推动她在职业生涯中上一层台阶，那么她会很高兴忘记自己出身的这一面，这是毫无疑问的。

头顶上的路灯照亮了她蹲点的地方，爱丽丝很庆幸自己在报社厕所里花了些时间，确保自己尽可能不引人注意。她把热带图案的直筒连衣裙换成了从头到脚的黑色。她从书桌抽屉后面的某个地方找到了一条头巾，用它遮住自己特有的、浓密的刘海儿，她的波波头扎成了两小根麻花辫。她甚至还不怕麻烦地换上了运动胸罩，以防需要快速撤退。

带着作案企图游荡会受到什么处罚？希望不是坐牢。她穿橙色可难看了。可能是罚款？按照爱丽丝目前的财政状况，那可未必能承担得起。那么，就众筹吧。"关注眼前的事，基顿。"在向每个能想到的神祈祷不要被警察带走之前，她提醒自己。她之所以到这里来，是根据周六的发现和对电话来源那令人不安的直觉。

爱丽丝一方面希望自己的感觉是对的——这将证实她的直觉，而且可以结束玛丽在"夜间热线"遭受的折磨。但她更希望自己是错的。因为如果她的直觉没错，那然后呢？爱丽丝吞了一下口水。这不是任何人想要的对话。玛丽会被击垮的。爱丽丝这会儿就能看到她的面孔——那双绿色的大眼睛里先是震惊，然后是恐惧，最后是醒悟。不过爱丽丝认为，玛丽最好还是现在就知道真相，而不是等到再接几通电话之后。虽然爱丽丝更愿意放弃这个计划，以最快的速度逃离现场，但她需要继续前进。为了玛丽。

她检查了街道两旁是否有闲逛的行人或是透过窗帘偷窥的人，没什么危险，但她还是把手机放在手边，以防万一需要假装接电话。她在树篱的尽头找到了一个地方，这样就可以一览无遗地看到客厅，同时还能保护自己，不让屋主往外看的时候看到她。果然，窗帘大敞着。

离窗户最近的那张扶手椅背对着爱丽丝，但她认出了那件衬衫，还有衬衫下肌肉发达的手臂。不过，她不觉得他是个爱看垃圾节目的人。对面的电视上播放的是恶作剧录像，人们付钱向电视台提交这些录像带，电视台将它们剪辑后提供给公众观看。如果爱丽丝眯起眼睛，就可以看到屏幕右下角有一个小喇叭的符号，一条对角线穿过它，表示节目已经静音。爱丽丝对此并不奇怪。

她要等多久？半个小时？一个小时？更长时间？等到某个时候，她总得回家。拜托，她想着，别让我空手而归。运气来了——几分钟后她就会得到答案了。广告一出现，他就从电话支架上拿起听筒。爱丽丝拍了张照片。没什么特别的——一个光秃秃的后脑勺，电话和后面屏幕上毛茸茸的模糊像素。然而，它记录下了这一幕发生的时间。

一分钟后，为了保险起见，她又拍了一张照片。第二张照片刚拍完，他的头就埋在了双手之中。电话掉到了地上。

爱丽丝一生中从来没有像现在这么讨厌自己是对的。

第二十三章

2009

玛丽已经在吉姆的诊所门口等了很长时间,在那段时间里,来了另外两个病人。当第三个病人出现时——一个手里拿着金属链条拼接小手提包的女人——她至少还算有礼貌,没有直接从玛丽身边走过。

"你要进去吗?"她一边问,一边在驼色大衣的口袋里翻找着一些文件。

"是的,是的,抱歉。我只是想确认一下我没走错地方。"

她应该知道的,因为吉姆已经在这里工作了十八个月以上。话虽如此,玛丽只来过这里一次。那是吉姆刚换到私人诊所工作不久,在合伙人举办的一场下班后的酒会上。接下来的几个月感觉很轻松,喜悦的气氛一直环绕在他俩周围。吉姆对这份新工作感到非常兴奋——用他自己的话说,就是有机会在没有压力的情况下工作,而且不用面对之前那份工作给他制订的那些不可能完成的目标。

玛丽皱起眉头,想起了在三年前的父亲葬礼上,他提到的那个把他逼到崩溃边缘的投诉。难怪工作使他如此焦虑。那里没有犯错的余地，而且病人都会不可避免地将医生视为不会犯错的上帝。相比之下，玛丽自己的小生意看起来就像小菜一碟，尽管随着订制地图的订单越来越多，玛丽开始怀疑自己作为企业唯一的经营者和雇员，是否有点不够了。

她让到一边，让另一个女人按门铃。门"咔嗒"一声开了，玛丽跟在她后面进去，竭力避免被她的手提包砸到大腿。工作时间的接待处看起来不太一样，很安静。一位穿着笔挺风衣的女人正在翻阅精美的杂志，房间的另一边，一个勉强遮盖住自己"地中海"的男人在写字板上敲着笔，试图在他的病人问卷中寻找遗漏之处。

地毯上传来低沉的滚轮声，一位梳着栗色长马尾辫的年轻接待员从她的电脑后面伸出脑袋，和玛丽打了声招呼。

"早上好，您需要办理入院手续吗？"

"我是来找惠特内尔医生的。"玛丽结结巴巴地说。他的肖像在正前方，名字下面是一连串字母。在一起四年了，可只要看到他，哪怕只是一张帅气的剪影照片，就足以让她因为紧张而说不清话。

但到底是那个原因，还是因为紧张？她突然意识到，她完全不知道自己突然出现在吉姆的工作场所，他会做何反应。野餐是一时兴起的主意。他们刚认识的时候，是吉姆让玛丽变得更加随性，但随着时间的推移，一切都安定下来。或者更确切地说，他们安定了下来——如果不是因为玛丽昨晚在网上被勾起了好奇心，最后在一个名为"稳定还是疲倦"的女性网络杂志上做起了问卷调查，一切本来都平安无事。

在打了太多的对钩之后,玛丽终于确信,她在他们四年的关系之中所感受到的满足,实际上是一种自我陶醉。起初,她不明白她和吉姆之间的问题所在,毕竟守灵夜之后他们的关系还不错,尽管他又开始恢复喝酒。晚餐时喝杯红酒这种奇怪但双方都同意的习惯,又悄悄溜回到他们的生活当中。但情况和以前完全不同。他们家里从不放酒,玛丽再没有从吉姆身上闻到过酒味。

根据吉姆的说法,现在的工作比原来那个有了很大的改善,他俩对于工作最大的抱怨,大概也就是每天时间不够用。不过,在过去几周,吉姆似乎有点暴躁。玛丽在波特拉什第一次注意到他失眠的情况又出现了,她经常会被吉姆溜到隔壁房间的声音吵醒,他会安静地在那儿浏览他的笔记本电脑。到了早上,他的精神状态就会很差。

玛丽好奇过这是否与她有关。在亲密关系方面,她从来都不是主动的那一个,也从来没这个必要。但后来她开始思考,距离他们上次的性生活已经过去多久了,她要看着日历才能算出来。在他们的关系中,她有足够的安全感,不会贸然下结论说吉姆和其他人有什么暧昧,但对她来说,采取主动也不会有什么坏处,也许应该在床上多下点功夫?他还是喜欢她的,不是吗?或者他的心思在其他地方?

调查问卷可能有一定的道理。如果是这样,除非玛丽能让他们火花重燃,否则按文章所说,他们就完蛋了。不幸的是,这篇文章并没有就如何重燃激情给出很多有益建议,而玛丽独立思考的范围只扩展到今天出其不意地送来两个农夫奶酪作为午餐。她原以为他们可以时髦地庆祝春天的到来。

"请问您叫什么名字?"

"我是玛丽·奥康纳——他的女朋友。不是病人……"

女人的脸上闪过了一丝没掩饰住的震惊表情,然后她又以笑容取而代之,用一只手抚了抚她光滑的马尾辫。玛丽能感觉到两个特百惠饭盒的重量在拉扯着她的右肩关节。她可不能一个人坐在公园里把两份都吃掉。

"恐怕他今天不在。他整个星期都没来办公室。"她降低了嗓音,但这并没能让玛丽感到不那么尴尬,热浪从脊柱一涌而上,开始蔓延到她的脸颊上。"再过五分钟,帕里医生现在的诊疗就结束了,你想跟他聊一聊吗?"

"不,不用了。呃……没关系。吉姆问我能不能帮他拿个包裹?"玛丽似乎可以听到接待员脑子里的齿轮在嗡嗡作响。显然,员工手册中并没有教她该如何面对突如其来、不受欢迎的女朋友。"我是说个人包裹。他提到了一个网上的订单。"

"等我一下,我马上就回来。"接待员走进旁边的房间。玛丽觉得她可以分辨出远处低沉的嗡嗡声。她开始感到恐慌,想在那个年轻女人回来之前离开,尽管这对吉姆的事业没有任何帮助。"你觉得他要找的是这个吗?"她从门口探出头来,朝玛丽的方向摇晃着一只棕色的小纸板箱。它发出响亮的哗啦声。

玛丽低头看了看手机,假装在查信息。她看清背景的图像时,深深地吸了一口气——吉姆在纽敦纳兹附近的一个意大利餐厅,披萨酱黏在他的嘴上。这是去年她难得把他哄去看妈妈那次照的相片。那是在贝尔法斯特外出吃饭时一个特别开心的夜晚,尽管玛丽觉得旅程的其他时间有些紧张。自从爸爸的葬礼之后,妈妈似乎对吉姆很警惕。她的冰箱里没有啤酒,每次吉姆上厕所时,妈妈都会直截了当地问玛丽是否还好——如果过得不好,玛丽是否会告诉她。当然，妈妈的保护肯定是有期限的。玛丽很快就要三十一岁了。

"是的，是的，好像就是这个。"她关掉屏幕，把手机塞回口袋。

接待员把包裹递了过去，没有再问任何问题。"我们希望詹姆斯下星期会回来，"她说这些似乎是在安慰玛丽，"代我们向他问好。"

玛丽跌跌撞撞地走到外面，脑袋眩晕。她早上才见过吉姆。他看上去疲惫不堪，还咕哝说睡得不好，然后在上班前，像往常一样吻了她。至少她是这么想的。

他一整个星期都没来办公室。这怎么可能呢？在过去的四个晚上，吉姆最迟在晚上七点到家。过去几个月里，玛丽接到的订单太多，以至于没有时间去车站接吉姆。的确，她错过了他们每天的惯例，但他们仍然彼此陪伴，这才是重要的，不是吗？整整一个星期，他们都一起吃晚饭，蜷在沙发上看电视。他下班后，玛丽总是会问他的情况。一向如此。虽然这可能是例行一问，但她从吉姆那里得到的答案也都是一样的。好吧——前提是他这几天都在诊所里，而不是在他现在藏身的地方。

到了地铁站，她小跑着跳上了看到的第一趟地铁，对于似乎无迹可循的情况，她列出了各种可能的解释：他不想告诉她，自己生病了；也许他父母出了什么事，他不想让她担心。但整整一周？除非是外遇……吉姆不是那种人。她所了解和深爱的吉姆不是。玛丽把头靠在前面的扶手上，仿佛能因此想出更有说服力的结论。过了十分钟，她才意识到自己坐反了方向。

玛丽多希望走进家门的时候，吉姆已经坐在餐桌旁，他的包挂在沙发上，他正要张口解释这一切，但她一进门，就知道屋里空无一人。准备野餐剩下的碎屑还在切菜板上，为明天参加洗礼而准备的礼物还放在走廊的桌子上。如果他不回来参加洗礼，该怎么办？玛丽觉得自己的腿都软了。

在失去信心之前，她给吉姆发了一条短信：**希望你今天工作愉快**。她的拇指因为频繁查看短信是否已读而变得酸痛。

没有回复。

她应该在家待着吗？如果有什么不测，她应该出去找人的。可是，玛丽想知道，过去这四天，吉姆碰上的事到底能有多糟？但他每晚又能回到公寓，没让玛丽感到任何不对劲？他一整天都没去工作，却会回家吃晚饭——为什么？良心不忍？思念交往四年的女友？这显然不合情理。

因为没有其他更好的事情可做，玛丽打开了电视机，以制造一些背景噪声。她躺在沙发上，第一次意识到，有多少与情侣相关的节目——在国外买房，在聊天节目中争吵，或者为陌生人举办折磨人的晚宴。她选了赛马频道。她的双眼因为强忍泪水而刺痛起来。她闭上眼睛时，能看到爸爸身体好的时候蹲在电视机前的样子，以及后来他身体没那么好了，坐在椅子上，对着屏幕摇着报纸，为那天骑马的人欢呼。他对妈妈撒过谎吗？

那是另一种关系。但是，仅仅是玛丽和吉姆决定不举行婚礼，不承担养育四个孩子的重担，并不意味着他们就没那么幸福。从吉姆走进玛丽生活的那一刻起，他就重新定义了玛丽对"幸福"这个词的理解。"幸福"不仅仅是不用担心最坏的事情发生，还意味着一觉醒来会为接下来的一天感到兴奋，并期待这一天所发生的一切。玛丽走到厨房的布告栏前，吉姆给她的每一张明信片都呈扇形固定在布告栏边，有厚厚一沓。这意味着他们两个人，在一起。

那么，这星期到底出了什么问题？吉姆在他们的关系中没有她那么快乐吗？还是说他整体来说并不快乐？玛丽的思绪盘旋回到他们第三次约会，也就是她第一次去伦敦看望他并提到斯凯岛的时候。她从来没有忘记吉姆当时说的话——他认为死的应该是他，而不是山姆——但她希望这是一个年轻而悲伤的男人的沉思。如果有更危险的因素在起作用——长期的精神问题导致了这一切——那么他难道不会说些什么吗？他毕竟是个医生。他才是专家。

玛丽又去看了看手机。他在上班时间不回短信是很正常的事，但话又说回来，他并没有去上班——所以他回家时会怎么解释呢？

如果他回家的话。

第二十四章

2018

"我觉得我们可以在花园里举行年度大会，"泰德说，"好好享受这好天气吧。其他人已经在外面了。"

玛丽试图引起泰德的注意，但他似乎一直盯着门框油漆上的一条划痕。他今天气色不太好，黑眼圈有点重，多塞特郡日晒的效果几乎消失了，他现在看上去面色灰黄而浮肿。在他今天没让她帮忙准备茶点的时候，她就该意识到出了什么问题，但话又说回来，她有许多其他的烦心事。

这周在"夜间热线"又接到了吉姆的一通电话，至少玛丽是这么认为的。它甚至比前两通电话更不连贯，而且持续不超过一分钟。通话质量很差，玛丽只能听到呜咽声，间或夹杂着道歉。这简直是折磨。吉姆从来不是一个愿意表露自己感情的人，他更喜欢把压力关在心里，直到它们爆发出来，变成一团混乱。电话一断，玛丽的脑海里就浮现出了一百种最糟糕的情况。他生病了吗？遇到了什么麻烦？求求你了，上帝，至少让吉姆待在一个温暖的地方吧，让他有个栖身之所。

玛丽奇迹般地坚持到了那天值班结束。但在接电话的间隙，她的心完全飘走了。她回到了他们原来的公寓里，她的头靠在吉姆的胸前，手臂搂着他，在最幸福的地方。玛丽把羽绒被拉起来盖住他们脑袋的时候，吉姆常常称它为"堡垒"。无论今天在工作或家庭中出现了什么问题，都属于被子之外的另一个世界。玛丽愿意付出一切——任何东西——只要现在能回到堡垒中去。她仍然可以为他，为他们二人解决一切问题。

"玛丽？"

泰德轻轻地咳嗽了一声，却越咳越厉害。他们已经好几个星期没有一起在周日下午散步了，玛丽突然之间为没来看看他而感到过意不去。泰德为别人做了那么多，却从不考虑自己。寻求帮助对任何人来说都不是件容易的事，但玛丽发现男人在这方面总是格外不情愿。

"你没事吧？"她在包里翻了翻，拿出一个破旧的铝水瓶。

泰德打开水瓶。"最好别是夏季流感。它可以把我打倒——但不能在年度大会结束之前！"他举起了一只拳头，玛丽猜测这是个不太成功的超级英雄模仿。表演不是他的强项，或者他哪里出了问题。"你想过去吗？我们现在只是在等爱丽丝。"

玛丽坐在奥利芙旁边的一把高背餐椅上，克特正在把这些椅子搬到屋外的草坪上。他们两个都和她打了招呼，但玛丽发现自己很难和大家寒暄。回到吉姆出现之前的日子并不好受，那时她觉得自己更像是一个旁观者，而不是生活的参与者。这些电话把一切都打乱了。

"大家好呀！"

爱丽丝来了，有点上气不接下气。有几秒钟，玛丽看到爱丽丝在犹豫,好像想过来跟自己说些什么。

自从玛丽接到吉姆的第二通电话,爱丽丝不请自来去了她的公寓之后,她俩已经一个多星期没见面了。爱丽丝不在随班轮值的名单上,玛丽怀疑她是否已经完全放弃了志愿工作。她无法摆脱自己失望的感觉,尽管她知道这是不理智的。爱丽丝是唯一一个知道这些电话的人,玛丽很感激她在自己需要的时候出现分担了她的情感负荷。

虽然经历过不少糟糕的日子,但这可能是玛丽一生中最糟糕的一周。电话的影响,一通接一通,再加上网上那个可怕的视频。妈妈没有联系玛丽,她想应该是好事;她的其他家人也没出现。从去年圣诞节她听到的情况来看,养育孩子已经占据了他们全部的注意力,在工作、睡前故事和洗澡时间之间,她的弟弟们也不再像过去那样老是上网看些无聊的内容。

自从在"夜间热线"用克特的手机看过视频之后,玛丽自己就再也没有上网查看过那个片段。发生了这么多事,她已经没有力气了。她所能做的就是祈祷事情像克特承诺的那样,已经过去了。如果能让爱丽丝来确认一下,她觉得那最合适。但是爱丽丝没有过来,她就待在原来的位置,在圆圈的另一头。

"需要我拿点什么过去吗?"爱丽丝问道。

"不,不用了,谢谢,亲爱的。"泰德回答道。

玛丽看到爱丽丝的下巴似乎绷紧了。还是没有?那种紧张的气氛出现了一下又消失了。玛丽告诉自己,是她太过敏感。

"看来人都来齐了。"泰德边说边拿着一罐果汁汽水、一堆纸杯和一沓文件走出来。他把点心放在圆圈中心的草地上,把文件递给奥利芙去分发。"我们的团队真不错,是吧?我很高兴今天大家都能来。每个人都拿到年度大会议程表了吗？我想我们可以一点一点地解决，除非有人想在开始之前提出什么问题？"

"我有。"爱丽丝说。

"你说吧。"泰德的微笑温暖而热情，相比之下，爱丽丝的目光有如钢铁般坚定。

玛丽在座位上移动了一下。她知道爱丽丝是善良的，但也看到过她更尖锐的一面，比如上次她硬跟着自己挤进了公寓。她为什么盯着我看？哦，天哪，她不是打算——不是吧？电话的事是玛丽私下告诉爱丽丝的，如果她要揭发玛丽没有把这些电话作为潜在的安全问题向泰德报告，那么玛丽可能会被"夜间热线"开除的。而如果被开除了，吉姆再打电话来……

"是泰德，"爱丽丝脱口而出，"打了电话给你，玛丽。那些你以为是吉姆打到'夜间热线'的电话……很抱歉，不是他打的，是泰德打的。"

玛丽觉得自己的胃一沉。一圈人都安静下来，她在说什么？打电话的是泰德。泰德？这不可能。这是真的吗？爱丽丝是怎么知道的？玛丽强迫自己看了看每个志愿者。奥利芙很困惑，而克特看起来好像被打了一巴掌。爱丽丝和以前一样直率。但是泰德？他正在看他的脚。

一只因为吃得太饱而肿胀起来的黄蜂落在玛丽的手上，顺着无名指往下爬。她并没有动手赶开它。泰德能够反驳指控的时间越来越少了。

"是真的吗？"玛丽最后问道。她的声音平静，但坚定。她在未知的黑暗混乱中生活了这么久，她再也受不了了。她没法承受了。

泰德搓着双手。爱丽丝在他旁边，正在摸索着自己的手机。

天知道她的手机里有什么，更多的视频吗？玛丽不想知道。现在不行，因为她的耻辱已经传播给了最亲近的朋友。

"是吗？"玛丽站起来。这次她的声音更大了。愤怒啃噬着她的双耳，热血涌到她的头上。她不知道自己以这样的力气还能坚持多久。

"是的。"泰德说。

听到这句话，玛丽的腿都软了。她的膝盖弯下来，她掉回椅子上，上半身倒了下去。她肌肉里所有的紧张感都消失了。这说不通，没一点说得通。怎么做到的？为什么？打电话的人从未明确说过他就是吉姆，但她深信不疑。他说想她，说她是他安全的港湾……或者这一切都是她的想象？她已经出现幻觉了。不过她情愿是那样，总比承认自己忘记了吉姆的声音要好。她的吉姆。这怎么可能？

"玛丽，我不是有意让事情变成这样的……"泰德开口道，"我准备告诉你的。我试图道歉。"他的声音断断续续的，眼里满是泪水，"我从没想过你会认为那是吉姆。我不是故意误导你的，那绝不是我的本意。我保证。我不知道自己当时在想什么……"

他把手伸过围坐的圆圈，伸向玛丽。她没有注意到它在那里。

她从来没有认真听过泰德说话，听他的语气，他的嗓音。那只是……一个声音。没什么特别的。他的年龄也就比吉姆大一两岁。她只能怪自己——她是一个愚蠢的、充满希望的、痴心妄想的傻瓜。她让自己颜面尽失。

"我从来没有想过要伤害你。"泰德的下巴在颤抖，"玛丽，我想让你注意到我，而你永远也注意不到。打电话的事情，刚开始只是个错误；我喝了酒，感到孤独而绝望。我想让你听我说说话，即使你不知道那个人是我。后来,我又发现自己在打电话道歉。事情愈演愈烈。太糟糕了。我说不出自己有多后悔……"

又是一个酒鬼。老天啊,他们都得喝酒吗?在玛丽渴望能够遗忘一切的时间里,她一次也没有借酒消愁。因为对她来说不过如此,一切都只是借口。而她已经受够了这些借口。也许是泰德的错,也许是她的错,但还有什么好说的?

她匆匆地抬起头来。所有的志愿者都盯着她,不知道她下一步要做什么。

玛丽自己也一点都不知道。她只知道自己必须离开这里。赶紧。

她一把抓起背包,跑到马路上。

第二十五章

2018

"真的有必要这样吗？"泰德叹了口气说道。

花园里只剩下爱丽丝和泰德二人。在他俩之间的一小块草坪上，两只果蝇围着剩下的年度大会议程单和一罐橙汁打转儿，橙汁像镇纸一样压着议程单。

爱丽丝不知如何作答。有的——因为还有什么办法能告诉玛丽，她最大的希望是一场骗局？没有——因为没人想把这样的痛苦强加给两个生活在痛苦中的人。

尽管在午后的阳光下，气温已经达到三十度了，泰德还是浑身发抖。

没有人愿意相信是泰德——善良、友好、真诚的泰德——给"夜间热线"的玛丽打电话。但证据是不容置疑的。首先是爱丽丝在泰德床边抽屉里找到的时间表，上面标出了玛丽值班的时间。然后是爱丽丝在一个周二夜晚去他家，正逮到他在打电话。爱丽丝有两张照片作为证物，准备在年度大会上拿出来，以防泰德试图否认。她没想到，他会这么爽快地坦白。

"别指望把这事说成是我的错。"爱丽丝说。

她在出发去参加今天的年度大会之前,对着镜子练习了这些话。在彩排的时候,她说这些话的语气是愤怒的,但现在,这句话听起来脆弱无力。爱丽丝的最后期限已经很紧了,泰德的骗局可能浪费了她一半的时间,还可能打乱了玛丽那已经岌岌可危的正常生活。但面对眼前这个心碎的男人,爱丽丝突然间意识到,她的愤怒来得太过冲动。

因为泰德从来没有假装过吉姆。更重要的是,听着他试图解释自己的行为,爱丽丝意识到,他和玛丽一样孤独和绝望。他在试图建立联系的过程中遇到了麻烦,结果搞砸了;当他试图改正之前的错误时,又把事情弄得更糟了。

"我没有……"泰德几乎一开口就停了下来。

他的声音嘶哑,虽然爱丽丝有些想制止这个回应,在负罪感到来之前扶着他,但她也知道,自己不是赦免他的合适人选。他需要玛丽的原谅,不是其他任何人的。

玛丽。爱丽丝希望她没事。一个女人在那种状态之下跑到马路上……爱丽丝之前有过这种感受,在她遇见玛丽的第一个夜晚之后,她就担心玛丽会做出什么傻事。但那并不是爱丽丝逐渐了解的那个人。玛丽看起来比自己坚强多了。她会挺过去的,即使内心被失望淹没。

不过,爱丽丝还是应该去找她。克特和奥利芙知道她住在哪里吗?越早找到她,爱丽丝就能越早请求她的宽恕。不只是泰德的良心渴望得到解脱。

"我应该去帮他们找玛丽。"

泰德点点头。他仍然没有抬头看爱丽丝,他的目光集中在面前那片被他起伏的胸膛挡住阳光的草地上。

"告诉她,我很抱歉。请不停地告诉她。"

爱丽丝一走出房子,就瘫倒在道路尽头的一堵墙上,也许是因为高温,也许是因为过去几分钟的创伤。她已经彻底晕头转向,不知道从这里到玛丽的公寓该走哪条路。她把头夹在两膝之间,但这只会让头晕得更厉害。她是怎么想的,以如此公开的方式把她的发现告诉玛丽?

事实是,爱丽丝在揭示真相的那一刻过于激动,以至于她计划和练习过的那些更温和的方式都被抛之脑后。虽然爱丽丝并不后悔让玛丽知道电话的来源,但她认为自己需要就曝光这个事实的方式道歉。经验告诉她,一个考虑不周的传达真相的方式会如何损害灵魂。

爱丽丝没有告诉外界自己是怎么知道爸爸去了哪里的,但十多年后再次想起那件事,让她感觉更晕眩了。她那时已经十六岁了,自打他从她的生活中消失以来,已经过了四年多。在漫长的四年里,她一直饱受折磨,担心他可能会发生什么事——是横死于沟壑之中,还是在几英里外的市中心露宿街头。四年来,她和妈妈渐行渐远,也不太和朋友交往,那些朋友当时最关心的是在周五晚上及时弄到一张假身份证。

但后来救赎突然从天而降。确切地说,是从她的信箱里降临。爱丽丝永远不会忘记,在她生日过后的两周,看到卡片上父亲的笔迹时,心中是怎样充满了温暖的期待。字迹的线条特别直,连接处很粗糙,那是她曾经上千次梦见过的。她用颤抖的双手打开信封,里面掉出了一张二十英镑的钞票。**生日快乐,爱丽丝!** 上面先出现了几个字，**希望你今天过得愉快**。

不管她心中有多少细微的情感，都很快被字条接下来的内容淹没了。上面说她现在有同父异母的弟弟和妹妹。他遇到了其他人，组建了一个全新的家庭。爱丽丝从来没有如此脆弱，对他能回家的这个希望感到如此失望。她把钱塞进放袜子的抽屉后面，然后溜下楼，拿着火柴盒回到房间。把那张卡片连同她最后的一点童真，一起烧毁在火焰之中。生活并不总有一个幸福的结局——不是吗？

虽然这张卡片的到来让爱丽丝再次陷入悲伤，但一旦面纱被揭开，这种清晰的事实至少帮她找到了一条不同的道路。这就是她想要给玛丽的一切：一个向前看的机会。

爱丽丝的头没那么晕了，她站起来，拿出手机查看地图。

克特的电话。

爱丽丝祈求他有好消息。"喂？"

"你还好吗？"

"还好……"爱丽丝撒了谎。她不能继续沉浸在再次涌现的回忆之中了。"你找到玛丽了吗？"

"奥利芙看到她进了公寓，但我们刚好错过了她。我们试着按门铃，但没人回应。她拉上了窗帘。我们还是让她自己待一阵子吧，希望一切会好起来。"

爱丽丝吞了一下口水。"好吧……顺便说一句，泰德的事我很抱歉。"

"他的什么事？"

"大概是因为我没有说出我的怀疑吧。那太难以接受了，而且我知道你和泰德关系很好。我不知道你会有什么反应。"

电话另一头沉默了一阵。很明显,克特正在努力寻找合适的辞藻来形容爱丽丝揭露出的"夜间热线"的混乱。

"泰德是个好人,"克特最终说道,"一个犯了错误的好人。我不喜欢他让玛丽难过,真的,但想到他一开始那样给玛丽打电话时得是多么难过,我也会难受。我讨厌自己没有做点什么来阻止这件事。"

"抱歉——什么?"爱丽丝哽了一下,"我的意思是,其他人怎么可能阻止这件事呢?"

"我不知道。我本可以多跟泰德聊聊,或者约他出去喝一杯。我们都知道他饱受煎熬。贝弗死后,他请假要离开'夜间热线'一段时间,但还不到两周。他得照顾孩子,白天还有工作。他一直是那种不示弱的人,但会相当孤独。"克特的声音比爱丽丝以前任何时候听到的都更有威严。她想问这种感觉是从哪里冒出来的,但克特在她有机会提问之前就继续说道:"他那样打电话给玛丽,一定是走投无路了。"

爱丽丝知道克特很聪明,但情商高到这种程度实在令人吃惊。她可以学到很多。"我在年度大会上表现得非常不顾别人的感受,是吗?"

"我理解,当时不可能知道怎样做才是最好的。另外,我相信玛丽会原谅你的。如果你能帮她找到一些关于吉姆的答案……"

爱丽丝还以为自己是更顽强的那个……他们还有关于吉姆的线索——工作上的丑闻,格斯暗示吉姆不快乐——但没了可追踪的电话,还有什么希望能找到他?她是不会轻易认输的,但在找到新的调查途径之前,她需要一两天来平静一下。

"爱丽丝,你还在那儿吗?爱丽丝?"

"还在。"

"很好,嗯,我得谈谈我打电话来的真正原因。"

爱丽丝的胸口一阵恐慌。有没有什么法律规定一个人一天能忍受多少坏消息?克特继续说道:"我有你想看的东西。"

"是什么?"

"你现在能过来吗?我得当面给你看,为了能解释清楚。但相信我,爱丽丝,你会想看到这个的。这些电话可能不会让我们找到吉姆,但……好吧,只能说,我对它能帮忙找到吉姆很有信心。"

第二十六章

2018

和爱丽丝上次踏进克特公寓的时候相比,这里并没有干净多少。要说起来,更像是一个垃圾场。沙发旁边放着两个碗,碗的边缘粘着像是麦片的东西。他的橱柜里不可能还有干净的马克杯和玻璃杯。爱丽丝不明白他为什么懒得整理一下,或者用他那银行家的薪水请个清洁工。如果不是因为十五分钟前,他在电话中表现出手头上似乎有更紧急的事情,她肯定会问的。

"那么你觉得我想看的东西是什么?"克特还没来得及开口,爱丽丝就问道。

"等一下,我去拿笔记。"

"你也有笔记?"

"名师出高徒嘛。"

"你这家伙。"爱丽丝笑了起来。克特带着两叠薄薄的A4纸回来,每叠纸上都绑着破破烂烂的文件绳。如果被叫来是为了展示成年人对小学历史课题的看法,那么她会尖叫的。她看起来像是有这个闲工夫的人吗?但爱丽丝的不耐烦已经让她——还有玛丽——在今天付出了代价。她的嘴角始终挂着微笑。"来吧，你说。"

"呃，那张照片起了作用。"爱丽丝试图弄清楚他在说什么的时候，克特停顿了一下，"就是我们在格斯办公室附近的咖啡店里，你让我上传到论坛上的那张。玛丽和吉姆在巨人堤道的照片。"

看着克特打开失踪人口论坛，爱丽丝莫名恐慌起来，以至于完全忘记了她把偷拍的照片发给他上传的事。噢，糟糕！仿佛她闲事管得还不够多似的。那张照片从来都不是她可以拿出去分享的，不过话又说回来，玛丽不会已经看到了——对吧？如果事实证明照片如同克特所想的那般有效，那么爱丽丝的诡计也是值得的。

"爱丽丝，我都不敢相信已经有那么多人回复，而且是正面的回复。这个失踪人口网站上的人都很积极，你知道吗？"*我可太知道了，爱丽丝想*。"没人在'灌水'，这些人一直在分享他们看到吉姆的地点，都是真实有效的。"

克特举起一根食指，急切地想要阻止爱丽丝打断他说话。

"现在我知道这是一种策略上的改变，但我之前一直不确定'夜间热线'的电话能有什么结果。甚至就在今天下午之前，我都还在忙着检查我们收集到的其他信息。然后我突然想到，有了格斯和吉姆工作上的丑闻，我们对他失踪的原因有了一些了解。"爱丽丝点点头，这部分的确没错。"可是他能消失到哪里去呢？如果吉姆就在外面的什么地方，而我们能找到他，就能当面问问他发生了什么，这是一石二鸟的事，对吧？"

"好吧……"爱丽丝从来都不清楚，克特的大脑接下来要往哪里去，此时此刻，这种感觉尤其强烈。

"论坛上的人能做的——也已经做了的——就是指出吉姆现在在地图上的位置。"

"但他七年前就离开了。"

"拜托，你就不能行行好？我说的是最近的目击地点。我找的是过去十二个月的信息。有五个线索，每一条都有至少两名目击者相互作证。有的目击者远不止两个。在这里。"克特递过来一本小册子。"我已经画出了我们的路线图，就在附录那里。我们会往北走，要调查的范围很广，我估计至少需要一个星期……"

爱丽丝打开了克特的档案，浏览了十页的文字，中间还穿插着高清晰度的图片。在地图的附录之后，还有一个附录，包含着出行携带物资清单。上面写着"意大利面"。撇开最后一页不谈，这绝不是一个小学历史课题。她对他的低估程度简直无以言表。

"你觉得怎么样？"

"克特，这么大的工作量。你不必……"

"我知道，但我想这么做。这两者区别很大。"

"为什么？"

"什么为什么？"

"你为什么想要做这一切？一定花了好多时间。你一定有很多更重要的事要做。"

"我倒希望如此，"克特叹了口气，"不，不过坦白说，是你说的。我想做一些有价值的事情。而我已经很久，很久没做什么有价值的事了。我想，这一直都是我的问题。"他的语气和之前在电话里谈到泰德逞强的时候一模一样。这时，他停顿了一下，在以前，爱丽丝这会儿肯定会插话，但如果说"夜间热线"教会了她一件事，那就是有的时候，人们需要说话的空间。"我已经认识玛丽好几个月了,从没想过为她去找吉姆。也许我认为自己没有能力,或者没有时间,但现在我意识到,这些都是借口。是你教会我分清事情的轻重缓急。"

"呃,我很感激,真的。而且深受感动……"爱丽丝想,很有希望。从她开始翻阅克特的小册子起,心率就一直很不稳定。其中的细节非常有说服力。他是对的,这在策略上是很大的改变,但听起来的确很有希望。

"我们可以周一出发,按照我建议的路线走,挨个去看看最近有人声称见过吉姆的五个地方。我有个朋友有车,可以借给我一个星期,但只有一个星期——之后我们就要把车还回去。按照我的计划,如果把车速控制在每小时一百一十公里以上,是可以完成的。你要做的就是和我分摊油费。"

一个星期。如果他们找到了吉姆,爱丽丝还有足够的时间去写完报道,在她被裁掉之前,把文章发到杰克承诺的头版上……但是玛丽呢?爱丽丝甚至还没向她道歉,更别说为这次旅行去征求她的祝福了。尽管玛丽肯定会认为,克特的调查是找到吉姆的好机会。

"你怎么看?"

爱丽丝犹豫了一下,告诉自己,比起其他事情,她必须专注于大局。

"好的,"她说道,"就周一吧。"有时候在生活中,你必须做出决定。爱丽丝希望她在有生之年不会后悔。"我们先别告诉玛丽,好吗?如果我觉得时机合适,可以当面跟她说。我想,最好还是由我来告诉她。"

"的确应该如此。太好了,那么我们都准备好了!你想留下来提前吃个晚饭吗？我在想……"

"意大利面吗？我想吃点。"

克特在灶台上忙碌的时候，爱丽丝开始写一封新邮件：

嗨，杰克：

　　我的文章有了一些非常有用的线索，下周我会请些年假去调查。下下周一我会带着八月底头版的稿件回来。

　　我不会让你失望的。

祝好
爱丽丝

她在信心动摇之前点击了发送。现在她没有退路了。

"你能过来帮我盛一下意面吗？"克特喊了一声。爱丽丝把手机扔进包里，走向厨房，随手拿起两个碗。她挤过克特身边去洗手池，屁股上的肌肉一碰到他就缩紧了。

"抱歉。"克特向后挪动了一下，但他俩现在就像两个重叠的勺子一样，紧紧地贴在一起。

这感觉棒极了，但又有什么不对劲——这是克特！而且……基顿，今天不行。爱丽丝斜着身子往前靠，碰乱了冰箱下面塞着的东西，看起来像是两个月的可回收垃圾；一张张扁平的硬纸板飘到地板上，看起来像是集会后伦敦市中心的街道。

爱丽丝突然想到自己可以如何补偿玛丽，而且也是一个让她同意自己和克特接下来行程的机会。

"克特，你有颜料吗？"

第二十七章

2018

　　星期天晚上的车站比平时安静一些。在常待的地方,玛丽很容易被认出来。她看起来筋疲力尽,但姿势仍然笔挺而骄傲。爱丽丝回忆起,即使视频在网上流传之后,玛丽也一天都没有错过她的守夜。"强大"远不足以用来形容她。

　　"爱丽丝?"玛丽说了一声,并没有移动她的告示牌。

　　爱丽丝没有回话。只是走到玛丽旁边,拉开手提包的拉链,拿出了她的手工制品。她的笔迹不像玛丽的那么整齐,在写字母 J 的时候还晃了一下,以至于不得不过度地修补,让 J 字底部的曲线变成了其余字母宽度的两倍。尽管如此,它起到了作用。

　　玛丽读着:回家吧,吉姆。有那么一会儿,她没有做出反应,爱丽丝感觉到自己的焦虑开始发作。搞砸一次看起来很笨拙,两次的话就像是故意的了。

　　"至少你把每一个字都拼对了。"玛丽终于说道。她的眼睛里泛着泪,声音有点颤抖,这是很难掩饰的。

　　昨天晚上,克特用油漆画完其他告示牌的时候,爱丽丝把第二天的详细安排用电子邮件发给"夜间热线"的其他志愿者。她脑子里想的是一个噱头：部分原因是道歉，另外一部分原因是为了表示大家的团结。为了显示团结的话，确实是人越多越好。不过，她并没有要求大家回复自己是否会到场——最好还是不要发现泰德和奥利芙现在有多恨她。如果只有爱丽丝一个人做这件事，虽然不太理想，但也无所谓。最重要的是，爱丽丝要向玛丽表明她自己仍然在乎她，也在乎找到吉姆。爱丽丝站稳脚步。

没过多久，前面的红绿灯那里有了些骚乱。克特跳跃着穿过马路，似乎完全意识不到他躲避的那些汽车在按喇叭，奥利芙在他身后发出"啧啧"的声响。爱丽丝如释重负，即使奥利芙还没有和她有任何眼神交流。这么做是为了玛丽，爱丽丝提醒自己，这与她的自尊心无关。她朝两脚之间的包点了点头，克特从里面又拿出两个告示牌。

爱丽丝突然意识到，他们像这样站成一排，可能会被误认为是一个小型快闪族①，或者是什么蹩脚的流行乐队。旁边经过的上班族开始放慢速度，像车祸后第一批过来的司机一样看热闹。站在那里模仿玛丽无可挑剔的姿势是件很辛苦的事，尤其是像这样被人围观。爱丽丝的凉鞋开始磨脚，她弯下腰来，试图缓解疼痛。就在她要站起来的时候，一只手伸向她的包。手指后面长着又长又黑的毛发，指甲上都是污迹，指甲缝里嵌着泥土。

"没想到你会来。"爱丽丝说。

"我自己也没想到。"泰德看起来不太好，他的眼睛似乎在年度大会后的大约三十个小时里迅速地深陷了下去。她不知道是否

---

① 事先通过网络联系，约定在指定时间和地点集合，再集体做出指定动作的团体。

应该让他回家，但最后还是决定不开口。

爱丽丝瞥了一眼玛丽，后者正直视前方，目光穿过公园的三角区域，越过红绿灯，望向那排油漆剥落的商店。她递给泰德一个告示牌，他站在了克特的旁边。

他们五个人在那里没待多久，就有人在拍他们了。爱丽丝用余光看到玛丽在发抖。她最不需要的就是有人提醒她那个视频的存在，或者闹出能够再次吸引网络关注的场面。爱丽丝怪自己没有考虑到别人会怎么看他们。

"今天就到此为止好吗？"爱丽丝说着转过身来，这样她就可以面对着大家，同时也可以挡着玛丽。

四双眼睛盯着玛丽。她轻轻地点了点头。

还没等任何人有机会提出异议，泰德就大声地说道："玛丽，我可以和你一起走回家吗？"他的声音不太确定，"我有好多需要解释的"。

公共汽车"呼哧呼哧"地驶过百老汇大街，但其他人似乎都不敢喘气。

"好的。"玛丽回答道。爱丽丝猜不透玛丽对这个提议有何感受。但话说回来，这是玛丽和泰德之间的事。爱丽丝试图抑制住自己的好奇心——总有一天她会被好奇心害死的。"你能先给我一分钟吗？我想和爱丽丝单独谈谈。"

"当然。"泰德说。

他和奥利芙沿着路慢慢往前走，向咖啡车走去。克特已经在反方向五十米远的地方，盯着手机上的什么东西。他看起来很震惊，爱丽丝想去看看他，但现在不行。

尽管身处公共空间，爱丽丝却突然感到非常孤独。她将要听别人说自己是个糟糕的人,听玛丽说希望从未见过她……

"谢谢你,谢谢你为我做的一切。"玛丽把一只冰冷的手放在爱丽丝的前臂上。

"噢。"话哽在爱丽丝的喉咙里,这并不是她预想中的内容,"我的意思是,应该道歉的人是我。"

"我很感激,"玛丽说着,把一撮散乱的头发扎进了发髻,"你千辛万苦地调查那些电话,至少证明了一件事。"

"什么?"

"有时候还是不知道为好。"

"真的?"

玛丽点点头。"在这世界上,未知并不总是最糟糕的事,尤其是在真相能击垮你的时候。"

爱丽丝不敢相信自己的耳朵。玛丽不可能是这个意思,她不明白自己在说什么。十六岁的那张生日贺卡可能是爱丽丝一生中最糟糕的惊喜,但至少它把她从不确定的黑暗中解救了出来,那减轻了她的焦虑。贺卡让她逐渐开始接受现实。要是爱丽丝能找到合适的话语告诉玛丽就好了。

"所以我请求你,从现在开始别再寻找吉姆了。"

"什么……等等——你是什么意思?"

爱丽丝能感觉到克特的档案要烧穿她手提包的帆布了。她甚至还没有提他们接下来要去调查的事情。

"爱丽丝,我已经说完了。你必须停止寻找。"

说完这些,玛丽在爱丽丝阻拦之前,就快速朝泰德走过去,很快被一群在公共汽车站下车的乘客淹没了。

"该死的!"爱丽丝在地铁站入口的拐角处朝着一堆免费报纸

踢了一脚。这不是她想要的结果。道歉很重要,但这并不意味着爱丽丝不希望能重新得到玛丽的信任,得到她对这次出行的许可。这次调查或许可以让爱丽丝拿下这个故事,不过,她确实听到了一个响亮而清晰的信息:玛丽不想让她继续寻找吉姆。

但是为什么呢?玛丽说"在这世界上,未知并不总是最糟糕的事"是什么意思?一定是受到恐惧的影响。爱丽丝知道,这种对于无知的惯性可能是舒适的,但不可持续,尤其是在你不理性的时候。在这种情况下,爱丽丝的确比玛丽更有经验。玛丽会同意自己的想法的,爱丽丝知道她会的。当被困惑蒙蔽双眼时,是不可能看到自己的需求的。

爱丽丝低头看了看手里的牌子。**回家吧,吉姆**——这条信息说明了一切。而她就在这里,即将踏上一段或许可以把吉姆带回家的旅程。就这么决定了,没有玛丽的同意爱丽丝也会去的。当带来她知道玛丽需要的了结时,爱丽丝会得到原谅。再说了,她现在也不能反悔。她告诉杰克要请假,而且会带着文章回来。克特把行程都安排好了。

想到这儿,克特在哪里?爱丽丝需要弄清楚他们明天什么时候出发。她在路上找来找去,看到他在街上更远的地方,双眼仍然盯着手机。她不知道他怎么了。

"你还好吗?"爱丽丝走近克特,牌子已经塞进了她的包里。

"干得好。"克特回答说。很明显,他没有在听。

爱丽丝想,这不是我问的问题,不过无所谓。如果克特不打算和她聊下去,那她就满足于她所需要的答案,然后回家收拾行李。"明天什么时候?"

克特耸了耸肩。"早上八点?我们越早上路越好。"他把手机放在一边,用手揉了揉眼睛。把手放下来之后,他看起来不那么痛苦了,就像一片乌云掠过脸,模糊了他的真实情感。"我看见你和玛丽说话了——那么我想你已经得到原谅了吧?她怎么说?"

爱丽丝转移了目光。在那一瞬间,她决定,不告诉——也不能告诉克特,玛丽让她停止寻找吉姆。克特的道德标准比她自己的高得多,如果他知道了,肯定不会再帮她,这一点毫无疑问。他对玛丽的了解不如自己。他不明白,真相揭露后带来的长期解脱,会压过对于真相本能的恐惧。

"噢,呃……没说多少。好吧,我们明天早上见,然后开始调查。"

"调查?我们现在管它叫调查了吗?"

"克特,它本来就是。"

"好吧,好吧。"

"我是不会放弃的。"爱丽丝继续说,并试图忘记几分钟前的玛丽:她原谅了我,但她让我停止调查的指示很坚定。

"这是为了玛丽好。"

"你就像只小梗犬,你知道吗?"克特笑了笑,"有没有人告诉过你,你作为数字销售太大材小用了?你应该去当记者的。"

现在轮到爱丽丝装出快乐的表情了。她的良心能承受多大的压力?不能让克特发现她真正的工作,至少不能在他们找到吉姆之前。然后呢?她希望他能在超级宽广的心胸中找到宽恕的力量。

"我记住了。"

第二十八章

2018

　　玛丽和泰德沉默地走向公园，他俩都心照不宣地认为，接下来的解释内容太过复杂，不适合在街头艺人的声音或是周末喝完酒的人涌出酒吧时嘈杂的声响中进行。到了公园后，玛丽选了一把离大门较远的长凳，位置十分隐蔽，她觉得不会有人打扰他俩。这还是个特别郁郁葱葱的地方——也许这有助于消除误会。

　　爱丽丝昨天说的那些话，与其说是把玛丽脚底下的地毯掀翻了，还不如说是把地面颠倒了一百八十度，让她一下子被甩飞出去，一头栽进了自责之中。她应该猜出来的吗？她错过了什么线索？如果玛丽的思绪四处游荡，她仍然能感觉到四双眼睛在盯着自己——泰德、爱丽丝、奥利芙、克特——他们的目光里夹杂着怜悯。没人希望自己是最后一个知道的。没有什么比这个更能让你觉得自己如此愚蠢。

　　我算是傻还是疯？玛丽心想。不过这不就是一枚硬币的两面吗？她本该意识到，电话是吉姆打来的这件事，只是她一厢情愿的想法，但是七年的等待对一个人的影响是巨大的。那可是八十四个月里一直希望这是一场噩梦，两千五百五十五天的每个夜晚都盼着他回家——天知道有多少小时从未得到回应的祷告。对玛丽来说，这些电话没有其他可能的解释。

现在回想起来，泰德和吉姆的声音如此相似，简直是在帮倒忙。玛丽一旦开始想这件事，就意识到这两个男人年纪只相差一岁，从他们辨识度不高的口音中也听不出什么不同。通话质量也一直不好。还有对方说的话——说他很迷失，说他把玛丽当成了安全的港湾。就连喝酒的借口都像是"吉姆"本人。也许并不是玛丽产生了幻觉，而是因为她被一群苦于寻求帮助的男人包围了。

"哦，对了，我带了这个。"泰德把手伸进工装短裤的口袋里，掏出一根巧克力棒。

"谢谢你。"玛丽回答道。

有那么一两分钟，他们安静地分享着巧克力棒。为了让自己平静下来，玛丽把注意力集中在混乱思绪之外的小细节上：他们之间的长凳上的碎片、她躁动不安的双脚下冰激凌包装纸发出的嘎吱声，以及泰德指甲缝里的泥土。这双粗糙而勤快的双手，就是半小时前举着告示牌的那一双手，只是举的位置太高，只有巨人才能看到上面的内容。

尽管发生了这一切，玛丽还是笑了出来。泰德今天的出现——虽然尴尬得要命——意义重大。不管他做了什么，玛丽都知道他心地善良，她只是想知道其中的真正原因。

她看了看泰德，他正笨拙地把玩着拇指。他的举止就像一条受伤的狗——温驯、哀求、一脸乖巧。她应该了结他的痛苦，这是最重要的问题。

"为什么？"她问道。

"为什么……我为什么打电话？"

玛丽打起精神，轻快地点了点头。

"坦白说，第一通电话是个错误。"泰德转过来面对着玛丽，但她一直盯着前方，"那天我从父母家回来，走进自己的房子，感觉从来没有这么安静过。那种安静是……痛苦的。太过痛苦。"他捏着脖子后面的肌腱，"我以为喝一杯就能放松下来，但酒只是让我意识到，我很想念你。然后我突然想到了这个主意。我仿佛还没反应过来，就已经拨通了你的电话，你回应了，突然之间，我们就聊起来了。

"自从贝弗离开后，我一直觉得很难。她这么年轻就去世了，让我伤痛欲绝。即使开始慢慢疗伤，我面对的也只是一系列新的问题。我一个人工作一整天，然后回到空无一人的家里。我想念……我不知道——也许是被倾听这件事吧。"

"但是为什么？"玛丽的声音这次更坚定了，"为什么给我打电话？"

"这难道不是显而易见的吗？"

玛丽盯着泰德。他的眉头困惑地皱了起来，额头中央出现的两条线就像是摇摇晃晃的咖啡桌的桌腿。

"玛丽，我喜欢你。"

她觉得自己的脸一下子红了起来。她的愤怒消散了，取而代之的是一种彻底的困惑。"男女之间的那种喜欢？"她再次确认。

泰德点了点头。"我喜欢你有一段时间了，玛丽。我的确想拉近……"

她回想着以前和泰德的所有会面，主要是过去一年，那时她觉得他已经恢复了正常，失去亲人不再是他生活中唯一的重心。

每次"夜间热线"工作开始之前,他总是努力地和她聊一会儿,但玛丽认为这是因为她是第一个走进房间的人,不互相寒暄一下不太礼貌……

"我们周日下午一起散步——那是我一整个月最开心的事!然后我五十岁生日的时候,你带我去邱园庆祝,我开始觉得这种感觉可能是双向的。我情绪低落的时候,你也总会关心我。但我不确定,我们只是朋友,还是别的什么?"

玛丽看着他,希望他不会让她现在就回答这个问题。她无法处理所有这些信息。泰德继续说:"我知道你自己看不清,玛丽,但你是个了不起的人。你如此善良,还很有趣,在你面前,我感到如此安心。我们在一起的那几个小时里,我可以把问题放在一边。在我看来,这是一项相当厉害的技能。

你从来都不想谈论吉姆,我完全尊重这一点。他是你的一部分,你爱他。我永远也不会让你觉得你必须改变。但尽管如此,我还是很想靠近你。我想改变的只是你对我的看法,我知道这是可能的:爱着一个已经离开的人,同时又对另一个人产生好感。第一通电话是醉酒后的疯狂念头,但我内心的某处一定觉得也许你听到我的声音,就能改变一切,给我一个机会。我觉得我已经用尽了所有其他的选项……"

"你为什么不直接说喜欢我呢?"玛丽的沮丧情绪已经消失了,声音很平静。

"我不想把你吓跑。不,也不能这么说。我很害怕,害怕到不敢把我的感受告诉你。没有人喜欢被彻底拒绝。"

玛丽的喉咙哽住了。事实证明,她并不是唯一一个宁愿生活在不适的怀疑之中,也不愿面对确定答案所带来的痛苦的人。

"我现在知道了，虽然这并不会让我好过一点。说实话，打完第一通电话我就知道了。这就是为什么第二次打电话给你的时候，我在试着道歉。但结果并不理想。事情像滚雪球一样越滚越大，我被困住了——在一条路上走了那么远，不知道该怎么出去。"

"爱丽丝帮你找到了出口，是吗？"玛丽对上了泰德的眼神。

他们笑了起来。

"我得承认，她真是了不起。"爱丽丝那义愤填膺的样子，赫然重现在他们眼前。"我没有想到你会以为那是吉姆，"泰德补充道，"我从没想过要误导你，完全没有。我实在是太愚蠢、太自私了。"

玛丽伸出一只手，放在他攥紧的拳头上。"是我误导了自己。你不要为此自责了。"她说道。

一个无家可归的人手里拿着剪开的纸杯，摇摇晃晃地沿着一排长凳走过来。泰德在他的口袋里摸索了半天，等乞丐走到身边时，递给他几英镑。"保重，伙计。"泰德用熟悉的温暖口吻说道。那个人离开之后，他们又回到了沉默之中。

"我自己也有些需要解决的问题，"泰德最后说道，"我的状态不好。我以为能应付，但这件事让我意识到，可能需要一些正式的帮助。"他气呼呼地说，"我经营着一家危机呼叫中心——你们都觉得我应该更擅长处理这种事，不是吗？"

"不一定。"玛丽答道。"夜间热线"的志愿者会在他人需要的时候给予照顾，但并不意味着他们自己没有受困的经历。

"我想让你知道，我现在不期望从你这里得到任何东西。不是那种回应。"泰德的声音十分慎重，"我知道自己搞砸了。我不指望得到你的原谅，但我必须努力争取。我想让你知道，如果你愿意,我会的,等你准备好了就行。"

玛丽刚准备回答,声音却被刺耳的哨声淹没了,那哨声标志着公园另一边一场五人制锦标赛结束了。

"我刚才说过,我原谅你了。"玛丽重复了一次。她不知道自己对泰德的坦率有什么感觉,尤其是他的爱慕之心。但她知道自己是真心原谅他的。"我想我们都可以放下这件事了。"

要是其他的一切也能这么轻易地放下就好了。

第二十九章

2009

最终吉姆七点才到家。

"玛丽?"

她正侧身躺在沙发上,脑袋枕着自己的双手。她定了定神,睁开双眼,最先映入眼帘的是两个包裹在冒着水珠的保鲜膜里的奶酪三明治。**野餐。吉姆。他无故旷工。他整个星期都没在诊所。**

"发生了什么?"他接着说道。

她慢慢地坐起来。整个房间都在旋转,她感觉自己的脑袋沉得要命,在脖子上摇摇晃晃。

"你生病了吗?"

吉姆走过来坐在她身边,把手背放在她额头上。玛丽心想,担心他的下落而自我折磨的痛苦,是否会导致她的体温飙升?话说回来,如果此时的自己体温正常反而有些奇怪。为了能闻到威士忌的烟熏味,她深深地吸了一大口气。她早已知道会闻到那股味道,怎么没早点注意到?

"你病了吗?"她问道,用一只脚把从诊所带回来的包裹从椅子下面踢了出来。

"那是什么?"

"应该是你告诉我。你的接待员给我的,在我去诊所给你送午饭时。"

"他们怎么说的?"他问道,这时沉默已经在玛丽心中压抑太久,她能做的只是忍着不放声尖叫。

"他们说你整个星期都没去。"

吉姆走过去,想要轻抚玛丽的面颊,但她猛地往后一退,避开了。他的声音里饱含着痛苦,她知道不能让自己屈服其中。他撒谎说去上班。谎言。这个男人把她的心握在手中,即使是他的触碰也无法改变这一点。

"我的确没去。"他说。

"为什么?"

"什么为什么?"

"你为什么不告诉我?你一开始为什么没去上班?你为什么要撒谎,让我像那样走进诊所,丢人现眼?"玛丽能听到自己的声音提高了一个八度,那么尖锐,简直是在折磨自己的耳朵。她站起来,走到窗前,想控制一下自己的情绪。她背对着吉姆,但从窗子的倒影里可以看到他低着头,一个沮丧的男人在等待着刽子手。她讨厌这个刽子手必须是自己。"嗯?"她失去了耐性。如果他要毁了她,至少应该有一点人性,赶紧动手。

"我状态不太好。"

"怎么个不好法?为什么?什么不好?"她转过身来面对着他。

"我不知道。"吉姆结结巴巴地说了几个字,就像是枪走火了似的。

刹那间，玛丽仿佛回到了四年多以前，吉姆第一次向她吐露山姆的事的时候。那是他对自己精神健康状况最坦白的一次。从那以后，他们在一起的这段时间里，吉姆再也没有提起过自己的情绪和精神状况。她以为这是因为自己把他带进了一个全新的时期——一个更光明、更有希望的时期。她怎么能这么天真呢？

她已经学会要赢得吉姆的信任，只能用最温柔的态度。她仍然相信这一点，仍然想要如此表现。但怎么才能做到？她感到愤怒，觉得遭到了背叛，很失望。她也很受伤。她张开了嘴，但什么也说不出来。

"我不知道，玛丽，"吉姆接着说，显然她无法替他说出什么来，"最近我一直觉得……迷失。我以为已经摆脱了那种感觉，但并没有。我总觉得自己根本不该存在，我无法摆脱这种感觉。"

吉姆决定当晚睡在沙发上，这是他们第一次在同一屋檐下分开睡。去年冬天，玛丽因感冒而病倒时，他们都没有这样做，她一整晚都在打喷嚏和干咳，声音大到她央求吉姆去客厅睡。或者是他前一年感染诺如病毒的时候，他们也没分开睡。那时，玛丽觉得他们会在一起做任何事。现在她不那么肯定了。

知道吉姆就在不远处，让她根本无法入睡。但从情感上来说，他似乎从来都在玛丽伸手可及的地方。她真搞不懂自己怎么会没注意到他这么痛苦。她错过了什么迹象？更糟的是，她想不出吉姆为什么不坦白地告诉她。她并不是一个喜欢评判别人的人，至少她自己是这么认为的。她所希望的就是吉姆能过上一种充实的生活，就像他为她打开的世界那样。迷失，这个词像弹球一样在她的脑袋里旋转个不停。这怎么可能？她应该是他的锚。

玛丽一定是在天快亮的时候睡着了,因为她没听见吉姆起床。有那么一会儿,她考虑要待在床上。毫无疑问,吉姆最终会上来看看她的。他会再次道歉,再次承诺不再对她撒谎。玛丽白白等了十分钟,也许是十五分钟后,她听到椅子在地板上剐蹭的声音。她竖起耳朵听着脚步声,等它们慢慢地爬上楼梯,朝卧室过来。没动静。她拿起水杯,又把它放在床头柜上,放下的时候力气很大,确保他能听见动静。

还是——什么都没有。

吉姆在厨房里坐在离门最远的椅子上,一手拿着马克杯,另一只手在笔记本电脑上滑动。

玛丽在门口看了一两分钟。他表现得像个陌生人,但坐在厨房里的并不是陌生人。他右耳下那一撮乱乱的鬈发总是翘起来四十五度。她亲吻那里的次数肯定已经上万次了。

"早上好。"当他终于注意到玛丽在门口磨蹭的时候说道。他伸手去拿右边的空杯子,举起来示意玛丽要不要咖啡。她点点头,站在早餐吧台边上。"你睡得好吗?"吉姆问道。

"嗯,还可以。你呢?"

她不明白吉姆怎么还能闲聊。玛丽并不想看到他受苦,但如果能让他意识到昨晚发生的事情的严重性,就更好了。事实上,为了让一切恢复正常,他们必须要承认事情的严重性。

"和之前差不多。"吉姆站起来,向烤面包机走去,走到半路时,他转过身来,就着平静的气氛说了一句,"你要的东西我给不了。"

玛丽的心脏停了一拍。她一定是听错了,或者是误解了。他不是这个意思。吉姆被隔墙挡住了一半身体。

"什么……你说什么?"面包机的盖子撞到台面时,发出一声闷响。一秒钟后,吉姆又出现了,低头看着地砖。

"我无法成为你需要的人,不能以应该做到的方式陪在你身边。在现在这种状态下,我是做不到的。"

"等等,等一下。你是什么意思?我从来没有说——"

"我知道。"吉姆举起一只手去安抚她,"但我说的是实话,或者说我在试着说清楚事实。我对这一切真的很抱歉。这周我本该去上班的,却没去,还对行踪撒了谎,这是不对的,我也知道这一点。我把事情搞得已经够糟了,没必要也拖累你。你不应该遭受这一切的。"

"你之前在哪儿?"

"什么?"

"该去工作的时候,你去哪儿了?"玛丽重复道。

她意识到在昨晚的一片混乱之中,自己并没有问这个问题。

"只是在外面。"

"喝酒?"

"差不多,"吉姆承认道,"我需要一些空间。我告诉诊所那边我有肠胃炎,当下这种状态没法面对病人。我以为说自己病了一个星期,能给我时间好好想想。"

玛丽注意到,他很快就把喝酒的问题撇在了一边。虽然她想追问喝酒的事,但她也知道,酗酒只是一个表象,是为了麻痹更深层的现实问题。吉姆的精神不太对劲,很不对劲,玛丽之前的办法治标不治本。吉姆需要治疗的不是酗酒,而是他那美丽的、满是谜题的脑袋里正在发生的事情。

"而我一直在想,"他继续说着,"整整一个星期,想的主要是关于你的事。我不能拖累你,不能,我太爱你了,所以我要说,"

他吸了口气,颤抖着说道,"我想放你自由,去找一个值得拥有你的人,一个更适合你的人。"

玛丽走过去伸手碰触他,但他闪开了。"但我不想要更适合的……"玛丽讨厌自己。那样恳求——那不是她。她能感受到绝望在起作用,改变着她自以为对自己了解的一切。如果吉姆离开了,她不会没事的。尤其是,现在她知道被吉姆爱着是什么滋味,就更加不可能了。"我想帮你!我想让这一切变得更好。请让我帮你。"

吉姆抬起头来,眼睛闪着光。玛丽看到自己的倒影在他的虹膜中晃动。因为他,她才有了现在的样子。

"我可以给你,你所需要的一切——只要你说出来。"玛丽能感觉到吉姆那复杂的存在正在从她指间溜走,"我可以很灵活。我们可以做一些事情,找人聊聊,或者逃离一阵子……"她根本不可能放开他,即使这些努力会让她布满瘀青和血迹。"求求你。"

吉姆刚要开口,门铃就响了,接着是一阵刺耳的敲门声、汽车喇叭声,还有从路上传来的叫喊声——那毫无疑问是格斯。

吉姆脸上掠过一丝困惑。他用拳头揉了揉眼眶,企图抹擦掉那里的痛苦。然后他犹豫了一下,好像在考虑是否要彻底忽略这位老朋友。但从外面的街道上可以看到屋里开着灯,格斯也没有要离开的意思。吉姆走到窗前,打开了窗户。

"天哪,詹姆斯,我知道请柬上写的是'时髦休闲装',但你不觉得你这打扮也太休闲了吗?"吉姆站在那里,穿着睡袍,腰带松垮垮地系着,甚至可以看到腰带下面的四角裤。"我们要给孩子洗礼,所以不要吓着小,嗯……他叫什么来着?"

洗礼仪式。

玛丽忘记他们下午还有个地方要去。吉姆的一个朋友最近生了个儿子。是奥利吗？或者那可能是他第一个孩子的名字？她在几周前买了一份礼物——一个天使般柔软的毛绒兔子，一月份她买给莫伊拉的孩子时，他们很喜欢。那是三个月前的事了。从那以后，玛丽一直没和莫伊拉说过话。她怎么能放任她俩失去联系呢？她现在比任何时候都需要最好的朋友的力量。

"呃……好的，给我们十分钟。"吉姆砰地关上了窗户。他转向玛丽，紧闭双唇，企图挤出一个笑容。"听着，这件事我们能晚一点再谈吗？我想我们现在躲不过这个洗礼仪式了。我不知道该怎么跟格斯说。"

玛丽点点头。

"好的，我们先撑过今天再说吧。"吉姆平静地加了一句。

她不确定他是在跟她说话，还是在自言自语。她还没来得及问清楚，吉姆就转身朝浴室走去。

如果我的心能坚持那么久。他走开的时候，她想道。

第三十章

2009

　　格斯和妻子吉莉安都十分疲惫，这一个半小时的车程，给了玛丽控制自己恐慌的时间。她和吉姆坐在汽车后座，手提包和洗礼礼物在他们之间形成了一道屏障。事情怎么会变成这样？说句难听的，她现在只希望吉姆跟她道歉，说他的无故旷工（尽管是谎言）只是因为他需要一些空间去回到正轨，然后说他会再次戒酒，去处理那些导致他重新开始酗酒的压力。

　　但事情在转眼间变得一发不可收拾，突然一切都和酗酒无关了。一切并非无迹可寻。玛丽现在面对的，仍然是四年前第一次去伦敦和他倾心交谈时的问题，只是当时她以为自己再也不用面对这个问题了。吉姆当时就很抑郁，不是吗？只是现在没办法逃避这件事了。他是在用酗酒来麻醉抑郁，天知道有多久了。然后他彻底戒酒，平衡状态持续了一段时间，然后又复发。是什么造成的呢？玛丽没有看到诱因，至少没有明显的诱因。但话又说回来，她想，如果一个人的心理健康状况仅仅是因果关系那么简单，那么幸运、富有、生活安稳的人就不会得抑郁症了。它是不会碰像吉姆这样的人的。

所有那些放她自由的胡言乱语……他的爱是她生活构建的基础。她不能回到遇见吉姆之前的那个女人的躯壳里了。她不能。玛丽想象着他们今天晚些时候回到家，吉姆径直上楼收拾行李，或者给她收拾行李，实际上似乎更应该如此。毕竟，那是他的公寓——除了感情因素，她和那套公寓没有任何利益关系。她能在门口阻止他吗？她想象着自己扑倒在他脚边，抓住他的脚踝，但吉姆挣脱了她束缚的双臂……

这足以使她想永远不回家了，虽然她非常讨厌参加吉姆那些高傲的朋友们的活动。在任何其他情况下，她会多花些钱来躲过这一天。小奥斯卡一直哭个不停，可能是他们给他穿的礼服的缘故——一件奶油色的庞然大物，长度是那个可怜小东西的两倍。他看起来更像圣诞树顶上的装饰品，而不是一个婴儿。更糟糕的是，教堂里冷得要命，而玛丽就坐在门边。但这至少给了她机会，看着吉姆会不会从门口逃跑。他一开始就已经动摇，这够糟糕的了。

洗礼在村务大厅举行，位置特别偏远，都快到了剑桥郡的荒郊野外，几乎没有信号，至少信号不足以让任何人去查看足球比分。大厅对于这些客人来说过于庞大，结果他们都挤在房间的四个角落里，各种各样蹒跚学步的孩子和无人看管的小宝宝们分散在他们中间的那片空地上。为了确保给吉姆空间，玛丽强迫自己去和其他人聊天。尽管如此，她还是要努力不让自己的双眼只盯着他。

吉莉安和其他几个妻子在聊天，她随意地听着，有意无意地搭几句话。这和她预料的一样痛苦。她们周末都会聚在一起——从她们提起去练普拉提时的简称就能看出来——玛丽试着在适当的时候一起笑,只要能让自己看上去不那么多余就行。

显然她的工作做得不够好——被发现了。

"可是我们很少见到你,对吧,玛丽?"吉莉安笑了,一只手搭在她的肩膀上,把她拉进对话中,"就你们两个人,不会觉得无聊吗?"

对面的女人——娇小玲珑的贝拉和她的闺密莫娣,一个公司公关,如果玛丽没记错的话,尽管她在家那会儿根本不知道那是什么工作——都咯咯地笑起来,玛丽觉得自己快疯了。

吉莉安开始缓和气氛。"我的意思是,我从未见过一对情侣能有那么长的蜜月期。"

"啊——我也是这么以为的。"玛丽低头看着地板。那讽刺能把人灼伤。她祈祷自己的脸上没有表现出来。

"你们在一起多久了——三年?"莫娣问道。玛丽可以发誓,自己之前只见过莫娣一次,也许两次;而她就在这儿,密切地留意着他们。

"马上四年了。"

"哇!"莫娣睁大了双眼,"这对詹姆斯来说可真了不起。你们有谁还记得伊薇吗?"几个人异口同声地"嗯嗯啊啊"了半天,总体来说没人记得。

"她是詹姆斯的第一个正式女友,"莫娣接着说起来,主要是解释给玛丽,这个唯一没开口的人听的,"大学时的女朋友,但他们毕业后也持续了几年。她完全是个小甜心,他们因为同为医科生而相遇,所以你以为她会理解——你知道的,生活方式之类的……"

"所以发生了什么?"贝拉问道。玛丽真想揍她一拳。**他们想**

要的东西不一样，这是玛丽与吉姆相遇后不久，他谈到前任时说的。这就是玛丽需要知道的一切。过去之所以成为过去，是有原因的，翻旧账没有意义。

"这么说吧，詹姆斯让她很难留下来。'情绪化'，她当时告诉我的，但女士们，就我们私下说说。"莫娣诡秘地凑了过来，"她想要一枚戒指，而他说得很清楚，他不相信'永远'这个概念。"

"有人要加点酒吗？"吉莉安大声问道。那声音很可怕，但比起莫娣讲的故事来说，其他的什么都更好，一股血液涌上玛丽的脑袋。

"不，不……"玛丽说着，把杯子放在边桌上，"我得去趟洗手间。"

她把自己锁在厕所隔间，抬起双腿抵着门，这样就没人知道她躲在里面了。避开了令人作呕的香水味和评头论足，她用拳头敲打自己的眼窝。那么多时间可以聊天，非得在今天吗？她最不需要的，就是一堆新的信息来扰乱她的大脑，而且这些信息还来自于一群以前勉强接受她的女人们，她们对她的态度就像对生活中其他必要存在却很讨人厌的东西一样，比如巨额的税单或绿色冰沙。

但是，玛丽了解到什么新的信息了吗？吉姆一直都很情绪化。不过，谁能找出一个二十几岁不情绪化的男人，玛丽会一马当先来认证这个奇迹。然而，鉴于前天所发生的一切，这个词显得那么单薄、不恰当、无情。这不是情绪的问题。这个人在质疑自己是否应该活下去——无论有没有玛丽。她从未感到如此无力。

她试着回忆莫娣觉得可以透露的其他私人信息。吉姆不想和伊薇结婚。好吧，他那时还年轻。玛丽现在也不想结婚，她才三十一岁，但亲戚、杂志和广告都在不停地谈论她的生物钟，就好像有一颗炸弹在她不知情的情况下被放到了她的子宫里。

但是，如果吉姆不相信"永远"，那他在波特拉什那个地图前对玛丽说的话又意味着什么？他说他会永远在那里，直到天涯海角。关于这个问题，她之前从来没有问过他，也没有理由问。现在她发现自己开始怀疑有些承诺是否过于巨大，以至于无法实现。

她拉开门锁，洗了手，尽量避开看到镜子里的脸。昨晚的一夜无眠写在她的眼袋上，也写在像钳子一样夹紧她脖子的紧张气氛中。

"你在这儿呢。"吉姆站在厕所门外，手里拿着两个香槟酒杯，把其中一杯递给玛丽。她不忍心劝他不要喝酒。他看上去很腼腆，但在其他方面比那天早上更像他自己了。"那群太太觉得你可能会在这里。"

"嗯。"

"我们可以谈谈吗？就我俩？"

玛丽觉得自己的胃在往下沉。他不会就在此时此地结束一切的，对吧？她所认识的那个吉姆绝不会这样对她。

他扭头看了一眼，那些"花瓶"太太们不怀好意地斜眼看着他俩。他带着玛丽离开了厕所，穿过门厅，来到花园的长凳上。等觉得其他人听不见他们说话的时候，他开口说道："我想说声对不起，为了早些时候。我不应该一股脑儿地把那些都甩到你身上。"

"你这话什么意思？"起风了，玛丽打了个寒战。吉姆脱掉夹克，把它裹在玛丽肩上。这让她想起了他们在贝尔法斯特的第二次约会，走到海滨礼堂的那一次。每当她想起自己生命中最美好的日子时，总是有吉姆的身影。一切是从哪里开始瓦解的？她感到自己的双眼开始被泪水刺痛。

"我的意思是我很抱歉。最近我感觉就像被困在隧道里,就像,我不知道……就像隧道尽头的光线越来越暗。"

她的心猛然一震。她无法摆脱这种感觉——她应该是那个为吉姆点燃火把的人。

他好像知道了她这个想法,又加了一句:"我知道你想帮我,但我必须厘清自己的思绪。我觉得,那就是为什么我……我把你推开。我不想让你受这份伤害。"吉姆指了指他的身体。玛丽对这具身体的了解也许比她自己的还要多。"但这是我需要自己解决的问题。如果你能给我时间,我们就会没事的。"

玛丽点点头。她迫切地想要问他到底需要多少时间——一个月还是一年?等规定的时间结束之后,他能保证这种事不再发生吗?不再有喝到不省人事的时候,不再有无故缺席。

"我爱你,玛丽,但配不上你。我一直在想,拖累你让我非常内疚。我想让你知道,我不会因为你离开或说我给的不够而责怪你。我现在就想给你那个选择。"

什么选择?妈妈在玛丽搬去和吉姆住之前分享的至理名言在她的脑海里回响。**当你遇到对的人,无论如何都要和他在一起。同甘共苦。我确信你会为吉姆这么做的**。无论如何,玛丽都无法想象离开这个让她重新感受生活的男人,他每天都让她知道,她值得最好的生活。的确,他昨天的行为不够好,但那只是一天,是他们可以抛之脑后、彻底忘记的一天。她永远也不会放弃他。

她转过身来面对着吉姆。"我想和你在一起。全部的你——不管是状态好的时候,还是差的时候。有你永远都是足够的。"她停了一会儿,又说道,"我们会没事的,不是吗?"玛丽没有心情去表达爱意,她只需要知道一切都会好起来,知道吉姆也相信一切会好起来。

"是的,"他回答道,"我们会的。"

第四部
追问

他从她的生活中逃脱了,在她最需要他的时候

第三十一章

2018

"就这辆?"爱丽丝问道。

这是星期一早上的第一件事。他们即将开启公路之旅,这是根据克特在失踪人口论坛上的研究制订的行程。但他选的汽车看起来不像能上路的样子。在五个有人声称见过吉姆的地点之中,第一个在曼彻斯特附近。如果他们能把这个破车开出伦敦,那简直就是个奇迹。克特转动车门上的钥匙,同时把另一只手平放在车门上用力推,以便能把门锁打开。这不是二手车,也许是第三手或者第四手了。最有可能的,是第五手。

"弗雷迪说,"克特解释道,"它有过好几个主人,我很佩服它的精神头。"

爱丽丝不确定一辆三门的日产米卡拉能有什么样的精神头。她看着克特从刹车周围掏出一堆被压扁的罐子。等他两只手满满的时候,便朝爱丽丝摇了一下。从一个罐子里流出一股琥珀色的液体,洒在离她脚丫很近的地方。

"我应该买个人寿保险。"她嘟囔着。

"你说什么？"

"没什么，没事。"

她放下前座，认真地翻了翻那堆各式各样的塑料袋。克特说到做到，准备了足足五包速食意面。一想到他们再过几天——甚至几个小时——也许就能找到吉姆，爱丽丝就感到惶恐，她的胃里大概只能装下意大利面了。

"我很期待这次旅程。"克特说。他坐进车里的时候，整个车都沉了一下，引擎盖下面发出令人不安的声音。"哦，顺便说一句，昨晚我们离开车站之后，我联系了'夜间热线'的人。"

"你没和玛丽说话吧？"爱丽丝的脉搏跳得很快，"我以为我们说好了，不告诉她我们在做什么……"

"哦，没有！"克特朝她甩了甩手，手却夹在了后视镜上。"啊，疼！我和奥利芙说了。我必须得告诉她，我们这周不能去'夜间热线'。她是不太乐意，但你也知道她那个人。"

"你怎么跟她说的？"

爱丽丝想不出克特——一个不懂措辞婉转的人——如何找出不引起怀疑的借口。如果玛丽怀疑他们在做什么，天知道她会怎么想。爱丽丝不愿意成为伤害她的人——玛丽不能再被伤害了。这是爱丽丝挽回玛丽的机会，为玛丽找到那个她认为不可能找到的答案。

"我说我们一起去马拉加度假了。为了显得更真实，我还添油加醋地说我买了新泳裤。奥利芙说反正她也没打算再见到你。很显然，上周给你安排的时间段你没出现。"

"糟了！"

爱丽丝绝望地想起来，她答应过要去"夜间热线"值班，尽管她只当这是接触玛丽和加密电话的渠道。

"别担心。我告诉她,你生病了,忘了请假。啊!"一辆货车差点撞上克特,他们使用指示灯的方法不太一致。他们还没驶出他家附近的马路,爱丽丝的心已经卡在喉咙眼了。"奥利芙会原谅你的。我会尽力让她明白这不是一个放荡的周末之类的。"在克特身边,时常会让人产生尴尬得想要抚额的冲动,此刻更是强烈。"于是我说:'奥利芙,我可是非常注重个人卫生的!'你明白了吗?卫生、干净。相比起放荡……"

"我们能不能先安静一点,拜托了?"爱丽丝插话说,"我头痛得厉害。"

克特出乎意料地顺从了,当他们在通往曼彻斯特的高速公路上穿行时,爱丽丝让自己的思绪沿着被她封锁掉的道路游荡,那还是在遇到玛丽之前。在这种情况下,很难不去想象,如果怀着不同的目标搜索会是什么样子。但这对爱丽丝来说是不可能的。爸爸寄给她的生日卡上没有回信地址,无须直说,他清楚地表达了不想进一步联系的意愿。

这对爱丽丝来说是最难理解的事。怎么有人会离开自己的家人呢?难道她爸爸的新生活里就不能再多一个家人吗?离开四年之后,还费心和她联系,那他一定仍在想着她,但那想念显然不足以让他愿意参与到爱丽丝的生活之中。等她告诉妈妈发生了什么时,她的牛仔裤上沾满了烧完爸爸卡片的灰烬,而妈妈像往常一样,沉浸在自己的悲痛中。爱丽丝能对妈妈说的只有"这很遗憾"。

呃,她可以再说一遍。**很遗憾**,因为在和两个素未谋面的同父异母手足的战斗中,爱丽丝败下了阵来。**很遗憾**,因为她将在没有父亲陪伴的情况下度过人生中每一个重要时刻——首先是工作和男朋友,然后是孩子与家。**很遗憾**,还有什么比父亲不想和你有任何瓜葛更值得遗憾的事吗?

虽然这种失望的感觉从未消失过,但它已经变得没那么强烈了。反过来,这也给了爱丽丝一种可能性,让她构建出一种不需要父亲扮演旁观者的生活。玛丽觉得吉姆能看到她日复一日地举着那个告示牌吗?如果无法亲眼看到,他心里会知道吗?她肯定相信他知道。克特和爱丽丝正在采取的是极端措施,穿越整个国家,凭借希望和直觉去寻找一个失踪了七年的男人。如果不是因为有一丝渺茫的机会——他们的努力能帮助玛丽走出阴影,开始她自己的生活——爱丽丝就不会这么做了。

"爱丽丝,我很快就会需要你了。"

克特猛地踩了刹车,让一辆停在紧急停车带的休旅车开回主干道。爱丽丝的手机从包里飞了出来,落在了膝盖上。她犹豫着是否要查看一下工作邮件。

"爱丽丝?"

"抱歉。"她把手机放回包里,"工作——你知道的。"

"你不是在休年假吗?别管它!"

爱丽丝应该更小心一些。无论如何,都不能让克特发现她是记者。这会让他对于她出现在这里,以及他们的亲密程度产生错误的想法。

"你在假期不会收到没完没了的工作邮件吗?"爱丽丝想要换个话题,于是问道。

"不是那种工作。"她还没来得及问是哪种工作,毕竟现在是二十一世纪了,电子邮件已经成为任何一个上班族的灾难。克特正夸张地盯着路牌,上面写着下一个路口的名字。"我想我们快到了,需要你指一下路。"

"那个汽车修理厂?已经到了?"

三个小时的车程一眨眼就过去了。克特看了一下,点点头。就在这时,他驶出中间车道,正好挤到一辆卡车的前面。汽车突然向右倾斜,爱丽丝慌忙抓住门把手。

"老天爷啊,克特!"

他咧嘴笑着说:"只是想看看你是不是醒着。"

五个地点中的第一个在莱文舒尔梅。克特从论坛上得到的情报把他们带到了高速公路外的一个工业园区,那里几乎没什么人类居住的痕迹。停车场旁边堆放着乱七八糟的金属管道,一个陶瓷浴缸放在前面。除了钻井声,几乎没有别的声音。这个场景很难鼓舞人心,但话又说回来,爱丽丝猜想,聪明的人是不会选显眼的地方销声匿迹的。

"我想,是那个吧?"克特用大拇指指着隔壁的汽车修理厂。上面写着"罗宾汽车修理厂"——如果缺的字母是"O"的话[①]。

根据克特的档案,有六个不同的留言声称近期在此处见过一个男人,这个人长得和克特上传到论坛的那张吉姆的照片相似。抛开让人疑惑的部分不谈,爱丽丝告诉自己,这肯定意味着什么。吉姆现在可能在里面。她的手心开始冒汗。

他们在汽车修理厂里等了一会儿才看到人。在修理厂的中间,一辆汽车被吊了起来,发动机罩大敞着,四扇门都被卸掉了。

"我能帮你吗?"后面传来一个声音,一个六十多岁的男人慢慢地向他们走来,他用垂在后口袋里的抹布擦了擦手,"换轮胎,

---

① 英文为 Robin's Motors,招牌缺了字母 O。

是吗?"

"我们其实是在找人。"在这样——混合了雄性激素和汽油——的环境中,听到克特的声音,爱丽丝惊讶于其优雅。由于他本人十分接地气,他的嗓音有多优雅很容易被忽略。如果见识过那个被他称为家的地方,就更容易忽略这点。但是并没有迹象表明,克特对自己的嗓音有什么意识。"他叫詹姆斯·惠特内尔。"

"他也可能用了其他的名字。"爱丽丝补充道。

"是吗?"那人仔细地看了他俩一眼。爱丽丝突然意识到他们看上去应该是什么样子:她穿着一件淡蓝色的开衫,上面有大大的珍珠纽扣;而克特穿着格子衬衫,纽扣扣得很低,露出了他右锁骨上可疑的蛇文身。"那么,你们是警察喽?"

"不是!"克特说道。爱丽丝不明白,他在这个星球上生活了二十八年,察觉讽刺的能力怎么一点都没增长。"詹姆斯是朋友的朋友,我们正在努力找他。"克特打印了一张玛丽起居室里的照片。

"本?"有车轮在混凝土上滚动的声音,一个手推车从车下冒出来。推车的人慢慢抬起身,是一个十来岁的少年,身材还没长到能撑起那套工作服,或者是还不足以长出完整的胡子。"把迈克从储藏室叫出来,好吗?"

爱丽丝的心在胸口咚咚直跳。她看了克特一眼,仿佛要证实克特可以发现她的恐惧。他们还没来得及去想,如果找到吉姆,要做些什么,说些什么。如果他们第一站就中了头彩,爱丽丝可就欠了克特一个很大的人情。

"怎么了,罗宾?"

爱丽丝努力克制自己想要踮起脚尖、让自己从痛苦的期待中解脱出来的欲望。在一时冲动之下——她之后会否认的——她伸出手,把克特的手从他口袋里拉出来牵住。

出现的那个人个子很高,有一头深色的头发和一双温暖的淡褐色眼睛,左额上有一道伤疤。他的工装裤很合身——他非常帅气,爱丽丝认为他就算穿着垃圾袋也好看。

"这两个人说认识你。"老头靠在后面的长椅上,指着他俩,自己等着看好戏。

"我可不认识他们。"迈克的声音和表情里没有任何迹象能表明他不是吉姆,但他看起来和老板一样,都惊讶于有人在找他。

"我们在找这个家伙。"克特说完,不情愿地放开爱丽丝的手,把照片伸到迈克面前。

"呃,我不是那个人。"他回答道,对克特那饱满的口音印象很好。

"你确定吗?他叫詹姆斯·惠特内尔。"不管怎样,克特还是坚持问下去。

"我完全确定,谢谢。"

"那你有证据证明你不是吗?"克特问道。爱丽丝尴尬得往后缩。克特望向她,希望能得到支持,但她什么也说不出来。

"证明?该死的——只要能让你们走人,我怎么证明都行。血液样本?让我妈妈来?"

克特终于意识到,车库里的气氛已经发生了变化。他把照片折起来,捏了捏脖子,盯着自己的胳膊肘。

迈克把手放进口袋,有那么一瞬间,爱丽丝以为他会一拳打过来。她朝入口的方向后退了一小步。等迈克掏出钱包时,大家都松了一口气。克特睁大眼睛看着他从钱包里翻出一张卡。

"好了,给你看。"他拿出自己的驾照,举到克特脸前,近到后者根本看不清上面的字。

迈克尔·韦斯顿。一九八三年出生。如果玛丽四十岁左右,吉姆比她大几岁……爱丽丝试着心算,但只能算出来迈克大概比吉姆小了十岁。论坛上有六条留言都把这个地点标记为曾出现过与吉姆照片相符的人——他们怎么可能都错得这么离谱?

"现在我可以继续工作了吗?"

"很抱歉。"就在迈克走到储藏室之前,爱丽丝说。她本想解释一番,但意识到如果她为他们造成的混乱开脱,很可能会被对方置若罔闻。她受到的打击太大,要振作起来得费一番力气。迈克也没有逗留。爱丽丝转向罗宾,他似乎很享受这场表演。"抱歉。"

他笑了。"他脾气不好。不管你信不信,他给我工作快二十年了。他是十六岁被学校开除后被人送来的,作为警告,他们让我好好管教他。从那以后我就没能摆脱他,但他是个好孩子,真的。"

"肯定的。我……我们不是有意的……"

"我知道。"罗宾站在那里,把手指交织在一起,又推开,掰响指关节,"别在意他。希望你能找到那人,祝你好运。看上去你们需要一点运气。"

爱丽丝回到车里,关门力气太大,后视镜都摇晃起来。

"小心点,爱丽丝,我可不想再回去找迈克修门。"

如果眼神能杀人,克特在这个世界上可活不了多久。

"至少可以删掉清单上的一个地点了?"他很快就彻底开启了安抚模式。他试图把手搭在她的膝盖上,爱丽丝朝窗户挪了挪,他的手掉在变速杆下满是灰尘的皮袋里。"爱丽丝?"

她拒绝直视克特的眼睛。她怎么会如此幼稚,以为他们能在第一个地点就找到吉姆?然而,生活中很少有比希望燃起又破灭更糟糕的事。爱丽丝渐渐明白了玛丽在年度大会上的感受有多糟糕。

"要记住,我们还有四个地点要去,"克特继续说,"打起精神来。"

第三十二章

2010

"也许我们可以去柏令海崖徒步，"吉姆一边说，一边扶着栏杆保持平衡，穿上第二只跑鞋，"坡有点陡，但只有三英里。我装了零食。"

那是三月，是在吉姆父母苏塞克斯房子里度过的长周末的最后一天。玛丽坐在最下面的楼梯上，抬头看着吉姆。新鲜空气在他身上效果显著，阳光即使没让他的脸颊晒出古铜肤色，至少也给人健康的感觉。想想看，他们都在一起五年了，玛丽仍然觉得永远都看不够他。那天早上，终于轮到她试着让他俩尽可能在床上多待一会儿，她把一条腿搭在他的腿上，想把他压在床上。可是吉姆想起床出去走走，玛丽也知道不能拒绝他那过剩的精力。

"遵命。"她假装行了个军礼，抓起防风夹克，把它系在腰上。吉姆拉着她的手。"你先请。"

自上次他无故旷工导致他俩关系几近结束以来，已经过去一年了。玛丽在洗礼仪式上说过：她要与吉姆同甘苦，共患难。这几天是最好的时光，支撑她度过了过去几个月中的艰难时刻。她瞥了吉姆一眼，看见他露出了满意的微笑，她想把这情景铭记在心。

因为玛丽已经知道，根本不可能把吉姆彻底"修好"，只能是学着理解他脑子里混乱的波动。那里面现在正发生着什么？最重要的是，她希望他感到平静。她已经接受了这个事实：他脑子里有一些她永远都无法理解的事情，但这并不意味着她不再渴望得到他的信任，也不意味着她不希望有一天，他会向自己完全敞开心怀。

洗礼仪式过后，玛丽不知道自己花了多少时间在谷歌上搜索"抑郁症"，以及研究她觉得吉姆所需要的帮助。有心理治疗和药物治疗，还有更多的整体疗法，她简直应付不过来。大约两周后，等他俩之间的关系恢复到正常状态，她递给吉姆一堆装订好的打印文件，上面标出了当地的相关服务机构。他甚至没有出于礼貌把它们翻一遍，而是直接把文件和脏盘子一起扫开，微笑着握住她的手。"我可以自己解决，这是我的事。"

据玛丽所知，吉姆自己可能有相关的资格证书，但他从来没去看过其他医生，也从未有过正式的诊断。关于吉姆的问题，她自己得出的结论是慢性抑郁症。但她毕竟是个艺术家，不是医学专家。不过，她很了解他为什么不愿意寻求帮助，因为这超出了他的舒适区，并让他感到羞耻。这是污点。吉姆紧紧地抓住"他是正常人""他是成功人士"的表象，即使他已经在失去这一身份的边缘摇摇欲坠。自从一年前谎称自己得胃病后，他工作中再没有请过一天假。

"我来？"他们走到梯级前，吉姆伸出一只手扶她过去，他弯着腰，像个讽刺画里的朝臣。

这是以前的吉姆。没有人能像他那样让她笑得喘不过气来。前两天,他忘记了自己放进烤箱的烧鸡,四个小时后才回到家,最后端上来了一具烧焦的不明物体。玛丽狂笑到肋骨都疼了。他们兴奋地希望那一刻永远不要结束。

"很乐意。"

她落到另一侧,吉姆紧跟其后。他在她毛衣和发髻之间裸露的皮肤上亲了一下。她的皮肤开始发麻。

他们又回到让人舒适的沉默之中。四只鸟在前面挤成一团,轻快地飞过。它们的脑袋是黑色的,胸口是锈橘色。红尾鸲?玛丽好奇。爸爸会知道的——他是观鸟的行家。这提醒了她,她得给妈妈打个电话。加文的第一个孩子几个月前出生了,虽然这占据了妈妈的大部分时间,但玛丽知道,妈妈在爱尔兰海的另一边,从来没有停止过为她最大的、唯一的女儿担忧。

当然,关于吉姆最近遇到的麻烦,玛丽没向妈妈吐露一个字。在吉姆如此注重隐私的情况下,她无法和其他人透露他精神方面的问题。但不仅仅是这个原因。玛丽想要相信,她一个人就足以使吉姆摆脱抑郁。只要妈妈有一句不恰当的评论,玛丽就会重新陷入那种想法:只要她当初再努力一点,吉姆就会没事的;如果有她就足够,他从一开始就不会陷入困境了。

幸好,她承认,工作可以转移一些注意力,不会让她因为支持吉姆而越来越孤独。到今年一月,她创立的地图生意就满五年了。尽管业务不再扩展,但营业额与往年相比保持稳定。无论以什么标准来衡量,这都是成功的。不管玛丽多么不愿沾沾自喜,但从零开始到取得现在的成就,的确是一件值得骄傲的事情。

"你饿了吗?"吉姆发现前面有一个长凳。这里一直是他们最喜欢的地方,可以看到白垩悬崖。通常其他情侣会抢先一步,但今天没有其他人。

"随时都饿。"

他们依偎在一起,吉姆拿出两个苹果、一包燕麦饼干和装满热茶的保温壶。这一回,他已经三个月没碰过更烈的饮料了。只要做出承诺,他就会尽一切努力来遵守。戒酒是需要一直坚持的事情,但只要他信守承诺陪在玛丽身边——不管是到天涯海角,还是就在伊灵——玛丽会解决其他所有的难题。

吉姆倒了杯茶递给她,然后伸手搂住她的肩膀。玛丽和往常一样,感到自己要和他融为一体。她抬头望着他那优雅又顽皮的侧颜,有时会过于沉溺以致忘记时间。她用手指抚摸着他的锁骨,想象着自己沉下去,落在属于她的地方——他的心脏之上。

"你父母让我们住在这里可真好。"玛丽若有所思地说。

他们应该经常来这里的。只有他们两个人的时候——把工作留在烟雾弥漫的城市里——一切似乎都更容易控制,更容易克服。这提醒了玛丽,这样的爱情不是每天都会出现的。事实上,对世界上大多数人来说,它根本从未出现过。这是不可估量的幸运。

"反正他们也不住这个房子。"

吉姆的声音里并没有敌意,而是一种奇怪的中立情绪。玛丽从一开始就知道,他和他的父母,从来没有像她和自己的父母那样亲近。他一直觉得父母施加的压力,让自己饱受折磨。也许是这个原因,也许是吉姆手头上的其他事情,他从来没有向父母吐露过他在精神上有多么痛苦。玛丽无法想象,即使他说了,他的父母又会做何反应。他们都是不愿表露感情的人,不然理查德一定会找人帮助朱丽叶的。现在的朱丽叶似乎无论身处什么场合都只剩半个人,而另一半的她始终和山姆在一起。

"好吧,就我个人而言,我很高兴到这儿来。"玛丽吻了吻吉姆的脸颊。他没带剃刀,胡楂儿已经长成了胡子。

"我也是。那天我在想,关于我们……"

自从去年那次可怕的谈话以后,吉姆一提起他们的关系,玛丽就心惊肉跳。

"我突然意识到我亏欠你太多了。"

她皱起眉头。

"我知道事情并不总是一帆风顺,"吉姆继续说道,"或者说,我状态并不总是很好。我总是对脑子里的想法闭口不谈,因为我不想让你难过,或伤害你,或者因为我无法用语言表达那些感受。"玛丽把他的手捏得更紧了一点。"去年我的处境很糟糕,比你进入我的生活之前更糟。我不知道它到底是什么,也不知道是从哪里冒出来的,但我当时正处于人生的最低谷。我想从自己的脑袋里逃走——逃离里面乱七八糟的东西。"

玛丽不知道这种一直想要逃跑的欲望,是否会一直徘徊在吉姆脑中。他们相遇不久后,他在提及山姆的时候,第一次提到了这个想法。吉姆身上的那种躁动一直使她感到不安。但他们当时不是已经承诺要一起解决问题了吗?

"而你没有抛弃我,留在我身边,等着我好起来。我真是感激不尽。"

"你不用谢——"

"不,"吉姆打断她说,"我要谢谢你。因为你太好、太有耐心了,你无法体会那对我来说意味着什么。直到跌到谷底,我才知道我需要你作为安全港湾,让我可以回家。"

"我爱你。"

"我也爱你。玛丽，你永远不知道我爱你有多深。但相信我，要是没有你，我会很迷失。"

她突然意识到，一直以来，她对爱情的理解是错误的。她是在爱情最美好的时刻接触到它的，而这让她无法理解爱的全貌。爱并不是你们在幸福顶端起舞的瞬间，而应该是在低谷时的彼此搀扶。

在遇到吉姆之前，她的人生一直停滞不前，她被困在家里，干着一份永远无法满足的工作。吉姆给了她飞翔的信心。他拯救了她，让她知道得过且过是不够的，让她逃离了命运的低谷。现在轮到玛丽继续为他做同样的事，尽管是在完全不同的情况下，风险也要高得多。失去吉姆是不可能的——他对她来说，就是一切。

再次开口的时候，她的声音似乎响亮得可以传到大海。

"我永远都是可以让你回家的安全港湾。"

第三十三章

2018

在过去的两天里,爱丽丝和克特追查了剩下的四次目击事件中的三个,一路下来,他们在英格兰北部蜿蜒前行。他们和利物浦的邮局经理攀谈了一番,又浪费了半天的时间来确认斯蒂芬——这个在约克郡管理着一个十一人窃听小组的注册会计师——绝对不是他们要找的人。

昨天,多亏了克特在纽卡斯尔郊外一家养老院的坚持不懈,他们得以与欧文进行了两分钟的会面。欧文在泰恩赛德的养老院当了四十年的管理员,几乎可以冒充成自己照顾的耄耋老人。当他发誓说在他任职期间,没有一个长得像吉姆的人在这里工作时,他们决定相信他。

那就只剩下最后一个可能的地点了——诺森伯兰郡阿尼克附近的一个农场。根据克特从失踪人口论坛上收集到的信息,那里的三名员工说六个月前曾看到过一名与吉姆照片相符的男子。他和同伴一起出行,同伴显然年纪更大一些。虽然这听起来很可信,但爱丽丝逐渐失去了希望。这是他们最后的一条线索,从之前四次失败的先例来看，很难相信这次会有什么不同。

克特坚持要在最后一搏之前停留一晚。爱丽丝不能不答应，因为他这一路当司机当得很出色。而且，他们到旅店的时候已经是晚上十点了。爱丽丝还没解开鞋带，克特就已经爬到上铺昏睡过去了。她有些恼火，尽管她知道这是不理智的。没有克特的支持，她意识到自己的痛苦消散的可能性几乎为零。

如果最后一个地点是又一次失望呢？接下来怎么办？回家，然后跟玛丽假装这次疯狂之旅从未发生过？试图哄她回到现实，却不告诉她那个让她在这七年里都像雕像一般被困在原地的答案？不，就算希斯罗机场满天飞着猪，爱丽丝也不会空着手回伊灵。

她侧着身子，试图把克特的呼气声挡在一只耳朵外面。在车里肩并肩待了这么久后，睡在他附近而不是他旁边感觉很……奇怪。为了让这个画面从大脑中消失，爱丽丝拿起手机。机不可失，时不再来。

十多年来，自从发现她的父亲选择了另一个家庭而不是她之后，爱丽丝一直都在回避失踪人口论坛。她已经让它彻底成为自己噩梦的化身。但是，如果她真的已经为他从自己生活中消失而悲痛过——那么，她不是应该有能力面对这最后一个恶魔吗？就算不是为了自己，也是为了玛丽。

爱丽丝手指有点抖，她在浏览器中输入了论坛的网址。她的用户名就像被文在了她眼睑内侧一样：孤独爱丽丝92。但这一次，她担心的不是父亲的页面。她在搜索栏中输入"詹姆斯·惠特内尔"，页面开始加载。

她略过满屏表达希望和支持的内容——她相信克特已经梳理过这些留言了，取而代之的是，她编辑了一条简短的信息，请求大家提供任何最后的线索,然后点击了发送。此刻,她知道自己已经竭尽所能。在关掉手机之前,爱丽丝调整了一下设置,确保所有的回复都会以短信的形式发送到手机。

克特和爱丽丝凑合睡了一宿,现在正加速赶往位于苏格兰边境的农场。根据克特的备注,这家农场还兼营训练牧羊犬的业务。四十分钟后,他们到达了一个导航显示没人居住的地方,而这正是克特认为的最后一个可能找到吉姆信息的地点。

"我们就在这儿下吗?"米卡拉的悬挂系统已经不太行了,每次在泥道上一震,爱丽丝都能感觉到早上的麦片在消化道里移动。

"Absolutamente[①]!"克特配合收音机里欢快的歌曲,正忙着把路上的颠簸转化成某种舞蹈动作。这看起来更像是婚礼上喝醉的大叔,而不是伊比撒岛餐桌上的热舞。

尽管爱丽丝的肠子都要打结了,她还是大笑起来。在方圆三十公里的范围内,可能只有他们两个人——前面就是瀑布,更是没有人影。两周前,爱丽丝第一次遇见玛玛,然后被迫面对不确定的职业未来,她从没想到最后会来到这里,而且是和克特一起。爱丽丝第一次意识到,能和这个同伴一起出行,有多幸运。

"一定是那个地方。"克特指着前面的一个谷仓。

他停下车,他们从车里爬出来。有狗叫声,爱丽丝感到焦虑。自打她蹒跚学步的时候在公园里被一条热情的杜宾犬扑倒之后,她就一直非常害怕狗,她自己也知道这种恐惧是非理性的。

"接狗还是送狗?"出现了一个戴着鲜红色帽子的男人。爱丽丝看到,在他身后有三个穿着背心的年轻人正在清理和补充食物。

[①] 西班牙语"绝对没问题"的意思。

"呃……都不是。"

在经历了四次尴尬的会面之后，她本以为克特的开场白已经打磨利落了。要怪就怪疲劳吧，但爱丽丝内心深处开始稍稍觉得这有点可爱了。

"我们在找一个失踪的人，"克特说，"我们收到信息说六个月前有人在这里看到过他，和一个年纪大一点的人在一起。所以，也许他们是为了狗的事来找你们的？"

那个男人努力忍笑的时候，舌头伸到了嘴边。

"没搞错吧？"

爱丽丝从包里拿出吉姆的打印照片。在过去一周内，这张打印照片被来来回回地拿取了好多次，现在他的脸上纵横交错着深深的白色皱纹。"就是这个年轻人——吉姆或詹姆斯。我们不知道他可能和谁一起旅行。"

"等我一下。"他拿着照片朝谷仓走去。

爱丽丝抬头看着克特。她真希望他能伸出一边瘦长的手臂搂着自己。跳舞大概不是它们的强项，但安慰人可能是。四处失败的地点，两次恶作剧电话，还有无数次的死胡同，爱丽丝感到头晕目眩。代价是如此之大，如果她失败了——辜负了玛丽——她不知道自己是否还能从这次调查的废墟中捡起支离破碎的自己。

"是的，男孩儿们觉得他们看到过这个人。但你是对的，他们记得那是很久以前的事了。如果需要，我可以看看我们的记录。"

爱丽丝大吃一惊，一句话也说不出来。她没听错吧？

"拜托了。谢谢你！两样都是。谢谢！"克特看起来好像要鞠躬了，她用胳膊肘撞了一下他的腰。他们不能因为他这些胡言乱语而错过这一丝希望。

男人领着爱丽丝和克特走进农舍后面的一辆拖车里，那里热得像火炉一样。"我的办公室。"他解释道。爱丽丝认为《伊灵号角报》已经够乱的了，而这里的墙边堆着空笼子，地毯上撒着饼干渣，就连人类访客也把垃圾扔得满地都是，看来是车轮饼干[①]的爱好者。

克特把椅子让给她，自己站在椅子后面，双手搭在破旧的椅背上。

"顺便说一下，我叫艾伦，是这间狗舍的主人。"

"爱丽丝，克特。"她向身后竖起大拇指。

"这个詹姆斯是你们的朋友？"艾伦在整理他桌面上的一堆练习本，并把大部分扔在身后的地板上。

"朋友的朋友，"爱丽丝笑着说，"说来话长，但他失踪了，而她……一直没能忘怀。最近大家对这件事很感兴趣，所以我们想帮忙找到他，给她一个了结吧。"

艾伦叹了口气。"顺便说一句，给你写信的是尼克。"外面有几个人正在费劲地给狗套牵引绳，艾伦把脑袋朝着那个方向歪了一下。"我的二儿子。他最好的朋友有天晚上在桑德兰出去玩之后失踪了。尼克那天负责开车，该往回走的时候，乔没出现。他以为乔跟别的女孩走了，就没等他。从那以后就没有听说过乔的消息。警方认为乔已经死了。也许是掉进河里了。尼克自此一直无法原谅自己。"

"太可怕了。"爱丽丝回答道。

"是啊，尼克是个好孩子。但他觉得自己让乔失望了。无论我

[①] 澳大利亚的巧克力饼干，外面是巧克力的涂层，里面是饼干和棉花糖果酱夹心。

们说什么,他都无法原谅自己。他告诉我,这就是为什么他要去帮助那些失踪人口网站上的人。"

"我们非常感激。"克特的指尖拂过爱丽丝的T恤后面。

"我这里可能也没什么。六个月之前,就是二月份,那时候我们的交易量并不大……尼克似乎认为那是一笔买卖。对了,那个月我有五笔生意。"他把练习本转过来对着克特和爱丽丝。彼得·默顿、保罗·珀迪、格兰特·麦金纳尼、安东尼·斯福德、斯科特·麦克诺顿。他们中间既没有叫詹姆斯的,也没有叫吉姆的。

"我可以拍张照吗?"克特指着自己的手机。爱丽丝惊讶地发现这里的信号几乎满格。

"请随意,就是别透露这些名字是从哪儿来的。"

"当然,"克特答道,"用后即焚——是这么说吧?"

阅,爱丽丝想着,是阅后即焚,但那有什么用呢?她花了两个星期的时间寻找一个男人,现在又要追踪另外五个人,而离她把文章交给杰克只剩三天了。她分不清是想哭的冲动,还是想尖叫的冲动像汹涌的波浪一样在她胸中升起。可能两者都有。

"很抱歉,这不是你想看到的。"艾伦向爱丽丝道歉。

"快别这么说,"克特说,"那我们就不打扰你了。"

在车里,爱丽丝的身体往前倾了一下,脑袋碰到了座位前的储物箱。又是浪费时间。就这样了——克特要在周日晚上把车还回去,他们在那之前不可能有时间查完五条新线索。就算有可能,又有什么意义呢?无论是事实上,还是比喻手法,他们都已走到了路的尽头。

爱丽丝感觉到克特的手掌轻轻地压在她肩胛骨之间。"嘿,我们试过了。"

"这还不够。"她含糊地说。她这么说不是因为这意味着她失去了一则足以保住她工作的新闻,而是——"玛丽。"她脱颖而出。

"她不会被不知道的事情伤到的,至少这件事不会。她不知道我们在这里。"

爱丽丝抬头看。克特俯下身来,靠得非常近,近到她能看到他那长长的睫毛交叉碰在一起的样子。她的嘴唇在颤抖,她的内心在怒吼。

然后她的手机响了。一条信息。陌生号码。

爱丽丝点开,意识到这是一条新的通知,是失踪人口论坛直接发来的。所有文字只有一行:詹姆斯·惠特内尔,地点。

她点击论坛的链接,祈祷有足够的信号可以让页面加载。

"怎么了?"

爱丽丝找到最新的帖子。她说什么也想象不到,帖子里除了三个字和一个带区号的电话号码之外,什么都没有:

打给我。

第三十四章

2018

唯一能说服爱丽丝电话另一头的确有人的,就是他偶尔费力呼气时发出的低哼声。

"喂?我是爱丽丝·基顿,我在失踪人口论坛上发布了关于詹姆斯·惠特内尔的帖子。我们现在正在找他,运气不太好……"

"那是因为你找错地方了。"对方终于开口了,是一个沙哑、忧郁的男中音,听起来他被生活折磨得筋疲力尽。

"你是吉姆吗?"

对方发出哼的一声,可能是笑,也可能是不耐烦。

"我怎么也得问一下。"爱丽丝看着克特,他正不停地打着奇怪的手势,用口型说着"扬声器",爱丽丝不得不用一只手捂住麦克风,以确保打电话的人不会听见克特的声音。她摇了摇头。她可不会因为冒险而失去这通电话。

"不是。考虑到他的消失和由此造成的混乱,我也很高兴我不是。"

"那么,你认识他?"爱丽丝的下一个问题使一切保持在平衡的状态,她深吸了一口气,"他还活着吗?"

那人咳嗽起来,声音很可怕,响亮得就像咳嗽声中还有肋骨断裂的声音。

"是的。"他终于说道。

爱丽丝如释重负地仰起头来。"谢天谢地,所以……"

"我现在不能说太多。你得到这里来。"

"哦,好的,如果你能告诉我们地址……"

她边在仪表盘上找纸,边对克特疯狂地做着涂写的手势。他从后面的口袋里掏出那支破旧的圆珠笔。

"你是不会放弃的,对吧?"那人问道。

爱丽丝本想假称他们准备打道回府,并且承认失败。严格地说,她和克特还没有讨论过这个问题,但他们都知道这个对话的走向。

"不会的,"她回答道,"在找到吉姆之前,我恐怕停不下来。"爱丽丝不知道她是从哪里找到了这些新的能量储备。"看在玛丽的分上,为了让她内心得到平静。"

"我以为玛丽会放弃的,"他说,"不管他说了什么,这都是不对的。"

"我们需要答案。"这话说得比爱丽丝希望的要直率得多,活像个生气的孩子。她希望能把话收回来,但为时已晚,"我是说,玛丽需要。我们是她的朋友。"

"我也猜到了。听着,有件事我必须提一下。"电话的另一头响起了砰的一声。爱丽丝能听到脚步声,另一个男人的声音。她很害怕电话会被挂断,扼杀掉他们找到吉姆的唯一机会。

"我得走了。我会给你发信息的。"

"等等，稍等一下——地址？"

她还没来得及问完问题，电话就被挂断了。

"这是怎么回事？那个人是谁？"克特的激动不已只会让爱丽丝更加强烈地感到挫败。她把笔扔出去。笔尖碰到挡风玻璃时，发出刺耳的声音。

"我没拿到地址。"

"但他似乎不是骗子？好像他认识吉姆？"

"我不知道。"她从后视镜中瞥了自己一眼。她的颧骨比以往任何时候都更为突出——认识玛丽之后，她瘦了不少，睡眠时间也少了很多。她不知道该如何继续。在恶作剧、死胡同和失望之间，爱丽丝的生活里已经没有什么确定性了。但她在电话里说的是真的：除非给玛丽找到她应得的答案，否则自己是不会罢休的。

克特正想着应该说什么好的时候，爱丽丝的电话响了。他解开安全带的力气太大，让安全带猛地弹起来，打到了下巴。她打开短信的时候，他仍然摸着那块疼痛的皮肤。

没有提到刚才的电话，只有一个地址。克特把它输入地图，屏幕缩小了他们当前的位置，然后飞快地落在苏格兰的最北端，缩小到海岸边上。

爱丽丝叹了口气。他们还有三天时间。如果算上他们开车回家需要的一天——这样才能及时把克特朋友的车还给他——那么就只剩两天了。她希望这地方能离伊灵更近一点，这样，如果发生最坏的情况，结果没有任何进展……

"加油！"克特用手指指着爱丽丝的手机。

"好极了，好极了，好极了①。"她喃喃地说道。阿基米德甚至不是西班牙人。

"不管怎样，爱丽丝，你不会相信这个的。"克特把屏幕放大，这样论坛的用户名就被放大到屏幕所能容纳的最大字体：tonysiff307@hotmail.com。

"一个 Hotmail 邮箱账户——前所未有。"

艾伦的一只四条腿的小家伙用后腿站着，透过车窗看着爱丽丝。她从门口挪开。

"嗯哼。托尼·斯福？爱丽丝，是安东尼·斯福德。"克特从自己的手机上翻出了一张照片。"训牧羊犬的艾伦那个名单上面的？"他在她鼻子底下扭来扭去，"他二月份在这里买了一条毛茸茸的'朋友'。"

"我的天啊！"爱丽丝不敢相信。上帝保佑互联网、狗狗和克特——在此之前，她从没想过在祈祷中说起这三样东西。

"全速前进！"

也许是苏格兰蜿蜒的道路，也许是对他们接下来可能发现的事物的期待，爱丽丝显然感到一阵恶心。她不擅长旅行，向来如此。在她还是个孩子的时候，只有把头靠在爸爸的膝盖上，她才不会以每小时一百一十公里的速度往窗外吐。爱丽丝想知道他现在的生活是什么样的。他会为她同父异母的弟弟、妹妹做同样的事吗？她试着想象父亲抚摸着他们汗津津的额头，试图让他们平静下来，不再恶心。但她脑子里一片空白。

---

① Eureka，阿基米德发现测量王冠黄金纯度的方法时所发出的欢呼声。

这很奇怪。自从父亲消失的那一天起，想象父亲的新生活对爱丽丝来说并不是一件难事。在她发现他的去处前，一直被父亲在大街上露宿或是睡在拱门下的画面侵蚀着。在她被迫面对真相后，她想象出来的画面就像噩梦一样，尽管是以一种非常不同的方式——她开始看到他在学校为舞台上的另一个孩子鼓掌，朝着一群更小更可爱的孩子做他独有的鬼脸。

而现在，什么都没有？这怎么可能？爱丽丝把眼睛闭得更紧了一点，试图抓住一个细节——她爸爸手腕内侧的湿疹，他下巴上歪了的地方，那是他二十多岁时碰歪的。不，什么都没有。这是否意味着她已经忘记他了，就像他忘记她一样？的确已经过去很久了。或许这是她自己的问题被掩盖的第一个迹象。也许是，被取代了。爱丽丝可能得感谢玛丽……

"嘿，爱丽丝。"克特把一只手轻轻地放在她的肩膀上，好像在检查他能用多大的力气。

"我们在哪里？"爱丽丝过了一会儿才回过神来。她反应过来之后，发现面前是一面混凝土墙，上面喷了各种大小和风格的咒骂语。其中，生殖器相关的词语占了主导地位。

"我们得停下来过夜。开进印威内斯的路况太糟糕了。"

"哦。"爱丽丝肯定把整个下午和晚上的大部分时间都睡过去了。她打了个寒战。夏天去哪儿了？"很抱歉，让你干了所有的苦差事。"

克特走下车，双手压在车顶上，伸展了一下小腿。他的上衣扯了上去，露出一缕细细的金黄色毛发，蜗牛一样蜿蜒在肚脐和四角短裤之间。爱丽丝垂下双眼。

"我觉得这是我们最好的选择了，那边有家含早餐的旅馆。"

他指着停车场另一边的一栋楼说道。那里的灯光闪烁得像一棵廉价圣诞树，亮着的时间比关着的时间还短。透过灰色的网帘，很难看出里面有什么。

虽然牌子上写着晚上十点之后要按铃，但前门是开着的。这时传来一阵撕扯的声音，就像有人从墙上扯下了一截胶带。接待员是一位二十五岁左右的梳着丸子头的女人，她咂咂地嚼着口香糖，然后把它塞到大牙后面。

"今晚有空房吗？"爱丽丝问道。她已经等了一段时间，等到她认为比较体面的时候，就开始让凯丽（名牌上写着）接待他们。看来凯丽有很多有趣的信息要看。她勉强放下手中的手机，转而看了一眼电脑屏幕。

"我们有一间大床房。没有套房，但浴室只供两个房——"

"不。"克特和爱丽丝异口同声地说道。

"我们需要两张单人床，"克特说，"我们，呃……"

"不是情侣。"爱丽丝补充道。

女孩点了几下屏幕。"恐怕我们只剩那一间了。"

"真的吗？"爱丽丝太累了，无法用任何令人信服的方法来掩饰她的怀疑。

"我们很热门的。"她一边说，一边把装在廉价木头相框里的A4纸推到爱丽丝面前：**2006年南印威内斯最佳旅店**。它是用手写字体打印的，看上去一点也无法让人信服。

"我很感谢。"克特挤了过来，一只手捋着头发。他眨了眨眼，把眼睛对着凯丽睁得更大了一点。他的眼睛在闪闪发光。爱丽丝可以看到接待员冰冷的态度在渐渐融化，觉得自己的腹部被狠狠地踢了一脚。等凯丽把身体转到一个合适的角度，把爱丽丝阻挡在对话之外时，爱丽丝强忍着不尖叫。"就没有别的什么了吗？"

"很抱歉。"她说道，语气甜美而轻柔。她抿着嘴唇，仿佛在说，我也无能为力，这完全不在她鼠标的控制之下。

"我们就要这个吧，"克特说道，"谢谢你的帮助。"他把银行卡滑过桌子。爱丽丝说不出让她更震惊的是什么——是看到克特朝凯丽那一眨眼的眼神中显露出的潜在的魅力，还是他递过去的是张金卡。

他输入了密码，然后从凯丽手中得到钥匙，钥匙上挂着一个有缺口的木块。

"祝您住得愉快，先生。"

爱丽丝的脸上一直挂着微笑，克特得拉拉她的外套袖子，才能让她动起来。他把她拖到大堂的一边，那里有一部电梯，旁边的楼梯看起来安全多了。

"我很乐意睡在车里。"克特说着把钥匙递过来。爱丽丝甚至有点粗暴地想让他这么做。也许凯丽会去找他。她吞下骄傲，心里清楚自己会后悔。

"你不需要这么做。"她把沮丧发泄在电梯按钮上。她特别使劲地按着往上的箭头，以至于食指尖开始疼了起来。"说真的。"

"那我睡地板。"克特表示让步。在大厅昏暗的灯光之下，他的五官似乎又上了一个新台阶。爱丽丝告诉自己，是疲劳在捉弄她的双眼。

值得赞扬的是，爱丽丝打开房间的门时，克特并没有立即就开始收回自己的提议。地毯是绿色的，但颜色还没有暗到足以掩盖一簇像真菌一样从壁脚板向内蔓延的斑点。

"别睡在地板上，"他们肩并肩地看着污渍时，爱丽丝说道，"我们可以凑合一下。"

她先去洗澡，等克特从浴室里出来时，她已经从橱柜里拿出备用枕头，把它们沿床垫的中心两边排列好，形成了一堵墙。

"垒得不错。"克特说。

她转过身来，看见克特的牙齿咬着舌尖。她的目光转到另一边去。

克特赤裸着上身，一只手压在门框上，另一只手把四角短裤的松紧带拉高了一点，好让它遮住自己的髋骨。爱丽丝在现实世界中从未见过如此强健的肌肉，像这样的腹肌难道不是用电脑画出来的？集中注意力，基顿，别丢人。

"哈——谢谢。"她喃喃地说道，开始为自己的工程壮举后悔。

"爱丽丝，晚安了。"克特滑进他这边的围栏。他关了灯，床垫非常柔软，能让爱丽丝感觉到他背对着她躺下时身体的每一个动作。

她还没有好好地把窗帘拉上，停车场对面的一家快餐店的泛光灯悄悄地照进房间。他的后背很好看，这一点她承认。她可以看到他肩胛骨顶部的一簇雀斑，他脊椎上小小的凹陷，他平坦的背部，大小完全适合由一只手来引导和操纵。她的手吗？这是可以的吧，不是吗，就一次，如果她没有产生依恋的话……

"你在看着我睡觉，是吗？"克特说道。

爱丽丝吓得膝盖一抽，把枕头也踢掉了，破坏了枕头墙。克特伸手移开离他脑袋最近的一个枕头，擦过了爱丽丝的手，爱丽丝本能地抓住了他。

她还没来得及想清楚，就松开了手，手指顺着他的胸部滑下去，在他的四角裤松紧带上方一厘米处徘徊。她一点点地靠近他，大腿紧贴着他。

她把克特翻了过来。"可以吗？"

爱丽丝无论如何也弄不明白，为什么花了这么长时间才发现克特拥有完全、绝对、惊人的帅气外表。沉默一定起到了作用。哦，该死的，他为什么还在沉默——是她越界了吗？

"当然。"克特答道。

然后他吻上了她的嘴，好像每一根神经末梢都燃烧了起来，极度兴奋，鲜活不已。他拽着爱丽丝的衬衫从她头上脱掉，然后开始亲吻她的脖子、胸部、肚子，直到她的大腿。

"非常、非常可以。"他吞吐着气息。

第三十五章

2018

玛丽到"夜间热线"的时候，发现泰德被纸片包围着，他的脚边撒满了长方形小卡片。在他右边放着一个破烂的盒子，里面的纸片都溢出来了。

"这是怎么回事？"她弯腰捡起一张纸片。

"都是名片，"泰德回答道，"有点溢出来了。都是'夜间热线'的名片，严格来说不是为了'生意'。我觉得再宣传一下我们的机构并不是坏事。我想的是，我们都可以拿一些名片放在工作场所，也让商店摆放一些；或许还可以给当地信箱里塞一些……你永远不知道谁在痛苦中挣扎。"

玛丽看着他的喉结晃动了一下，不太确定地吞了口唾沫。"你过得怎么样？"

自从他们在公园里聊完天，已经过去了四天。那天过后，玛丽已经达成了对泰德最后的谅解。泰德用如此逼真的面具掩饰着自己的孤独，难怪她对爱丽丝在年会上揭露出来的事感到如此惊讶。虽然泰德给她打电话是个错误的决定，但他的意图并不是伤害她。玛丽知道,在没有其他出口的情况下,满溢的情感可能会以不寻常的形式发泄出来,她对这种事并不陌生。

"噢,你知道——工作又忙碌起来了,有一些大项目,这挺好的。蒂姆这个周末就回来了,带着新交的女朋友……"

"我的意思是,你到底怎么样?"

泰德停顿了一下。玛丽想知道,上次有人问他这个问题是什么时候——一个想要得到真正答案的人,而不是为了结束必要的寒暄而匆匆地咕哝一声"很好"。

"你知道吗,我打了个电话,"泰德说道,"不是那种,你听了会高兴的。但是,呃……打给那些专业人士。我不会管她叫心理医生的,因为我不是美国人,但我相信你明白我的意思。"

"泰德,这太好了。"玛丽笑着说。

现在就先聊到这里吧。说到谈论情感和烦恼——无论其他关于心理健康的委婉说法是什么——玛丽发现最容易的方法是慢慢来。用最轻柔的步子。她的眼睛眨了一下闭上了,试图抹去记忆。为什么这个世界一定要让男人如此……警惕?这对他们是有害的。

虽然玛丽知道自己不是个健谈的人,但也希望能缓解泰德脑袋里的压力,让他知道不需要独自承担所有。不过,他现在正在接受帮助,比玛丽自己在寻求帮助这方面做得还多。但愿他知道,在她的眼里,这种寻求帮助的行为并不是软弱。更确切地说,是她情不自禁欣赏的东西。她多希望自己也能有同样的勇气。

她在地毯里磨蹭着鞋尖,"让我们把这些东西放回盒子里,好吗?"

接下来的一分钟左右,泰德和玛丽把掉在地上的名片捡起来,塞进盒子里。泰德排列好最后一堆卡片之后,把它们挤进玛丽整理好的、为他敞开的盒子里。他们的手碰触到彼此,玛丽感觉就像触电一样——如果那是一种愉快的、只有轻微疼痛的体验的话。

几天前,泰德第一次告诉她,对她有男女之情的时候,她太过惊讶。她没有认真考虑过自己对泰德的感觉,从来没有。事实上,在吉姆之后,她从来没有这么考虑过任何一个人。但在接下来的夜里,她开始允许自己思考,哪怕只有一次,如果她不那么狭隘,会发生什么?如果她能抛开过去给她带来的失望?

她没有移动手,而是转移了重心,这样就向泰德靠近一点。虽然还不太自然,但感觉很好。她抬起头,与他的目光相遇。

"我打扰到什么了吗?"奥利芙在门口喊道。她的嗓音从来都很响亮。"本想说我一会儿再回来,但我们现在人手不够。"

泰德跳开了,玛丽感到一股失望的情绪。

"我非常享受这周重新开始接电话的时光。"泰德说。

直到星期二,玛丽才听说了爱丽丝和克特一同外出度假的奇怪消息。到了晚上十点五十五分,圣·凯瑟琳小学里只有奥利芙、泰德和她自己。玛丽问他们在哪儿时,看到了奥利芙一张面无表情的脸。"马拉加。"她解释道,她的嘴抿得那么紧,玛丽怀疑可能会对里面的肌腱造成不可逆转的伤害。

泰德解释了他是如何被骗来替他们代班的,然后试图用一些与年轻人恋爱相关的笑话来缓和气氛。但玛丽太过惊慌,什么也听不进去。是不是借口,她还是听得出来的。她摆脱不了心里的感觉——他们的外出和吉姆有关。她的直觉从来没有错过。

玛丽有些愤怒,已经明确地告诉爱丽丝放弃寻找吉姆的执念,而她还是如此傲慢!是什么让爱丽丝认为她比自己更幸运,能够找到吉姆?她可是那个独自在伊灵百老汇车站外等了他将近七年的女人。玛丽向爱丽丝吐露了自己的心声,而爱丽丝就是这样报答的——先是年终大会上的尴尬场面,现在又公然藐视她的意愿。

但玛丽心里又有一丝欣赏爱丽丝的固执。她是一个忙碌的年轻女子。她是真的在乎玛丽,否则不会蹚这趟浑水的。而且最可能的结果,难道不是爱丽丝和克特根本找不到吉姆吗?他可能不停地搬家,或者出国了,或者……不,玛丽不会那么想的。他如果死了,她会知道的,就算不是从理查德和朱丽叶那儿得知,她心里也会知道的。

但万一他们真的找到了吉姆,那该怎么办?玛丽试着想象,他会对克特和爱丽丝说些什么,他会怎么描述自己以及他们二人的关系。他会捕捉到她的美吗?他们的关系如何使两个人都变得更好?或者他关注的只是最后那可怕而混乱的短暂结局?玛丽祈祷不是后者。她从未停止过回想他们在一起的最后时刻,以及最后那些时刻完全无法反映出的、他们共同分享过的、珍贵而不算完美的完美生活。要是吉姆能记起那些幸福时光,他肯定会回家的。这对玛丽来说是最重要的——他回来是因为他想回来。

"好吧,我们开始吧?"奥利芙已经坐在办公桌前,鞋子都脱了。

泰德看着玛丽,有点害羞。他用一小截挂在那儿的胶带把装满名片的盒子封上。"也许下班后我们可以聊聊分发这些卡片的最好方式?"

"我很乐意。"玛丽回答说。她坐下来,打开泰德留在她桌子上的巧克力棒。

她嚼了起来,但是里面的焦糖很硬。玛丽想象着爱丽丝在沙滩上;在不知道哪条高速公路的紧急停车带上;在往山上爬,对着克特咆哮,让他去查看这个或那个位置。她有爱丽丝的电话号码,她可以发个短信……

就在玛丽准备从背包的前口袋里拿出手机时,她桌上的电话响了起来。

"这是你今晚的第一通电话,"奥利芙从泰德宽阔肩膀的另一侧喊道,"你准备好了吗?"

"当然。"玛丽撒了个谎,拿起听筒,"你好,晚上好,这里是'夜间热线'。在我们开始之前,我有几个问题要问你……"

电话另一端的女人一边回答,一边啜泣。玛丽觉得没有必要再联系爱丽丝,至少不是现在。她会等着爱丽丝回来的,在此期间,伊灵这里有很多事要处理。她把注意力集中在打来电话的人身上。每次接电话的时候,玛丽从不会忘记她有责任说出正确的话——安慰、帮助的话。

因为她辜负了吉姆,不能再辜负其他任何人了。

第三十六章

2011

"你说不能,是什么意思?"玛丽沉默了一会儿又补充道,"这是我妈妈六十岁的生日。"好像这能改变什么似的。

"我很抱歉。我的状态不适合陪你去。我不在,你会更开心的。"

玛丽几个星期前就选好了吉姆的开胃菜、主菜和甜点,还安排好了座位表。现在,她要坐在空着的椅子旁边,还要编出一连串理由,向其他二十三位客人解释。她怎么能告诉他们事情的真相呢?她几乎无法在自己脑袋里把这些内容有条有理地说出来。**詹姆斯太抑郁了,不能来**。天知道他们会怎么想。

又响起了敲门声,玛丽的手机上又打来了出租车公司的电话。

他俩都没移动。在八月厚重的空气中,懒洋洋的尘土在他们之间打转儿。

"你该走了。"吉姆朝门口点点头。他拖着步子走过来的时候,她听见他的袜子在地板上的沙沙声。他已经把鞋脱了。

"你说什么?"

"我说了,我很抱歉。"

"可是,这远远不够,不是吗?"玛丽能感觉到自己的音量开始失控。她已经无法照顾站在她面前的这个人的情绪了,她唯一爱过的男人——更不用说对邻居了。"所有这些都远远不够。你觉得你在做什么?在他妈的最后一刻爽约,让我不得不当着我妈妈的面撒谎?你怎么能这么自私?"

"别对她撒谎。就说我病了。她会明——"

但是玛丽不想听。也许是有史以来第一次,她特有的自制力崩坏了。她不知道接下来嘴里会冒出些什么话。

"你以为这是我想要的吗?要没有这些狗屁事情,我会过得更好……你不觉得我值得你对我更好一点吗?"

一阵沉默,吉姆的声音几秒后打破了沉默,微弱得像薄薄的壳。"你的确值得。我一直都说你值得更好的。"

"你要说的就这些?这远远不够!这就是不够。"

说完这句话,玛丽声音里的怒火熄灭了。她一只手靠在墙上稳住身体,另一只手抓着她的随身包。已经过了大概三个月糟心的日子?这些漫长而黑暗的日子里的挣扎提供了导火索,而他脱下的鞋子最终点燃了战火。现在她站在怒火的余烬之中,已经在后悔自己刚才脱口而出的话。

玛丽讨厌自己。她之前很有耐心、爱心,也很善良。这种挫败感让她脱离了真实的自己。这只是一个小插曲。每个人都会经受这种折磨。

她瞥了一眼窗户,窗台上放着他们最好的照片。正中央放着去年春天他们在柏令海崖拍的照片,他俩蜷缩在俯瞰大海的长凳上。照片是一年前拍的,那是一个最完美的周末。幸福感一直延续到圣诞节、新年,直到复活节。之后,抑郁的情绪似乎不知从哪里冒了出来,再次出现。

在玛丽的记忆中,有好几个星期她都被困在吉姆的情绪泥潭里,完全没有空间可以发泄自己的情绪。但现在,她把情绪都宣泄出来,也就过去了。如果没有耐心,没有善意,爱还算什么?她不可能放弃他的,她有责任给予他更多的支持。她是他所需要的搭档。

玛丽还没来得及道歉,就感到吉姆的嘴唇贴在了她的额头上。就在那一瞬间,她又回到了他俩第一晚在一起的那个酒店里,回到了她在波特拉什同意搬到伊灵的那个酒吧里。她试着回忆每一次他这样吻她的情景,但记不清了。混乱而快乐的一团模糊。

就算没有别的,这也提醒了玛丽,他们之间永远有足够的东西值得她奋斗。他们总能在坎坷的道路上一起重新找到通往幸福的大道。等她从贝尔法斯特回来,这将是她要做的第一件事。

"我很抱歉。"吉姆对着她的头皮喃喃地说。他打开门,把手平放在玛丽的背上,送她出门。"我非常、非常抱歉。"

她还没来得及为自己说的话道歉,就上了那辆出租车。

第三十七章

2018

"Buenos dias[①]。"克特说道。他身上只穿了一条四角短裤，站在床脚试着撕开一个茶包。他旁边的小号水壶烧开之后，开始摇晃起来。

爱丽丝很少故作冷淡，也很少有人能在中午之前见到她，她挤出了一个微弱的笑容。有那么一会儿，她想着要不要溜去浴室整理一下自己，但化妆包埋在背包的最底部，她不想让克特觉得她难搞。

于是她试图转移自己的注意力，不去担心自己脸上的妆容，而是看着他把水倒进把手小得惊人的杯子里。他把水壶举在齐腰的位置。前一天晚上的画面——她的大腿跨在他的身上，她的指甲刮过他的胸膛——不请自来地浮现在她的脑海里。基顿，仅此一次，她提醒自己。这意味着只有一次。她把目光转向相对安全的电视，它平稳地放在他脑袋后面的衣柜顶部。

[①] 西班牙语，早上好。

"怎么了?"

"没什么。"爱丽丝回答得太快。

"你在看什么?"

"哦,就是电视机。"

克特抬起头,确认了一下电视还是关着的。"好吧。"他的情商不至于让情况变得更尴尬。也许他在进步。

他拿着茶杯爬回床上,动作缓慢而夸张,以免把茶水溅到床单上。他把茶碟递过来时,她注意到他已经撕开包装,拿出了两个酥饼,并把它们放在一边。克特自己拿了消化饼干,看起来硬到可以锉牙。深不可测的骑士精神。

爱丽丝把茶放在她左边的小架子上,开始啃着酥饼的边缘。她无法直视克特,但她用余光能观察到前一天夜里在半明半暗的光线下看到的一切。在伦敦肯定有女人拜倒在他脚下——那些还没有和他聊太多天的女人。

克特靠得更近一些,床垫沉了下去。他转身要吻她,爱丽丝能感觉到她的整个身体绷紧了。

"所以……"他开口说道,呼出的气有点浑浊,"昨晚很好玩。"

爱丽丝应该知道会发生这种情况。克特是个彻头彻尾的理想主义者。如果她有理智的话,从一开始就应该说清楚基本规则:不涉及感情,没有依恋,没有下一次。

但那一刻,她太过于沉浸其中,而他的唇贴在她的唇上,感觉好极了……

现在已经不重要了。重要的是让彼此明白,无论昨晚发生了什么,现在都应该结束了,爱丽丝不会忐忑不安地等他在两三个月后不可避免地离开她的生活。

"是的,但我想也就到此为止了。"爱丽丝向后挪了一下,这样才有足够的空间转身面对克特。她本不该和他发展成那种关系。尽管很不愿意承认,但她意识到自己和克特之间可能会产生更多的羁绊。

克特昂起头。爱丽丝意识到自己没那么容易脱身。

"你这话是什么意思?"他问道。

"我现在没法进入任何认真的关系。现在不行。"

"'现在'指的是在这个旅馆里?"克特抬起头看看门口的时钟,好像在评估他们在退房前还有多少时间。

"'现在'是指整体来说。我没打算开始任何认真的感情。"

"你已经有男朋友了?"

"就那么难以置信吗?"

"不是,"克特举起双手表示辩护,"但你从来没有提到过其他人,至少应该说一声的。"他的头发乱蓬蓬的,看上去比以前更像波希米亚人。爱丽丝讨厌的是,她有点忍不住,想要伸出手去抚平他左耳上方那块不停翘起来的卷毛。"之前……"他的声音出奇地平和,让她不安,她更希望他生气,这样她才能知道自己的立场。

"呃,并没有其他人。事情已经够复杂的了,我认为我们不应该因为这件事让事情变得更糟。"

"如你所愿。"

"很抱歉。"爱丽丝说道。

她的确感到抱歉,但不相信自己能在早上八点四十二分说出后悔的确切原因。说来话长——关于遗弃和信任的问题,正是这些让她一开始踏上了这次公路旅行。如果她在公寓里都找不到合适的语言向玛丽解释她的个人情况,那么面对在简陋旅店里的克特还有什么希望呢？尤其是他们还有其他更紧急的事情。再过几个小时，他们就能找到吉姆了。

她没有机会再多说什么。克特从柜子里拿了条毛巾，在爱丽丝的"抱歉"说完之前，就去洗澡了。

爱丽丝走出浴室时，克特已经不见了。她的手提包上面有一张字条，上面示范了特别利落的句号使用方法：**在车里等。请把钥匙放在接待处。**

爱丽丝交还钥匙，账单已经结清了，她朝着汽车走去。克特坐在驾驶座上，手指轻敲方向盘。原来她不是唯一一个焦虑不安的人。

她把包扔到后座并关上车门后，他说道："很可能就是这个了。"

不管爱丽丝从他的字条里读到了什么样的负面情绪，现在都感觉不到了。她打消了那股莫名的失望情绪，那股在她的脑海中隐隐作痛地说着"好吧，他倒是很快就把我忘了"的情绪。她应该把他的坚韧视为一种值得称赞的品质。没有它，他们在寻找吉姆的路上不可能走这么远。但仍然……她今天早上拒绝的时候，是不是太过草率了？

"你能想象我们今天找到吉姆的话会怎样吗？那就太棒了。"

这前景真的很棒吗？在某些方面——是的。但对爱丽丝来说，这也是非常、超级、不可否认的可怕。她勉强吃下一块曲奇，一想到今天会发生什么，胃就翻腾起来。他们现在知道吉姆还活着，或者，如果这个叫托尼（犬舍那儿留下的名字）的家伙值得信赖的话，至少他们是这样认为的。但除此之外，他们什么都不知道。

吉姆对他们的到来会做何反应？他到底要如何为自己辩解？

这是爱丽丝彻底解开吉姆失踪之谜的机会，也是给玛丽一个了结，或许还能保住自己工作的机会。这本应让她感觉良好，就像高效工作带给爱丽丝的感受，但她此时只有紧张带来的眩晕和压力。为了走到这一步，她在很多层面上都做出了牺牲：在职业上，她危机重重；在道德上，她对克特隐瞒了自己真正的职业，对玛丽隐瞒了自己没有停止调查的事；在感情上，她投入了一切。如果最后没成功，爱丽丝也不知道该怎么继续前行了。

"让人兴奋！"好吧，至少克特和之前一样兴致勃勃，"到那里大约要四个小时。如果塞车的话，就要五个小时。真不敢相信我们快到了。团队合作的功劳。"

他们驶出这座城市的时候，爱丽丝在想她亏欠了克特不少。他以特有的肆无忌惮的态度投身于这次行动之中，但更重要的是，他也发挥了真正的作用。是克特找到了格斯，并帮助爱丽丝勾勒出更加真实的吉姆，比玛丽带着崇拜的滤镜呈现出来的吉姆更为复杂和混乱。是克特提出了改变策略的建议——从"为什么"到"在哪里"。如果他们今天找到吉姆，爱丽丝希望他消失的原因也能很快揭晓。

不可否认，克特是个好男人。他们加速穿越高地时，周围的景色狂野而充满未知，爱丽丝真希望自己能少花点时间关注克特的缺点，多欣赏他身上有耐心、善良和忠诚的坚韧特质。她真希望自己有能力给他一个机会。也让自己学着去信任。

但现在绝对不是纠结情感的时候。硬要说的话，这次旅行让爱丽丝意识到，如果说爱情中有什么是确定的，那就是它的不确定性。他们大概率是不适合的。

"那地方叫什么来着？"克特的声音打断了爱丽丝的思绪。

"西克莱斯特小屋。"

"嗯……"克特把车挂到一挡，发动机在空的单轨上差点熄火。他轻敲着手机屏幕，皱紧了眉头。"没有信号——好吧。"

"是这里吗？"爱丽丝看了看表。他们已经在路上行驶了四个小时，克特的卫星导航系统似乎没有显示接下来还有路可走。车外没有路标，也没有人的踪迹。几座白色的小屋点缀着这片风景，但都相隔甚远。这是个实实在在的荒郊野地。爱丽丝从克特身旁的车窗探出脑袋。"那是什么？"

"什么是什么？"

"那个连着大海的湖。"

克特凝视着爱丽丝伸出食指的方向。"你说那个海湾？"

"对不起，我不知道正和地理专家待在一起。"

克特选择忽略她这句话。"你认为吉姆已经变成了深海生物？"

"没有，不过他岸边的酒吧里可能会养着一头。"爱丽丝用手指轻敲了一下玻璃污迹的右边。那里有一栋被周围的绿色遮得严严实实的小型建筑，多亏了上方有个在微风中摇摆的广告牌才让人能发现它。但招牌上的字太小了，即使爱丽丝视力很好，也看不清。

"好吧，"克特让步了，然后在狭窄的路上使劲掉了个头，"你请客。"

爱丽丝的辩护也没坚持多久，谁也说不清他们会受到怎样的对待。他们来到客栈，停好车，走到门前，在可以看到湖边美景的野餐长凳间徘徊。和同时期其他地方的高温相比，这里冷得要命。爱丽丝好奇北部高地是否有其独特的气候。无论怎样，没有人会在狂风乱作时，忍着寒冷坐在户外的座位上。

里面也不怎么繁忙。一个男人穿着戴帽子的风衣，背对门坐着，在酒吧里仔细查看报纸，而边桌上的两个男人——看不太出他们到底是一起的，还是分开的——似乎在寻找他们麦芽酒杯底部的什么东西。酒吧招待是个矮个子的秃顶男人，穿着一件厚厚的海军蓝针织衫。随着爱丽丝走进去，门嘎吱一声响了，他显得很惊讶。

"下午好，"他说道，"随便坐。"桌子旁的两个人也看了过来。

一直像保安一样跟在爱丽丝身后两米远的克特来到了她身边。他似乎没有意识到寒冷，穿着一件红色 T 恤，上面印着一根香蕉，香蕉前面的黄色图案已经开始剥落，两个袖子下摆的线都散开了。爱丽丝可以看到酒保上下打量着他，显然很感兴趣。

"我想知道你能不能帮帮我们？"她试着让自己不要害怕，拿出最后一丝魅力——今天她的魅力似乎被埋得特别深。

"哦。"

"我们在找西克莱斯特小屋，离这儿远吗？"酒吧招待扬起眉毛。回答的声音响了起来，但不是他的，而是酒吧里那个穿卡其色防风夹克的男人。他没有转过头来，一条牧羊犬卧在他的脚边。牧羊犬的尾巴拍打着地面，砰砰作响。

"取决于是谁想知道。"

第三十八章

2018

　　爱丽丝和克特都想不出合适的回答。他们相互看了一眼，又看了看那个穿卡其色防风夹克男人的背影。他不可能感受不到酒吧里越发紧张的气氛，不过是不急于化解这一切。就连那些喝着最后几滴酒的人也抬起头来，看他们会做何反应。

　　不，爱丽丝还没见到吉姆，也无法保证最后能见到他。就她所知，论坛上的消息可能是另一条死胡同。她知道这一点，但为了玛丽，她仍然无法放弃去弄清吉姆失踪的原因。对吉姆的搜寻让她回忆起一些过往，而她把它们埋藏起来是有原因的。她把自己的工作和理智都置于险境，现在想不出该如何回应。

　　当他终于站起来，把酒吧凳子往后推时，发出了响亮的刮擦声。他把酒杯里最后一点啤酒灌到肚子里，咂了咂嘴。

　　"那么，我想你就是*爱丽丝*了？"

　　她面前男人的头发和吉姆一样都是深色的，夹杂着些许白发，身高和瘦削的身材也和吉姆一样。

　　只是当他转过身时，爱丽丝才意识到他至少比吉姆大了二十多岁,不可能是吉姆。

"见到我别太高兴,"他笑着说,"我是托尼——我们之前说过话。"

爱丽丝尽可能谨慎地掩饰着自己的失望,而克特却向前走了几步,伸出手来。托尼低下头,好像在考虑该如何处理这只手。等他握起克特的手,力量之大,以致两个手掌之间的空气吱的一声发出了拍手声。

"克特——我是……一个朋友。一起来的。"

爱丽丝从来还没听人这么认真地说过"朋友"这个词。至少,托尼似乎没有注意到。

"我就不让你俩继续煎熬了。他在工作,船今晚才回来。如果我是你们,就先自己随便歇一歇。"

"所以……"克特的思维方式中有一种迷人的透明。爱丽丝可以看到齿轮在呼呼作响,很担心接下来会发生什么。

托尼举起一只手,走近一步,压低了声音。其他客人似乎已经不再留意他们,但除了海浪偶尔拍打海岸的撞击声之外,几乎没有什么背景音。"我不确定这次做的事情是否正确。我妻子动摇了我的决定。她把所有时间都花在脸书上了,看到了地铁站的视频,她站在玛丽那一边。这就是为什么她一直在关注那个论坛——唠叨着让我去联系。我们以为玛丽……呃,无论如何,你很快就会知道的。我妻子是个厉害的姑娘,她把我给说服了。我不是在替那个男人说话。他信任我,我已经太多管闲事了。我不知道他会不会再也不原谅我了。"托尼一脚把掉在地板上的啤酒垫从黏黏的地板上踢到另一边,以避免和他俩任何一个对上眼神,"但有时候你必须问心无愧。"

出了酒吧,他们遭到了湖里吹来的狂风的迎面猛击。爱丽丝真希望她带来的衣服比一件拉链拉不上的皮夹克更暖和。她重新调整了一下围巾,在脖子上又绕了一圈,然后把宽松款卫衣的底部塞到裤子里,尽量保留住那一点点温度。

她抬起头时,意识到克特已经双手插着口袋走回了车里。在昨晚失误的暧昧之后,她认为他俩已经恢复了平衡。他最好不是在生闷气,都过了大半天了!男人,真让人费解。在经历了客栈里发生的一切后,爱丽丝已经没有精力再顾及情感上的剧变了。

"你要去哪儿?"克特没有转过身来,爱丽丝不知道他是听不见还是故意不理会。

她不肯跟着他继续走,而是坐在一把木椅上,俯瞰着白色沙滩的小径,下巴深深地埋进围巾里。海水向前延伸,清澈如水晶,直到蔚蓝的天空给大海让路,地平线在海天之间颤动。如果说有什么适合消失的地方,那就该是这里了。玛丽是绝不会想到来这里找吉姆的。

潮湿的帆布和篝火的味道打断了爱丽丝的思绪,一秒钟后,一件防风外套落在桌子上。

"你看上去很冷。"克特解释道。

"谢谢你。"爱丽丝把它套在自己的夹克外面。穿大一两码的衣服总会让人有种慰藉的感觉,就像走进了父母或者是男朋友的怀抱。并不是说她在这方面有任何经验,她也不会让克特知道这一点。她克制住后面这个想法,以免自己的脸烧得通红。"刚才总算有进展了,不是吗?"她继续说道。

克特没有回复。他看起来并没有生气,而是很烦恼。她可以看见他在滑手机,她的思绪又回到一起陪玛丽守夜的那天——克特被屏幕上的什么东西吸引住了,这显然让他分心。事情发生的时候,她问他怎么样,但一直没有得到回答……

"你自己也说过——没有信号。如果我是你,我现在会放弃。"

还是没说话。爱丽丝努力想使气氛缓和下来,声音却很紧绷。突然间,就像开关被打开了,担忧被愤怒击垮。所以就这样了,是吗?在二十六年的生命中,她承受了太多次被忽视的痛苦。在工作中,在父亲身上……她最不希望让她有这种感觉的人就是克特。一次,哪怕只有一次——她想被人看见,这是不是真的很糟糕?

"克特,你他妈的不打算理我了吗?"

"哇!"他把手机扔在桌上,转身面对着她,他离得很近,以至于爱丽丝都能闻到他口香糖里的薄荷味,"爱丽丝,并不是每件事都围着你转的。你能理解吗?"

她的心脏跳得如此之快,感觉就像是特别沉重地扑通了一下。"如果是关于昨晚的事……"

"爱丽丝,我能接受你对我不感兴趣的事实,我当然希望并非如此,但事已至此。如果你不是这么想的,也没关系。但这与那件事无关。"克特揉搓着他的前臂,那里已经开始冒出一排鸡皮疙瘩,"我希望我们能成为朋友。但每次我想接近你,你都会封闭起来。这是为什么呢?嗯?为什么呢,爱丽丝?"

她张开了嘴,就像被扇了一巴掌,但没有合理的愤怒来缓和。也许她不想被人看到——如果这么痛的话。

克特还在看着她,他翘首期待。因为你会爱我,然后离开我,爱丽丝想着。因为没有什么比这更伤人的了。

"如果这友谊是双向的,那就太好了。"克特一边喃喃自语,一边拿起手机，又开始滑。

"我还以为你没有'那种工作'呢？"爱丽丝知道自己很孩子气，但一旦感情用事，就很难控制自己的幼稚行为，"现在工作需要你，是吗？"

"不。不，它不需要。"克特停下来，把屏幕转过来对着爱丽丝，他在看一个天气软件，"你知道为什么吗？因为我被解雇了。"

假如爱丽丝企图让自己看起来不那么惊讶，那她的尝试不怎么成功。

"是的，你听到了——我被解雇了。"克特变得越来越激动，爱丽丝往后缩了一点。

"别担心，这不会传染的。"

"你说你在休年假。发……发生了什么？"

"我之前在一家投资银行工作，我讨厌这份工作，但报酬不错，也让爸妈很骄傲，所以我一直撑着，直到最后忍无可忍。我起不了床，早上无法穿过办公室那该死的旋转门。我情绪非常低落，甚至给'夜间热线'打了电话。你知道吗？接我电话的正是奥利芙，但她一直不知道那就是我。"

爱丽丝试着想象那通电话。一想到克特——无忧无虑、自信满满的克特——跌入谷底，就足以让最坚强的人心碎。她把手伸向他，但他却把攥紧的拳头藏在牛仔裤的口袋里。

"那天晚上是我人生中最糟糕的一晚，但它却改变了什么。我加入了'夜间热线'，想着也许能帮助像我一样的人。当人力资源部告诉我，我的缺勤记录严重到足以让我被解雇后，我也有事可做了。那是六个月前的事。租约到期了，所以我搬到能找到的最便宜的地方，但还是交不起下个月的房租。每当看到自己的账单，我就觉得恶心。我的信用卡一定刷爆了，而且我也不能回家，你知道为什么吗？"

爱丽丝不知道。她开始意识到，她脑中的克特实际上只是一系列粗暴的假设。那个关于假设的韵文是怎么说的来着？它从她的记忆中消失了，真让人恼火。她只记得最后结尾是，每个人都像个混蛋。

"不知道？"爱丽丝试探地回答。

"他们不知道我被解雇了，这会让他们崩溃的，或者至少会压垮他们对我的期望。"

"那你打算怎么办？"

克特张开嘴准备回答，但还没开口，就响起了雾角的声音。他俩都望向大海，一艘船正高速驶来，前面的短甲板上有三个人，手臂呈倒 V 形撑在栏杆上。他们看上去是如此地程式化，让爱丽丝想起了孩子画的鸟。无论如何，他们看起来都太小了，无法识别。

"我还以为他们今天晚上才回来呢。"爱丽丝说道。这才刚过下午两点。他们身后客栈的门打开了，传来了脚步声。

"好吧，看来是我搞错了。"托尼说道。

第三十九章

2011

出租车突然在环形交叉路口右转时,玛丽担心自己是不是快吐了。乘汽车旅行对她来说一直都很轻松,所以肯定是因为太过焦虑。以防万一,她把手提包开得更大一些。包是廉价的人造革,带子周围已经开始掉皮。万一发生了最坏的情况,她可以吐在里面,再把包扔掉。

一辆车从中间车道疾驰而过,她心血来潮在免税店买的三叶草钥匙圈,此时正在车前灯的照射下闪闪发光。玛丽把它拿起来,攥在拳头里,直到能感觉到金属边缘扎进她的手掌心。如果说她有任何需要好运的时刻,那就是现在了。吉姆此时会在做什么?毫无疑问,肯定还在床上。他有没有吃东西?这种时候,玛丽总会买些用微波炉加热的饭菜,冰箱都几乎塞满了。她知道对吉姆来说,自己做饭太难了。

她应该发火的。什么时候不行,偏要在他们去机场的五分钟前——在飞回去参加妈妈重要的庆生会之前,吉姆说自己去不了,实在太过分了。但她已经发泄了怒火。玛丽紧紧地闭上双眼,试图忘掉她是怎样跟他说的。**要没有这些狗屁事情，我会过得更好……你不觉得我值得你对我好一点吗？**单是这些尖刻言辞，就让她自己受到了不小的打击。

与此同时，吉姆似乎根本没有意识到她的爆发。他的表情很僵硬。也许最糟糕的是，玛丽想，他震惊的程度似乎不及她的一半？甚至在她发泄完沮丧情绪之后，吉姆仍然走过去亲吻她的额头。她是个糟糕的人吧，明明吉姆在饱受折磨，她还对他说这些话？这让她变得很糟糕，毫无疑问。

她越早回家，就能越早补偿他。整个周末，她至少给吉姆写了二十次道歉短信——在浴室里，在妈妈摆弄茶壶的时候，在自己假装察看蛋糕的时候——但她每次都把短信删除了。这种程度上的情绪崩溃需要当面道歉，玛丽知道这一点。

"查尔斯路，是吗，亲爱的？因为我可以在这里右转，让我们快点到……"

"是的——四十六号，谢谢。"玛丽咕哝了一句。

她也挑选了发泄的时机。两周前，吉姆的情绪跌到历史最低点。那天是他四十二岁的生日，他不想要庆祝，虽然玛丽遵从了他的意愿，理查德和朱丽叶却没有这么做。他们找来了酒席承办人，来诺丁山的家里为他们四个人准备了一顿晚餐。吉姆把大部分的鸭肉鲜橙沙拉都推到了盘子边上，玛丽看到端菜的漂亮姑娘把剩菜都扔进垃圾桶时，必须要克制住不让自己战栗。

"你知道，我以为我们到现在都应该有孙子了。"朱丽叶一边说，一边把他们最后一瓶（第三瓶）酒往外倒。

吉姆试图结束这个话题——"妈，别说了"——但他的声音几乎没有什么说服力。玛丽不知道他是不是出于习惯才开口的。

在过去的几年里,他和玛丽都被别人对他们关系的看法弄得精疲力竭。就在那段时间里,单单要让车轮继续转动已经够困难的了,更别说还要与他人不停的提醒做斗争——他们已经共同决定不要小孩了。

玛丽差点就脱口问朱丽叶,她是否知道这样的问题会给吉姆带来怎样的压力。所有那些她对儿子们的期待——山姆和詹姆斯——本来由两个儿子一同分担,现在都转嫁到一个儿子的不堪重负的背上。更别说,这些期待甚至没有一样是吉姆想要的。玛丽不止一次地意识到,一个人能替另一个人活下去的程度也只能到这里了。

最后,他们把两块蛋糕装在一个没用过的特百惠塑料盒子里带回家——吉姆为了不吃甜点而假装头痛。在坐地铁回家的整个过程中,玛丽都紧紧地把他的手包裹在自己手中,轻抚着,试图让他恢复平静。但他们一到家,他就直接上床睡觉了,他的沉默比这个夜晚的任何实际抗议都要响亮。

第二天早上,玛丽把蛋糕和一壶咖啡拿到了他们的床上。吉姆一看到这情景,心情立刻好了起来,但很明确地表示,不想讨论父母昨晚说过的话。他吻了吻她,嘴唇一直在她的唇上徘徊。突然间,咖啡都凉了,他们又钻进被窝里,通过触摸和品尝,找寻回到彼此的路。只要不开口,什么都行。

她本应该知道,吉姆参加妈妈的生日聚会绝非理所当然的事。

玛丽一下就被拉回到现实中来。出租车司机用两只轮子向左转,在行李箱冲到车的另一边之前,她抓住了行李箱的把手。

"好吧,等您方便的时候,一共是二十九英镑六十便士。"

在她没有意识到的情况下,出租车已经到了伊灵,司机开到公寓外停下来。玛丽把三叶草钥匙圈拿到唇边，吻了一下以求好运，然后塞进手提包的口袋里。她递上现金，从车里爬出来，走到人行道上。

百叶窗完全开着，八月傍晚的余晖摇曳在厨房之中。除了早餐吧台，她看不到其他东西，但很明显，吉姆并没有像往常那样坐在吧台上工作。也许在她离开的三十六个小时里，他都没有下过床？玛丽心里有点不确定，自己是否能在星期天晚上刚过九点时让吉姆振作起来。除此之外，她一心只渴望再见到他。

她转动门锁中的钥匙，把箱子扔到门边。

"有人吗？"她不知道自己为什么要小声说话。如果吉姆睡着了，他很快也会被她在套间里的窸窣声吵醒。"有人吗？"玛丽打开走廊上的灯。走廊的尽头亮着，卧室的门大敞着，床上空无一人，床罩收拾得非常整齐。

回想起来，她好奇是不是在那一刻，她就意识到发生了什么。她认识的吉姆从来不会铺床，抑郁症发作的时候就更加不可能，这种时候把被子整理好不到半分钟，他就又钻回被窝里了。

事实上，玛丽仍在努力保持镇静。对于吉姆去了哪里，会有一个合理解释的。她打开他床头柜最上面的抽屉，他平时夜里放手机和钱包的地方现在是空的。

她试图告诉自己，他可能在酒吧，也可能和格斯在一起，尽管她不记得他上一次自愿见朋友是什么时候了。

玛丽耳朵里的高频噪声越来越响，甚至盖过了她自己沉重的脉搏声。这是两年前诊所事件的重演吗？还是什么更糟糕的情况？她拉开吉姆这一侧的衣柜门。

虽然衣柜不是空的，但比前一天少了一些东西。两件厚厚的羊毛套头衫和他徒步旅行背包——那个有着长长的背带的背包，玛丽一直在抱怨它的带子凌乱地拖在地毯上——都不见了。

但这并不意味着她想要背包消失，如果这意味着吉姆也一并消失的话。

她在走廊的柜子里摸索着，噩梦般拼图的最后一块终于出现了。玛丽抬起一只手放在脖子后面，好像这样可以帮助她承受周围世界崩溃的重量。

她吓得呆住了，十分钟、十五分钟过去了。如果不是为了给妈妈过生日，她根本就不应该去贝尔法斯特……责任是一回事，但如果是要在吉姆和她的亲人之间抉择呢？那她应该做出更安全的决定，留在伊灵。她的所作所为是不能原谅的。完全不能。

在她终于拨通吉姆父母的电话时，玛丽试图回忆起她上一次给他们打电话是什么时候。她想不起来。她从来没有自己给他们打过电话，每次吉姆把电话递给她的时候，她都会习惯性地打声招呼。电话响了五次才有人接。

"朱丽叶·惠特内尔。"

"我是玛丽。"

"发生什么了？"她的声音很尖锐，但当她提高嗓音提出这个问题时，她的声音有些颤抖。这提醒了玛丽，她也是一位母亲，一位已经失去了一个儿子的母亲。

"我不知道他在哪里。"她说出这句话的时候伴随着一阵干呕。不知为何，大声说出这些话，突然让一切都变得过于真实。"我回来的时候，他不在这里。"

"从哪里回来？"

"贝尔法斯特。是我妈妈的生日，她的六十岁生日。吉姆本应该一起去的,但他……病了。他去不了,所以我只好一个人飞过去。我只离开了一个晚上,现在我回来了,他却不在这里……"

"冷静下来,我听不清楚你在说什么。你看,你确定他没出去吗?我不知道,去工作了或者是和朋友在一起?"

玛丽用一只手捂着嘴,另一只手的手指在空中比画着小长方形,在那里,她同样的希望刚刚破灭。这次和上次野餐取消的情况不一样。非常不同。

"他的护照不见了,"她说道,干巴巴的舌头贴着上颚,自从去年夏天他们去完普罗旺斯后,就没人动过护照,"他没跟我说过他打算去任何地方。"

第四十章

2011

朱丽叶一个人来的。

"理查德去打高尔夫球了,"玛丽开门的时候,她解释道,"他本来要待到明天晚上,但他现在正在回伦敦的路上。"

玛丽还没时间整理任何东西,也不想整理,她看见朱丽叶在厨房里扫视。吉姆可能已经铺好了床,但厨房台面上仍撒着咖啡粉,垃圾桶的盖子里露出了她买的微波食物的包装盒。玛丽希望她能从这堆杂物中推断出他的精神状态,而不仅仅是他对印度烤鸡坚定不移的热爱。

"我已经尽快赶来了。"

这是玛丽第一次看到朱丽叶不化妆,或者是处于一种打扮得不那么整齐的状态。她的真丝衬衫是皱的,看起来像是她脱掉睡衣后,从最近的抽屉里抓出来穿上的。不知怎么的,这让玛丽更加心烦意乱。

"你报警了吗?"

"还没有。"玛丽说道。

她站在窗边，盯着电话支架，仿佛希望它会响起的意愿能够影响现实。这完全没道理。他们讨论的可是吉姆，那个承诺会陪她到天涯海角的人。如果他是认真的，那么现在这一切肯定是幻想，是错觉。天啊，为什么还没人来把她从中摇醒？她转向朱丽叶，但后者板着脸，身体一动不动。

"要我打吗？"

玛丽点点头。

"我需要了解细节。你能给我列一张时间表吗？你最后一次见詹姆斯的时间；他可能提到过的任何计划；你知道不见了的东西。我敢肯定，他们也会想和你谈谈的。"她平静得出奇。玛丽真想知道她到底是怎么做到的，还是说她脑子里除了恐惧，什么都容不下。

在朱丽叶的指导下，玛丽觉得自己又回到了孩子的角色，尽管缺少了父母的爱抚。朱丽叶打电话的时候，她刻意不去听，而是把说话内容当成隔壁电视的背景声或楼上公寓里新生儿的哭声。

玛丽渴望回家，渴望倒在妈妈的怀里，让她肯定地告诉自己一切都会好起来；告诉自己为了做到这一点，她会想尽一切办法。但她会对这一切怎么说？是妈妈告诉她维持一段感情的秘诀——同甘共苦地坚持下去。玛丽上次见到吉姆时候的所作所为，可称不上同甘共苦，她一言不发地冲进了出租车。

"玛丽？"

"抱歉，抱歉。"她从窗口转过来面向朱丽叶站着的地方。她准备拿起电话听筒，回答警察的问题，她知道他们会一遍又一遍地问那些问题，直到她开始怀疑自己答案中的每一个字。

电话在朱丽叶的手里晃来晃去。

"他们说他们现在什么也做不了。"

"什么？"

"显然，他是低风险人群。他们说我们得等七十二个小时。如果我们愿意，可以去医院找找……"光是"医院"这个词就足以让她崩溃了。朱丽叶的克制彻底崩塌，一秒过后，她的胸膛前倾，牙齿紧咬在一起，仿佛在竭力抑制从心中涌上来的一声哀号。玛丽把她领到沙发上，用一只胳膊搂住她那细得超乎想象的腰。

她们安静地坐着，既不适应当下的亲密，又无力做出其他选择。炊具上的时钟用嘀嗒声不耐烦地宣布已经十一点了，朱丽叶此时挣脱出玛丽的怀抱，把一绺头发重新别在发夹里。

"他们问我，家里有没有什么问题。"她的声音冷酷而镇静。

"你说什么？"玛丽不明白为什么警察要找他父母的麻烦。吉姆是个成年人了。也许朱丽叶没有说清楚他的年龄……

"我说会问问你。"朱丽叶的眼泪已经干了，这把玛丽带回到她第一次见到朱丽叶的时候，他们一家人之间奇怪的距离感——和所有直系亲属以外的人都保持着绝对的距离。"他们说他可能需要逃离什么。一件事。也许，一个人？"

"不，呃……不。完全不是。"

"你看，事实上，这是我完全无法理解的。"朱丽叶在沙发的另一头调整了自己的位置，转身面向玛丽。突然间，玛丽更希望自己是在跟警察对话。"他本该去参加你在贝尔法斯特的家庭聚会，结果他……取消了。为什么？他为什么要这么做？"

因为他病了，玛丽想着。抑郁症。因为他太沮丧，躺在枕头上根本起不来。朱丽叶懂得这个概念吗？精神健康不是那种你花一大笔钱雇个工作人员就能解决的问题，她能理解吗？玛丽对此表示怀疑，否则吉姆为什么不将自己的痛苦、煎熬早点告诉他的父母？他们希望活着的儿子身心健康，不想他的女朋友照顾他，因为在他们看来，这个女朋友一直配不上他。据玛丽所知，他们会把他的煎熬归咎于她。

"他一直压力很大，我不知道……我不想强迫他。我想如果他能在这里度过这个周末，让自己恢复一下，会更好。如果不是妈妈的六十岁生日，我是不会离开的。"

朱丽叶当然不在乎玛丽的解释，因为紧张，额头皱成了一团，她用手指围着那个包打转。"那么你是在告诉我，吉姆离开这一切是完全没有任何理由的？"

她伸开双臂想表示"周围这一切"，玛丽注意到她的手涵盖了室内的家装和附近宁静的街道。显然这一切并不包括玛丽在内。

"根本就没有任何诱因，对吗？"朱丽叶提示道。

玛丽强迫自己直面朱丽叶的目光。她已经内疚到自己像犯了罪似的，但她最不希望的就是让朱丽叶知道这一点。毫无疑问，朱丽叶要是发现她与吉姆的失踪有关，就会立刻把玛丽铐起来，带到调查人员面前。她罪有应得，但现在玛丽需要在这里。她需要待在家里，准备好，等着吉姆回来。

朱丽叶并不急于结束两个女人之间的沉默。唯一能让玛丽松口气的是，朱丽叶听不见自己脑海里失控咆哮着的话语。狗屁。值得拥有比你更好的人。她嘴里吐出这些话难道只是昨天的事吗？她愿意不惜一切代价收回这些话。

"没有，"玛丽回答道，"什么也没有。"

"好吧。"朱丽叶站起来，用手掸了掸牛仔裤，"我得回去了。"

为了谁？一个儿子死了，一个消失了，丈夫还在从圣安德鲁斯回来的高速路上。其他任何人都会留下来。其他任何一个婆婆。相反的是,她俩都将独自忍受失眠,各自痛苦。

"我向警方提供了我们的联系方式,"她又说了一句,然后澄清道,"我和理查德的联系方式,作为直系亲属。如果有什么进展,我们会通知你的。别关手机。"

朱丽叶自己走了出去。

第四十一章

2018

"你确定我们这么做是对的吗?"爱丽丝把椅子挪得靠近克特一点。在他透露了工作和心理健康方面的问题之后,她想给他一个拥抱,但他的身体很僵硬。

"现在说这个有点晚了——那个人就在那里。"克特指着那艘船,爱丽丝趁着码头上的人看到他们之前,抓起了他的手。他们离船靠岸的地方太远,看不出卸货的人中有没有长得像吉姆的。他们都穿着同样的制服,头戴毛线帽,脚穿长筒胶靴。"好了,好了,"克特扭动着胳膊,把手抽出来,"放松点吧。"

对爱丽丝来说,生活中没有什么比别人让她"放松点"更烦人的了。她最近得出的结论是,她的身体根本无法做到这一点。她太紧张了。托尼告诉他们,还得等三个小时,吉姆才有可能回来,这一点就让她很不好受。

"不过,说真的,你觉得呢?"

"我觉得什么?"克特问道。

"觉得我们做得对吗?我忍不住想,在这里的应该是玛丽。"

爱丽丝茫然地朝克特的方向挥了挥手。

"振作点。"

"你明白我的意思。那是她的吉姆，对吧？"

"人并不为谁所有。"克特回答说。

"但他们有义务。"

他闭着嘴叹了口气，鼻孔张大了。爱丽丝不明白，一个人是怎么做到在叹气的时候既令人恼火，又如此迷人的。而且克特从什么时候开始对她发火了？这简直是反过来了。

"你说过，如果玛丽不知道我们的调查——这次旅行——会更好。我们一致认为最好还是别让她抱太大的希望。"克特说道。

爱丽丝点点头。至少这点是不可否认的，尽管克特对于上次她和玛丽在车站外见面时的谈话一无所知，那会儿"夜间热线"的其他人正在收拾告示牌。玛丽当时说的最后一句话一直萦绕在她的脑海中："我要你现在停止寻找吉姆。"

"我们一会儿该说些什么呢？"克特仍在继续，"我的意思是，对于一个决定一句话也不说就彻底消失的人，要对他说什么？"

对于他们该问吉姆些什么，爱丽丝可以提供大量的建议。因为虽然她知道爸爸在某个地方和家人在一起，很安全，而且可能比与她和妈妈在一起时更快乐，虽然她已经向前看了，但总有一个问题永远找不到充分的答案。

"也许只是问问'为什么'。"爱丽丝含糊地说道。

"可以，这个问题不错。简短、直接，有点像你，是吧？"克特笑了，但不像以前那么开心。爱丽丝为他以及他害怕让父母失望而感到心痛。克特继续说道："爱丽丝，你很擅长这个。任何人都会以为你以前干过类似的事。"

他低下头，用他那被海风吹得通红的脸正对着她的脸。在他的脸上找不到一丝评头论足的痕迹。他知道脆弱意味着什么，伤害意味着什么。所以，爱丽丝现在可以告诉他自己为什么在这里。她可以向克特解释她不能让他——或者，事实上，任何人——亲近的原因，这与她不找到吉姆不罢休的原因是一样的。她可以让克特成为第一个了解她——真正了解她的人。

她张开了嘴巴。

"我去拿些薯片吧？不知道你怎么样，但我饿坏了。"在爱丽丝来得及说话之前，克特就跑去料理他们的肚子了。

过了六点，托尼准备带他们去见吉姆。看起来他整个下午都在喝酒，但带着他们离开酒吧往山上走时，他动作敏捷得惊人。这里没有路灯，爱丽丝需要相当大的意志力来压抑自己想用手机上的电筒照亮脚下道路的冲动——他们是外来者这件事引起的注意越少越好。

"你是怎么认识吉姆的？"克特问道。他们一个跟着一个，沿着狭窄的被田野包围着的小路前进。牧羊犬班杰在前面带路，接着是托尼，然后是爱丽丝和克特。

出现了一阵尴尬的沉默，没法确定托尼是否察觉到了。

"吉姆，是吗？"

爱丽丝回头看了克特一眼，回头过程中差点被一块松动的石头绊倒。他伸手去抓她的手，直到她站稳很久之后才放开。

"在我们这里，他不叫这个名字。"

"哦。"爱丽丝不知道脑子是不是被冻住了。她从来不会无话可说，但现在脑袋里塞满了克特透露的自己的情况，近距离接触到吉姆的可能性，以及她再也不想面对的童年记忆，简直快要爆炸了。

"那么，你管他叫什么？"幸运的是，尽管只穿了一件T恤，但克特似乎并没有陷入大脑冻僵的困境。他甚至没有要回夹克，尽管他现在把双手藏在腋下。

"最好还是你自己去问他吧。"

"你认识他很久了吗？"克特没有领会到这个暗示，要么就是他执着得像茅坑里的石头。爱丽丝认为，如果他永远放弃了银行业，他可能会成为一名出色的记者。

"足够久了。他已经在这里住了几年。"

"干钓鱼的活儿？"

干钓鱼的活儿？克特说出来的一些话让爱丽丝感到困惑。他使用的短语三分之一是十九世纪的小说，另外三分之二就像谷歌翻译。她很想知道他小时候是如何社交的，或者更确切地说，到底有没有和别人社交。

托尼咕哝了一声表示同意。那就是干钓鱼的活儿。

"你们两个很亲近吗？"

爱丽丝强忍着不去踢克特的小腿。他们不能冒险让托尼在克特的盘问之下反悔，差那么一点儿就能找到吉姆了。吉姆就在触手可及的地方，而现在没有得到玛丽的答案就回去，是不可思议的。爱丽丝永远也无法释怀。

托尼突然停了下来，过了一会儿，爱丽丝才意识到他们已经到了一个小木屋门口。这里有一小片草坪——如果这样一大片野蛮生长的野草可以被称为草坪的话；另一边有一栋平房。保守地说，这里很低调。没有托尼的帮助，爱丽丝觉得她之后不可能再找到这里。

"就是这里吗?"克特问道。

爱丽丝感到惴惴不安。她的心怦怦直跳,肠子因为拉扯的感觉而疼得吓人。她需要上厕所,或是来片药,最好两者都有。她产生了片刻的后悔,希望当初没起这个头。"你也要进来吗?"她拍着托尼的肩膀对他说,抑制住了想抓住它不放的冲动。

"我今晚可没心思吵架,不进去了。但不管怎样,我都得面对,这是毫无疑问的。我会送你到门口,仅此而已。"

这扇门有一个旧的铸铁把手,托尼用它敲门时,发出了非常大的声音,里面的任何人无疑都能听到。爱丽丝有一种被监视的可怕感觉,这种感觉总是出现在她生命中的重要时刻——无论好或坏。她在过去几周里所做的一切努力,她最大的希望,都将在接下来的几秒钟里接受检验。

"托尼。"

班杰跳到台阶上的男人面前。他留着浓密的黑色胡须,夹杂着刚出现的几缕灰白色,头发一直垂到衣领的位置,鬈发从前额向后梳到耳朵后面。他更苍老了一些,看上去饱经风霜。但和之前那几个地点找到的人不一样。就是他。他无疑就是爱丽丝偷来的照片上的那个人。他眉毛上的伤疤就在那里,眉毛仍然拒绝在疤痕组织中生长。

"他们……"托尼说出事情原委的时候,爱丽丝和克特一直看着吉姆。他睁大了双眼,砰的一声关上门。当他意识到托尼用脚挡住门的时候,他从牙缝里叹着气,就像是火车缓缓驶进月台的声音。

"让他们进去,山姆。他们不会待太久的。"

连克特都一动不动地站着,紧张得不敢点头。

"怎么回事?我还以为你会罩着我呢。"

"我是在罩着你,现在也是如此。"托尼回答道,但他的声音有点不确定。打扰这么私人的时刻,爱丽丝简直觉得是不礼貌的行为,她看着自己的鞋子,注意到跑鞋上出现了一个硬币大小的小口子。

"你说谎。"

"你就没撒谎吗?你跟我说家里所有人都知道你在这里。你告诉过我,那个女人也知道。"

"她的确知道。"吉姆说道。

第四十二章

2011

朱丽叶离开后很久，她最后那个问题还萦绕在玛丽耳边。**完全没有任何诱因，对吧？**这种含蓄的指责让整个公寓布满紧张的情绪，仿佛填满了房间的每一个角落，还吸走了沙发后面和百叶窗之间的空气，让玛丽恐慌得几乎喘不过气来。她没指望在这种情况下，朱丽叶会表达出之前对自己有所保留的感情，但也没有料到自己会在家门口被指责。

玛丽不可能睡得着，她的脑子乱成一团，充斥着上百种根本不敢想象的可能性：吉姆出了意外，成了罪案的受害者。她想象着他的尸体躺在路边，或者倒在小巷里、漂在河中，被一个毫无戒备的船夫发现。如果说她赞成他在某种程度上是自愿的这种说法——吉姆是自愿离开的——那也只是一闪而过的念头。她了解吉姆，他不会不告而别的。

很明显，朱丽叶没有同样的信念。她种下了怀疑的种子，并让它牢固扎根，茁壮成长。玛丽试图迫使自己回想与吉姆最后的互动。他穿着她去年圣诞节送的袜子，从脚指头到脚踝都是彩虹条纹。每次他穿这双袜子，都能逗她笑，只有那一次是例外：他不只是脱掉鞋子，还从她的生活中逃脱了。在她最需要他的时候，他却让她失望。如果他承认这一点，那她永远也不会说出那些话了，绝不会大发脾气的。

破晓时分，玛丽知道自己必须做些什么来消除内疚。但能做什么呢？她又不能协助调查，这一点朱丽叶已经说得很清楚了。"直系亲属。"朱丽叶紧绷绷地说道，仿佛是要阻止玛丽参与惠特内尔家的生活中。仅仅因为玛丽在血缘或法律的排序上都不是首位，她的悲伤就不那么正当？她承受了不该由她承受的痛苦？

她想知道理查德或朱丽叶是否曾对吉姆评论过他俩还没结婚的事，这种事可能会让吉姆反感？她完全可以想象得到。**儿子，要小心啊。你知道，这可是一辈子的事**。但也许是玛丽想多了。对于这个问题，他们早就到了可以自己拿主意的年纪，要不要一个豪华而隆重的婚礼，跟理查德他们毫不相干。玛丽强忍着不给朱丽叶打电话，不对着电话线嗡嗡的电流声大喊"六年"。无论有没有法律手续，这都意味着一些东西。

玛丽害怕自己真的会这么做，于是便转头在厨房里、咖啡桌上、抽屉里的纸堆里翻找，希望能找到一张字条。但什么也没找到。她不知道这是不是好征兆，也许这意味着他根本没打算做什么傻事，而只是被叫走了，没想要让她知道？她告诉自己，这并不是世界上最糟糕的事情，他最终会夹着尾巴回家的，重要的是他平安无事。

天黑之后，玛丽感到头晕目眩。她的怒气已经消失殆尽，最后一丝希望也一并消失了。她一整天没吃东西，连一口水都没喝，整个身体都绷得紧紧的，脑袋里思绪满满，一个念头还没结束，另一个念头就又冒了出来——在这样的情况下，她完全没有办法让自己放松下来。她就像被困在一个时间隧道里，或者某个可怕的平行世界，每一根骨头都在焦急地嘎吱作响，但其他人根本看不出有什么需要做的。

一天变成两天，两天变成了三天。玛丽肯定是睡着了，但零星的睡眠时间太短，她的头脑不够清晰，无法区分噩梦和清醒后的镜像。朱丽叶发短信说她去了警察局，已经立了案，也分派了警员，他们很快就会去公寓找玛丽。奇怪的是，比起与警察打交道，朱丽叶对玛丽的漠不关心更让玛丽揪心，她就不能问问玛丽过得怎么样吗？

等警察真的来了，她几乎没有注意到他们的存在。一名警官被派到客厅，询问玛丽那些朱丽叶已经问过的所有问题。她最后一次见到詹姆斯·惠特内尔是什么时候？他那时候看上去怎么样？她知道在工作上，或者他俩之间有什么问题吗？玛丽回答每一个问题的时候，就像一台在播放预先录制好回答的录音机。她的思绪已经远离了房间，离公寓很远，远离了这些警察——他们正用戴着手套的手指在卧室表面擦拭，看上去似乎是随意往证物袋里塞东西。她的思绪离伊灵很远。吉姆在哪里，它就在哪里。玛丽希望两件毛衣够用了。

警官们微微鞠躬地表示歉意后就离开了。玛丽想知道这是不是他们承认失败的方式。她知道，每过一个小时，失踪人口安然无恙回家的概率就会下降一些，而至关重要的一周时间很快就要到了。之后会怎样？他们会假设吉姆想要过一种新的生活，却不忍心告诉过去生活中的人？玛丽给朱丽叶发短信，告诉她警察已经来过了。屏幕上的两个勾表示朱丽叶看了她的信息，但没有回复。

她从未感到如此孤独。在伦敦住了五年之后，玛丽仍然以没有时间为借口，不去结交自己的朋友。她有工作、吉姆，偶尔还会见见他大学的朋友。但吉姆对自己的心理健康状况讳莫如深，这让他们两人都很少与外界联系，玛丽很难找到她需要的支持。她无法和任何认识他们的人谈论吉姆的抑郁症，就像在周五晚上为伦敦孤独的个体经营者举办的酒会上，她也很难向陌生人吐露心声。

此外，她从来没有觉得自己的生活圈很小，也从来没觉得要纠正这种孤独的生活方式。到现在为止从来没有过这种感觉。玛丽想给妈妈打电话——但是她能说什么呢？我去庆祝你六十岁生日的时候，刚一转身，吉姆就离开了。妈妈太了解她。她会问对的问题，不像警察只关注时间范围和行为模式。她会问到底发生了什么事？孩子，你们发生了什么矛盾吗？这是她会说的话，玛丽不忍心让她对自己的行为感到失望。

在警察来过之后，公寓里再没有任何人上门。三个星期又五天后，敲门声响起时，玛丽吓了一跳，几乎没敢去开门。然后敲门声接连不断。来的是法院执行官——诊所想知道他们要让吉姆的合同保留多久。她无法面对那个。最重要的是，她无法忍受喉咙后方的疼痛了，这肯定是她的身体在告诉她，她不可能边哭边说话的。

"玛丽。"门外传来了一个声音。玛丽把眼睛贴在大门的猫眼上。"是我，理查德·惠特内尔。詹姆斯的父亲。"

玛丽打开门，理查德的目光从她的脸上落到手上。

她手里正拿着煤气费账单，确切地说，是欠费通知单。煤气费连着吉姆的个人账户。他俩从未有过联名卡，所以没有办法知道他银行账户的状况如何。是已经见底了吗?还是到现在为止已经透支好几个星期?在过去的几个月里,吉姆可能一直在计划着要伤她的心,这个事实让她的胸口感到一股灼热的疼痛。

"我可以进来吗?"理查德提醒了一声。

她点点头,挪到一边去。他带头走回客厅,玛丽正开着电视作为背景音,某个名流讨论会的节目——一些知名度不高的名人在讨论头条新闻。玛丽在门口呆若木鸡地看着他们对着头版指手画脚,没有一条新闻是关于吉姆的。如果他是个小孩或是女人,就会有直升飞机在附近巡逻,还会有警犬。人们晚上从公共汽车站走回来的时候,会回头看看。但如果是一名成年男子失踪,所有人都认为是他崩溃了——他生命中的女人最有可能为此负责。

"你知道……呃……遥控器在哪里吗?"理查德打断了玛丽的神游,他正忙着找遥控器。她没有力气去帮助他。"别担心,我有办法。"理查德瞄到遥控器的一头,卡在两个沙发垫子中间。他想找关闭按钮,但最后却让电视静了音。

"你怎么样?"他问完一屁股坐在扶手椅上。

玛丽耸耸肩:"很糟糕。"

"我知道。"他自己看上去也是这样,穿着运动裤,脸色灰黄,就像玛丽一样,过去几周很少见到阳光,"很抱歉我们没怎么多联系。是朱丽叶,她很……"

愤怒,玛丽想着。恨我。希望我从未出生。那她们就不谋而合了。

理查德最后说:"痛苦,山姆,然后……这个。这让人无法忍受。玛丽,你先坐下来好吗?"

房间里的气氛发生了变化。她摇了摇头,像一个在失去一切的父亲面前蹒跚学步的任性孩子。理查德浑厚的笑声消失了,对她不甚友好的评价也消失了。不管他要说什么,那都是惊天动地的,足以给他们带来同样的震撼。

"恐怕我有些消息要告诉你。"理查德身体前倾,双肘支在膝盖上。玛丽觉得房间里的一切都消失了,只剩下理查德的声音和双手,飘浮在空中。一个如此害怕说出这个消息的人,带来的肯定不会是好消息。

"他死了吗?"

理查德咽了口唾沫,喉结在脖子松弛的皮肤上上下移动。

"是吗?"

他张开嘴,舔了舔自己结痂的嘴角。

"是吗?看在上帝的分上,你能告诉我吗?"

"他没死。"理查德终于说了出来,"实际情况要比那复杂。警察已经找到了吉姆,但恐怕他不打算回家。"在接下来的七年里,玛丽每天都会回想起这些话,一辈子都会记得。"对不起,玛丽。"理查德站了起来,走过去抱住她,但她躲开了他的胳臂。

"你在骗我。"她嘶哑地说。

"我没有,我发誓。"理查德向后退了两步,举起双手,好像在躲避一条野狗,"警察能比我解释得更清楚。他们在等你联系。玛丽,给他们打个电话,拜托了。"他从口袋里翻出一张名片,把它放在咖啡桌中央,"只要你需要,直接拨这个号码就行。"然后他又加了一句,好像对事情有一丝帮助似的,"我很抱歉。"

第四十三章

2018

没人知道该说什么,大家都一动不动。

最后,托尼清了清嗓子:"你看,的确是一团糟,这一点是肯定的。但这两个人从大老远来,我认为你至少可以在赶他们回去之前,请他们喝杯茶。"吉姆的敌意似乎丝毫没有动摇。"也许这是最后把一切都彻底了结的机会?"托尼补充道。

吉姆摇摇头,看上去简直怒不可遏,差点把他们推在墙上。"不能超过半个小时——可以吧?"他直直地盯着克特的眼睛说道。

"可以,谢谢你。我们很感激,也完全尊重这一点。"爱丽丝用跑鞋轻轻踢了克特一脚,阻止他继续胡言乱语。

"完事后,客栈里有房间给你们过夜。这个时候再出发回去已经太晚了。"托尼说了一句。

"谢谢你。"爱丽丝回答道,压抑住想拥抱他的冲动。面对着他们使他陷入的困境,他的慷慨是相当了不起的。

托尼一直等到他们跨进门槛,才举手告别。"平安回来。"

"你不来看看热闹?"

"山姆，讽刺挖苦可不适合你。你知道的。"托尼没中圈套。门在他身后关上了，爱丽丝希望托尼不会因为他们而失去吉姆。他们欠托尼很多。

小屋里十分昏暗。爱丽丝跟着克特走过一条很短的走廊：右边是一个小前厅，里面有台电视机，放在一个看起来像是树桩的东西上，两把扶手椅和一张圆桌子，还有两把木头餐椅；左边是厨房，炉灶上的水壶叫了起来。工作台上只有一件东西——一个有缺口的米色大口杯，正面印着钴蓝色的海岸警卫队徽章。

"如果你要的话，我还有一个马克杯。"他发现爱丽丝盯着那个杯子看。

"那太好了，谢谢。"

"你可以从那儿过去坐下。"这听起来更像是命令，而不是邀请。爱丽丝走过去坐在克特隔壁的扶手椅上。她坐下来的时候，克特瞪着她，好像是在强调他们是多么不自量力。爱丽丝希望他能主导这次谈话。

吉姆拿着两杯茶回来，递给克特和爱丽丝。他拿起餐厅里的一把椅子，把它搬过来，这下他们三个人形成了一个尴尬的三角形。他张开双腿，把胳膊肘支在膝盖上，整个身体的重量都压在上面。

"好吧，那么？"

爱丽丝看着克特，他完美地演绎出一只被车头灯照到的兔子的模样。看来这次得让她来主导了。

"我们是玛丽的朋友。我不知道你有没有在网上看到什么，但她一直在为你守夜。她每天都在伊灵百老汇车站外面举着这个牌子。"一提到那个车站，吉姆的眼睛就闭上了。无论他陷入了怎样的回忆,毫无疑问,它都充满了痛苦。"牌子上有你的名字。她一直这样——我是说守夜——到现在已经七年了。"

爱丽丝大声说出这个词后,被它的沉重所击中。七年。她看着吉姆,想看看他是否注意到这一点,但他的眼睛闭着。

"但这一切在几周前升级了。有人拍下玛丽难过——实际上是生气——的样子,然后把视频上传到社交媒体上。它吸引了很多流量……"吉姆看过吗?在这里,完全有可能与网络上流行的一切隔绝。与世隔绝。

爱丽丝还没来得及问,吉姆就打断了她。"我知道,我看了视频,不过是在托尼提过之后。这是我第一次听到与玛丽有关的消息,我的意思是,自从我离开之后。"他说着,但还没有抬起头来。

"哦。"爱丽丝没想到是这样的。如果他看到了视频,就算是最近才看到,他为什么不联系玛丽?正当她张嘴要问的时候,他打断了她。

"而你们就是找到我的幸运记者。"

"不!"爱丽丝非常快速地否定了他的结论,以至于那个"不"字听起来就像喊出来的。她和那些记者不一样。为了找到这个男人,她把自己的世界弄得天翻地覆。无论她多么想保住自己的工作,如果不是出于更深层的原因,她是不会费这么大力气的。"正如我所说,我们是玛丽的朋友,想帮帮她,找到你是最好的办法。我们有一些年假没休,可以用来追踪网上的线索。"

"好吧,那么恭喜你们。你们找到我了。"吉姆的语气毫无感情,干巴巴的,似乎把房间里的空气都吸干了。

"托尼叫你'山姆'。"克特开口试图打破僵局。

"有时候，你需要彻底与过去一刀了断。"吉姆抬起头，望向他们身后的小窗户。克特抬起头去看他正在凝视的是什么，但那里没有窗帘，只有夜晚乡村那深邃而无尽的黑暗。"一个新的身份，一个全新的开始。"

他的敌意已被某种更模糊、更令人不安的东西所取代。克特和爱丽丝都不知道接下来该说些什么，他们有那么多问题想问——也许太多了——但似乎没一个适合。在他们想出一个问题之前，吉姆的目光迅速回到房间，集中在爱丽丝身上。

"如果你们是玛丽的朋友，怎么可能不知道发生了什么事？"

"玛丽非常注重隐私，我们不想强……"

"所以，你到这儿来？为了什么？带我回去吗？就像某种奖品？"

"不，完全不是那样的。"克特举起双手，掌心对着吉姆，好像是在安慰他，"我们只是在寻找答案。为了玛丽。"

"她已经有答案了。"

克特看着爱丽丝，欣慰地发现她似乎和他一样困惑。

"我猜你也想让我把答案告诉你们吧？"

爱丽丝点点头。她的手在颤抖，紧紧地握着杯子。

吉姆深深地吸了一口气，盯着地板。"我不能再像以前那样生活了。我搞砸了工作——就快被解雇了。我喝太多的酒，在酒精的影响下去上班……玛丽肯定知道；也许不知道工作上的事，但肯定知道我又开始喝酒了。这并不是她的错。没有一样是她的错。不是任何一个人的错，都是我自己的问题。"

他咬下嘴唇咬得那么重，爱丽丝担心它会不会流血。"但再让别人为我的错误受苦是不公平的。在伦敦那种环境下，我是不可能修复自己的。对我来说，只有一条出路——为了活下来，不得不切断与过去生活所有的联系。我不能过一个不属于自己的生活。"

"那你为什么不跟她分手呢？"克特问道。

终于问出了一个合理的问题，爱丽丝如释重负地想着。

"我试过了，好几次。拖累她，让我感到非常愧疚，但她不肯。你们肯定知道她是什么样的——坚强而固执。天啊，要不是这样，她就不会被拍下那样的一幕。我爱她的这一点，但这让我根本不可能告诉她——我必须离开。她仿佛听不进我说的话。对我来说，放弃分手的念头而留下来似乎更容易些，至少短期内如此。但到了最后，为了她而留下来吞噬了我们关系之间所剩下的一切，我不得不离开……"爱丽丝面无表情，不太相信。"我并不是在为自己辩护，"吉姆补充道，"只是在回答问题。"

"那么，你就这么走了？留下玛丽，在这七年里一直在想到底发生了什么？"压抑已久的怨恨终于从爱丽丝的话语间喷涌而出。没有什么比被留在黑暗中更糟糕的了。

"她知道。"

"什么？"

"我离开大约一个月后，警察就来了——我知道他们最终会来的。他们说我父母已经报警说我失踪了，联络官会通知他们我很安全，但保证不会透露我的位置。他们说，会传达我不想被找到的信息。据我所知，所有的信息都是通过我父母传达给玛丽的，所以她知道的，她肯定知道。"

爱丽丝感到头晕目眩。吉姆的父母把消息告诉玛丽了吗？玛丽描述当中的他们十分冷酷，但没有人会冷酷到不去分享如此重要的消息。但另一种选择呢？如果他们真的告诉玛丽，而她一直把守夜当成一种逃避的手段，那么对于这段关系的信念也太大了——对于一个男人改变主意的能力的信念。

有些人选择看他们想看见的东西。格斯在他那富丽堂皇的银行办公室里说的话，慢慢浮现在爱丽丝的脑海里。他也在为吉姆保守秘密吗？不过，同爱丽丝慢慢变亲近的那个人是玛丽，玛丽应该对她诚实的。也许有些自私，但爱丽丝感到一丝怨念；她认为她俩有一种亲密的关系——不明原因的失踪事件中的幸存者——但现在吉姆说，玛丽可能并不像看上去那么无知。

"哇！"克特说道，"我想说的是，我们不知道，不然……"

"你们就不会在这儿了。好吧。"

"所以，你不爱她了？"爱丽丝觉得自己的心仿佛碎了。她的胸部有一种持续不断的紧绷感，眼泪可能很快就要流下来。

"不，"吉姆轻声说，"我爱过她，非常爱她。曾几何时，我以为我们会永远在一起，我也相信我们会一直在一起。但我早该知道不应该那么说的。我吃了不少苦头才明白，没有什么是永恒的——就连爱也不是。人们也会停止爱一个人。"

爱丽丝吞咽了一下。她不会让自己难过的，相反，她会勃然大怒——激烈的、一触即发的、带着鄙夷的愤怒。玛丽夜复一夜，穿得破破烂烂地等着他，他怎么敢让生活继续前行？

"你想她吗？"

"有的日子里，想的，我当然想她。她带给我的快乐，比任何人都多。有一段时间，我心满意足。可是，我的精神状况却像往常一样碍事——当它发作的时候，她无法修复我。这不是别人能做的。到了最后，我不得不做我必须做的事情。我不会再回去了。"他沉默了一会儿，又说了一句，"这不是你想听到的，对吧？"

克特表示抗议，但事实都写在他们的脸上。爱丽丝可能不知道吉姆去了哪里，也不知道他为什么离开，但如果说她的白日梦里总有一件事，那就是重逢的情景。重逢的时刻会有泪水，也会有喜悦，但最重要的是，吉姆会张开双臂，让玛丽终于又投入怀抱当中。爱丽丝，这个一直为自己的实用主义而自豪的女孩——她自身是反浪漫主义的——发现自己陷入了一个无法摆脱的爱情故事，即使它正在她面前变得支离破碎。

吉姆继续盯着窗外，解读不出他脸上的表情。爱丽丝能感觉到自己因愤怒和沮丧而颤抖。她无法理解，有些人怎么能够认为他们可以随意进出别人的生活。这是残忍无情的，是最低劣的。她使出浑身解数才咬紧牙关，不去责怪吉姆毁了玛丽，不去责怪他的自私。克特感觉到了这一点，把一只手放在她的肩膀上，摁住了爱丽丝。

"我想我们该走了，"克特说，吉姆没有抬头，"你有什么口信想让我们带回去吗？有什么想对玛丽说的？"

安静了一分钟。爱丽丝无比愤怒。吉姆没什么要为自己说的，她也不能说她感到惊讶。一个彻头彻尾的懦夫。

"告诉她，这跟她一点关系都没有，跟我们最后在一起时说的话也没有关系。我不想让她因此而惩罚自己。和那个没关系，我早在那之前就决定了。"

"什么？"

吉姆似乎没有听见爱丽丝的话。要么就是他不打算再回答她任何问题。"告诉她我很抱歉。告诉她继续过自己的生活。"等他设法把目光从窗户移开，看向爱丽丝时，他的目光变得呆滞起来，"她一直都值得比我更好的人。"

第四十四章

2018

　　旅馆里的床就像他们来的时候那个旅馆的床一样不舒服。床垫弹簧戳在爱丽丝的肋骨之间，床单已经被磨得透明。但这不是爱丽丝无法入睡的原因。她的脑袋都快炸了——刚才在小屋里和吉姆发生了什么？

　　她还没能接受他们已经找到他的事实，更不用说还意外地了解到玛丽知道他不想被找到这件事。吉姆似乎不太可能说谎。他所说的一切都与他们已经掌握的情况相吻合：他在被炒鱿鱼之前先辞职了；正如格斯所说，他们之间不可能是单纯的"幸福家庭"，如果吉姆痛苦到那种程度的话就不可能。提到喝酒甚至也是合理的。泰德不是说他是在喝酒后给"夜间热线"的玛丽打了电话吗？这就能解释她是如何把这两个声音弄混的，而且正如爱丽丝现在可以证明的那样，没有其他什么可以区分他们的声音……

　　但是，不，爱丽丝不应该——不能——更相信一个她认识还不到半个小时的人的话，而不相信玛丽。她需要听听玛丽的说法。但如果她想要得到答案，那么爱丽丝就得承认她不顾玛丽的意愿，背着她去找吉姆。玛丽会怎么说？

晚上的片断在爱丽丝的脑海里不断地重放，而她无法使其静音。**告诉她，这跟她一点关系都没有，跟我们最后在一起时说的话也没有关系。**吉姆是什么意思？爱丽丝只想问问玛丽——找到吉姆失踪之谜中难以捉摸的最后细节——但她内心也知道，她已经越过了隐私的界限，往好了说是伦理上的愧疚，往坏了说是彻底的错误。

这让爱丽丝为《伊灵号角报》写文章一事感到矛盾——说得委婉点是感到矛盾。根据那天早些时候收集到的信息，她很可能已经有了一篇曝光文章。不用说，杰克一定会激动不已，这或许足以躲过裁员的威胁。那为什么她完全没有写这篇文章的欲望呢？由于某种疯狂的悖论，就好像爱丽丝越接近于找到吉姆，她的调查似乎就越与他无关……

我的精神状况却像往常一样碍事。这些话是吉姆说的，但也可能是克特或者泰德说的。上个月以来，进入爱丽丝生活当中的所有男人，没有一个能够敞开心扉说出自己的感受，而这样做本可以阻止他们做一些糟糕的决定。还有她的爸爸。他失踪的时候，爱丽丝还太小，根本不知道他的心理健康状况是如何迫使他离开的。但如果他连张字条都没留下就走了，那很可能也处于非常抑郁的状态。

尽管这不能成为他抛弃家人的借口，却有助于解释他为什么这么做。爱丽丝一直没弄明白，为什么她会因为父亲的失踪而愤怒，而她的母亲似乎跳过了怒火冲天，转而陷入了巨大的悲痛之中。现在她好奇，是不是妈妈更了解他精神方面的状况，这才让她态度有所不同。为了证实这一猜测，爱丽丝需要和妈妈谈谈，这场对话已经迟到太久了。

失眠造成的思维混乱让她变得果断。爱丽丝给妈妈发了条短信——**我下下个周末想回家，可以吗**——并在为了逃避而重新编辑信息之前点击了发送。她立刻就收到了回信——妈妈表示她很高兴。这是一小步，但至少是在正确的方向上。爱丽丝一直忙着告诉自己，她已经彻底忘记了父亲，但她从来没有停下来思考过，她是否在通过最后一关前就停了下来。认识玛丽之后，爱丽丝才意识到，接受现实并不是一场比赛。也许这更像一场不那么有趣的赛跑？她的终点线似乎近在咫尺。但每个人穿过终点的时间都由自己决定。

第二天吃早饭的时候，就连克特都很压抑。很明显，鉴于吉姆昨晚谈话的分量，他和爱丽丝都不知道该如何开口探讨。唯一确定的是，吉姆不会回伊灵了。玛丽将不得不独自一人，在自己的内心中找到前进的动力。

克特把行李装进车里的时候，爱丽丝去吧台结账。

"不用付了。"托尼说道。原来昨天他一直待在酒吧是因为这地方是他开的。

"你确定吗？"

他点了点头。爱丽丝几乎可以听到她的银行账户如释重负地哭出声来。

"谢谢你。你太慷慨了，我们真的很感激，感谢你所做的一切。"既然爱丽丝知道她再也不会来这里，就没必要说什么再见了，"那么保重吧。"

"稍等——这是给你的。"托尼从吧台下面拿出一个信封，滑了过去，"不是给你的，而是让你带回去的。"她不认识的笔迹在信封上只写了一个词——玛丽。"山姆给的。吉姆。詹姆斯。你知道我的意思。今天早上我醒来的时候，它在门垫上。他还给我留了一张字条，说希望你一回去就把这封信送给玛丽。"

"我保证把它交给玛丽。"爱丽丝说着把它塞进了手提包。

他们上路的时候，已经是早上八点。卫星导航系统预测回家需要十二个小时，克特自信他们可以直接到家，不需要在路上再停留一晚。他告诉爱丽丝，朋友需要他们在明天之前把车还回去，但爱丽丝有一点怀疑在她拒绝之后，同她合住一个房间的吸引力是否已经消失。她脑子里没有足够的空间去评估这给她带来的感受。受伤？可能是。对自己感到失望？绝对的。

然而，克特似乎已经从拒绝中恢复过来，如果他在舔舐自己受伤的自尊心，那也很难看得出来。他们一上公路，电台放起音乐，克特就一直跟着唱。从来没有人一次性"毁掉"过这么多经典流行歌曲，或者说以这种风格毁掉。有一次，他太专注于自己的卡拉OK，差点错过了一个出口，爱丽丝的手提包滑到椅子下面。吉姆给玛丽的信掉了出来。

她把信翻过来，检查它的封口。信里能说些什么呢？如果它包含哪怕是吉姆在他小屋里承认的一小部分内容——他不再爱玛丽——那么她会被打倒的。那么多年的希望，在阅读的一瞬间彻底破灭？爱丽丝能感觉到她的喉咙在挣扎着吞下一声呜咽。这种巨大的悲伤简直让人无法忍受。没有人应该遭受这一切——没有人。尤其是玛丽。

面对玛丽即将到来的心碎，爱丽丝几乎忘记了他们很可能是徒劳的这种挫败感。如果玛丽知道的比她所说的要多……但现在这种思索过程是毫无意义的。再说，究竟能怪谁呢？玛丽叫爱丽丝不要去找吉姆。只有克特可以抱怨自己被派去执行一项徒劳的任务，而他说他们不应该这么看待。他们给玛丽带了一封信。正如克特所说，这封信可以帮助玛丽开始疗伤，不管最初可能有多痛苦。

至于爱丽丝，在路上的这一周让她明白，她可以从不太可能选择的伙伴身上学到很多东西——他的耐心，他的坦率，他超人般的宽恕能力。就是没什么歌唱能力。她在克特唱的《波希米亚狂想曲》[①]的可怕魔音之中睡着了。

他们到达伊灵郊区时，爱丽丝意识到她不能再拖延那不可逃避的问题了。她答应杰克在星期一交一篇文章，如果有任何挽救事业的机会，那就是它了。

她打开手机上的工作收件箱，加载完毕后，点击了"写新邮件"的图标。

嗨，杰克：

我们可以定在星期一上午十点开会吗？我最晚在周日晚上把曝光文章发给你。

祝好！

爱丽丝

她给邮件结尾加了署名（杰克是时候开始认真对待她了），正要点击发送时，克特让她检查内车道，他要把车停在车站附近的

---

① 1975 年英国摇滚乐队皇后乐队发行的单曲。

一个停车场里。因为是周六晚上,大部分的停车位都满了,但克特像猎犬一样找到了最后一个位置——差一点就干掉了两个后视镜。

"我们到啦!"他关掉引擎,上路以来,车里第一次彻底安静下来。收音机肯定过热了。

"谢谢你能来。"爱丽丝说道。她的右手很想抓住他的手,紧紧地握住。她忘记了克特所做的所有让她抓狂的小事——混杂的西班牙语,笨拙的评论,完全没有讽刺的能力——但当他们今晚要分别的时候,她挣扎着想知道要是没有他的话,自己该怎么办。她要管住自己。她不能屈服于这些想法,于是她什么都没做。"没有你,我是做不到的。"

"别这么说!"克特回避了她的感激之词,"你轻轻松松就可以做到的。你意志坚定——我喜欢这一点。"车里的温度似乎突然翻了一番。爱丽丝很想把这归咎于穿透挡风玻璃的傍晚光线,但这只是她的一厢情愿,她也开始意识到这一点。"要我帮你拿包吗?"

"没关系——我来吧。"爱丽丝把手机扔在仪表盘上,然后走下车。她把座位向前拉了拉,好拿起背包,但其中一条背带卡在后面,她花了一分钟,用力拉了几下才把背包拉出来,"终于!好了,我得走了。我会把玛丽的情况告诉你的。"

但是克特没有回答。他一脸怒气,拒绝和她对视。爱丽丝试图弄明白他在盯着什么看——前面那个可怕的个性化车牌?这通常会让他发笑,但恰恰相反,他现在看起来就好像一直以来的好脾气都被吸走了,身体里留下了一个没有反应的僵尸。爱丽丝低头看着仪表盘。她的手机向右移动了半米。屏幕仍然亮着。

"曝光文章,是吗?"克特说。

爱丽丝的脸烧了起来，突然觉得呼吸困难。

"你为什么要看——"

"我想把它递给你，以防你忘了拿手机。"

"听着，克特，我可以解释——"

发动机点着了。"我不想听。我能把事情拼凑出来——我又不傻。爱丽丝，我以为你不至于这么差劲。也许我的确是傻子，因为我从没怀疑过这一点，一次也没有。我以为你是真心想帮玛丽。做一些'有价值'的事？但不是的，这都是为了报纸报道。我真不敢相信你到处跟人说你是她的朋友。"

"求求你，克特。"爱丽丝把包扔在脚边，跑到车前。她想让他看着她的双眼，看到她还是原来那个爱丽丝。那个过去几天从早到晚和他待在一起的爱丽丝；那个在印威内斯度过了难忘的夜晚，他一直抱在怀里的爱丽丝。和那封邮件里说的恰恰相反，那个还是好人的爱丽丝。

克特俯身关上了乘客一侧的门。关门之前，他补充道："你也准备好把我拖下水的。你不应该这么对我的，爱丽丝，你不应该。"

"计划不是这样的——请让我解释。那不是我找吉姆的原因。工作并不是真正的原因……"

她想解释自从开始公路之旅后，她就没有查看过工作邮件，但是米卡拉倒车的声音掩盖住了她的话。

她什么也做不了，只能眼睁睁地看着那辆车驶上主路，她的眼泪模糊了车的形状。

第四十五章

2011

"所以,玛丽,你为什么要来我们超市工作?"

玛丽自从搬到伦敦后,就没穿过那套西装。她不需要去找一份要求穿西装的工作,那套衣服已经在衣柜后面挂了六年,黑色的棉缎罩上积了一层薄尘。如果不是因为她新生活中的创伤——她几乎不敢面对冰箱,更不用说吃任何食物——她都怀疑自己是否能穿得上那套西装。

吉姆失踪后的三个月里,她根本没办法看那台缝纫机一眼,更别说完成现有的任何订单。由于没沟通就拖延订单,有三个客户收回了他们的订金,而玛丽也没有回复任何新订单的咨询。上周,网站公司用邮件发了一张发票,要求她续签域名以及相关软件。玛丽置之不理。她只会把她的地图和吉姆联系在一起——他承诺为了她可以去天涯海角,没有他,继续工作太痛苦了。

"我最近的生活发生了变化。"

面试她的珍妮特笑了笑,收起笔尖,把写字夹板放在桌子上,"生活就是这么有意思,不是吗?"她不比玛丽大多少。

那天早些时候,珍妮特在服务台和玛丽打招呼的时候,无意中扭转手腕,露出了三个名字的刺青,刺青的字迹很厚,衬线很尖,让玛丽想起了中世纪手抄本的彩饰①。玛丽猜测那是她孩子的名字。如果说什么事是很有意思的,那就是一旦你离开了童年的起点,成年生活就可以发生如此迅速而巨大的变化。

"好的,玛丽。很高兴见到你,我很希望你能加入我们。你说可以马上开始工作?在圣诞节前我们需要所有能得到的帮助。"

玛丽强迫自己点点头。"那太好了。"

当然,等她努力从自动门出来,走上通往大路的斜坡时,她的感觉完全不是这样的。在斑马线上,她被一名身穿橙色反光夹克的男子挡住了去路,他正把一长串购物车推回停放处。如果玛丽想要这种生活,如果她以前的生活有什么问题,那这也许是个好消息。但她以前的生活没有问题,只有一个缺陷——那缺失是如此之大,以至于她不知道如何在那样的情况下继续自己的生活。

她还不熟悉新公寓,费了好大劲才把钥匙插进门锁里。一进门,她就把包扔到沙发上,然后把自己也扔到了沙发上。几乎没什么证据能够说明她过去六个星期都住在那里。在伦敦的时候,属于她自己的东西也没有变多——可以毫不含糊地说,是属于她而不是属于他俩的东西少之又少——所以她装满的箱子叫一辆出租车就够了,而且是一辆小出租。那四个箱子堆成一堆,躺在厨房角落的垃圾箱旁边,胶带还没撕掉。她把缝纫机留在旧公寓的碗柜后面。也许新主人可以从中得到一些快乐,而她的快乐已经逐渐减少到了快要消失的地步。

---

① 中世纪制作的最华丽的书籍,字面多用金色或银色提亮。

当玛丽陆续收到更多的账单时,她知道自己在这套公寓里的日子已经屈指可数了。她有点想留下来,这样就还能在早上一醒来时闻到吉姆遗留在枕头上的气味,或是在午夜到清晨之间那难以忍受的荒芜之中,当黎明似乎触不可及时,闻闻他的味道。但另一方面,她内心也被现实折磨着,每天醒来时,她的大脑和身体都知道这个空间是为他俩量身打造的。门后面挂着两条毛巾,抽屉里她的衣服就放在吉姆的衣服旁边。

到了最后,也不是她自己能决定的了。理查德上门不到两周后,打电话来说他们要卖掉那套公寓。她要遵循这些指示,他表示抱歉,但他会尽可能地多给她一些时间搬走。玛丽刚要挂断电话,理查德补充说,朱丽叶已经决定把诺丁山的房子也卖掉。她一直很喜欢意大利,他喃喃地说道,他们会在托斯卡纳买个房子。玛丽试着想象他们环绕在其他退休的外籍人士之中,在山顶村庄唯一一家餐馆里吃午饭的情景。她能看到的只有他们随身带去的乌云。

两天后,玛丽离开公寓,租下了她在网上能找到的最便宜的地方。押金几乎要把她的存款清空,但房东太太人很好,收了一张远期支票,这为玛丽省下了钱,刚好够她支撑找到一份有稳定收入的工作。

她曾想过回到酒店行业,据她所知,他们付的钱仍比在超市收款要高。她甚至还研究了步行能到的酒店,然后才注意到最近高端场所会提供"婚礼和会议"的服务,就在他们网页上方的横幅上。要为婚礼或者会议工作,就不可能不看到他们第一天相遇时候的吉姆——穿着那件可笑的无领衬衫匆匆而过。一想到再来一次婚宴接待,她的眼睛就开始刺痛。

在超市工作还不错。员工们都很友善，珍妮特是任何人都希望遇到的好经理，把玛丽收到自己的羽翼之下，让她在大堂另一边客流量较少的柜台收钱，从不把她安排在服务台——在那里，工作人员得针对意大利调味饭的价格上涨和奇怪而倒霉的黄瓜形状做出令人信服的解释。几周后，珍妮特甚至邀请玛丽在周三轮班后去她家吃晚饭。玛丽拒绝了，尽管有点后悔。珍妮特是那种有一个温馨而舒适的家的人。

到目前为止，玛丽新生活中最艰难的部分，是下班回家时必须经过他们曾经一起生活过的公寓。训练双脚不要自动走入公寓大门是一回事；站在街道上看着一对陌生情侣在他们住过的房间挽着胳膊一起做饭，又是另一回事了。

有一次，正当玛丽看着他们的时候，收音机响了起来。这首歌一定是引起了某种特殊的共鸣，因为她可以看到他们在沿着早餐吧台摇摆起舞之前的那一刹那，朝彼此微微地笑了一下。玛丽发现自己面对着的是一幅被夺走的未来图景——或者说，如果不是因为她完全无法释怀的话，这幅图景本将会从她身边被夺走。歌曲结束时，女人转过身打开窗户，气喘吁吁，有点晕眩。玛丽在被她发现前，匆匆地走开了。

出于仅存的那一丝理智，最好还是不要把她的新公寓和旧公寓做比较。新公寓里没有多少家具——一张棕色的人造革扶手椅改为放在厨房兼饭厅兼客厅使用；一张深红色灯芯绒沙发，已经破烂不堪，连补丁都褪色了；沙发下面冒出来一个电话，它很古老，仍然需要用一根螺旋的电话线连到隐藏在视线之外的插座上。

那天晚上玛丽拿起电话，想都没想就拨去了家里。她没意识到电话还通着，更没想到有人会把电话接起来。

"玛丽，是你吗？"打电话的人显然不打算自我介绍。这时妈妈说道："宝贝，我一直很担心你。自从你告诉我已经安全返回之后，就没怎么和我联系。"

玛丽忍不住吸了一下鼻子，这时她知道自己完了。闸门一打开，眼泪涌了出来，又快又猛，让她喘不过气来。

妈妈大部分时间都在沉默，只是偶尔说句话，这等同于现实中伸手为她擦干眼泪——好了，好了，你现在别担心了，我在这里——玛丽在痛苦中早已抛弃的那种坚忍的克制。她哭到开始作呕。她翻过来侧着身，嘴里涌出一小股胆汁，流到她的手上。

"嘘，我在这儿。没事，没关系的。我在这里。玛丽，你现在从头开始告诉我，不要遗漏任何内容。"

不知怎么的，她说了出来。至少，是大部分。回家给妈妈庆生、上飞机前和吉姆之间发生的事，她绝对没办法告诉妈妈。

"他没跟你一起来的时候，我就知道有什么不对劲。"

"我真不该离开他的。"

"玛丽·奥康纳，我不要听你这样说话，你没有什么好内疚的，听到了吗？完全没有。"

"但是，妈妈，他……"

"我是认真的。玛丽，别再那么说话了。我们得让你重新站起来。你会回家吗？"

"我不能回去。"她的声音在颤抖，但有一种更坚定的东西，她没有把签新租约的事告诉妈妈——玛丽心里唯一确定的就是她必须住在附近，在伊灵，"我不能离开这里。他得知道我会在这里。"

因为这绝不是结束，而只是另一个阶段，等待吉姆恢复理智的又一个黑暗时期。他说过了，不是吗？他需要玛丽作为那个让他可以回家的安全港湾。

"宝贝,回贝尔法斯特来。你现在在那里能做什么呢?警察不是说没什么你能做的了吗?"

玛丽咽下了哽在喉咙里的鼻涕。该怎么告诉妈妈她从来没有跟联络官联系过,从来没去证实过理查德对她说的话?他留下的名片已经烂在垃圾填埋场里了。这样也比她最后一丝希望破灭强。

"你还在吗?"

妈妈整个晚上都在往这里打电话,但是玛丽不在家,没有听到电话一通紧接着一通打进来,以至于在楼下炸鱼薯条店工作的女孩以为是CD没关卡碟了。

不,玛丽有更重要的地方要去——就在车站门口,手里拿着告示牌。直到吉姆回到她伸开的双手之中,在此之前,这双手有更好的用处。她将是他下车时第一眼看到的人。就像过去一样,玛丽告诉自己。就像过去那些更快乐的日子一样,看到吉姆下班后匆匆地穿过检票口向她奔来。

他会看出她很抱歉的。

他会看出来,没有他,玛丽永远不会过得更好。

第五部
和解

玛丽不知道未来会是什么样子，但她可以确定
她已经彻底放下了那个不会发生的未来

第四十六章

2018

周六晚上待在车站外面从来不是一件轻松的事。周一到周五的通勤者独自出行,而周末的人都是结伴外出,没有什么比独自一人在人群中更能凸显孤独的了。最糟糕的是看到情侣们——就算检票机要将他们分开,他们也不愿放开彼此紧握的双手。上次有人这样握着玛丽的手是什么时候?

她回想起周四晚上在"夜间热线"。泰德差点就握住她的手了。她知道他想这么做。尽管她没有做出明显的回应,玛丽还是有点希望他能鼓起勇气,这是她自己所缺少的,或者说从吉姆离开的那一刻起,她就失去了勇气。但她这样想到底是在干什么?她正为了她的初恋举着告示牌,没有地方、也没有空间去想别人。

这张小纸板是她和吉姆最后的联系,也是和她生命中最美好时光的最后联系。玛丽第一次来到车站时,手里拿着告示牌,她需要感觉到自己在做些什么——任何事——来改变吉姆的想法。七年过去了,玛丽仍然不知道被她作为一种生存手段而开始的行动是如何成为她身份的基石的。在搞清楚之前,不管她脑子里想着什么,双脚都会一直来到这个地方。

一群参加聚会的醉汉转过街角,差点撞到玛丽。

"抱歉,"其中一人含糊地说了一句,"我的错。"

他们一路尖叫朝着电梯走过去时,玛丽调整了一下脚步,望着前方的马路。它还是像往常一样一片模糊,除了能看到一个非常熟悉的路人徘徊在红绿灯旁边。

玛丽看到她时,爱丽丝笑了。

"你想喝一杯吗?"爱丽丝来到玛丽身边说道。她穿着一件破旧的涂蜡夹克,拖着一个很大的野营背包,眼睛红通通的。

玛丽的手心在冒汗,滑到告示牌那磨损的牛皮纸边缘。她耳朵里的响声极其强烈,以至于她完全听不到门和机器发出的嗡嗡声和撞击声。她知道没办法逃避接下来要发生的事。

多年以来,她一直对真相视而不见。而现在,一个几周前还是陌生人的年轻女孩,有可能要亲手将真相递到她面前。如果是这样的话,那么玛丽所熟知的生活就要结束了。她安慰自己说,至少爱丽丝还愿意和她说话。因此,就算她发现了什么,也没有那么糟糕——不是吗?

"好啊。"玛丽回答道。她希望她颤抖的声音对爱丽丝来说,不像自己听上去的那么明显。

爱丽丝去买酒的时候,她在酒吧外面找了张桌子。等爱丽丝拿着两大杯金汤力鸡尾酒回来时,玛丽一口吞下了三分之一——而且还是双份酒精。

"马拉加之行怎么样?"她问道。

爱丽丝的双眼在出口和玛丽之间来回扫视。"那个,呃……问题是,我们并不在马拉加。"

玛丽就知道是这样。她的肠胃咕噜起来,她的直觉没错。她深吸了一口气。"你去找吉姆了,是吧?"

"我很抱歉。"

两个人都不确定该说些什么的时候,出现了一阵沉默。如果不知道爱丽丝发现了什么,玛丽怎么知道自己会不会原谅她?

"我们找到他了。"爱丽丝终于开口说道。

玛丽看起来非常惊讶,惊讶到爱丽丝一时间开始考虑吉姆所说的是不是属实。

"他说警察在七年前就找到了他,转达了他没事,可是不想被找到的消息。"

玛丽只想用双手捂住耳朵,挡住爱丽丝滔滔不绝的话语。但如果她现在这么做的话,那什么时候才能结束?

"警察告诉了他的父母,"玛丽纠正道,"他们才是直系亲属。"

"他的父母把这个消息转达给你了吗?"

玛丽勉强点了点头。"但我没办法相信他们,"她说道,"所以他们让我去跟警察确认一下,但是……"她把指甲戳进手掌心,直到痛得难以忍受,"我做不到。我的意思是,我从没跟警方确认过。我想,与其确信他的父母是对的,还不如抱着他们错了的希望生活。"

爱丽丝闭上了眼睛,因为刚刚才哭过,她的眼睛还肿着。这就是玛丽所说的,未知并不是世界上最糟糕的事情。一切都说得通了。

"我很抱歉,"爱丽丝把杯子推到一边,伸出手放在玛丽的手上,"你本来可以告诉我们的,这样我们就绝不会去追查那些线索了……"

"我叫你别去的。"

"我知道,我很抱歉。我以为给你答案就能结束这种可怕的不确定。我没意识到你已经有了答案,或者你不想……"

"我也不知道,"玛丽平静地说,"我没有力气去消化警察可能会说的话。如果他们告诉我,吉姆不会回来——说一切都结束了——那我早就死了。所以我一直没打电话。相反地,我让自己的心死掉了。"她的声音变得越来越轻,只剩下一簇痛苦,"你没生气吧?气我没告诉你?气你还去找他了?"

爱丽丝摇了摇头。"我没有权利。我忽视了你的想法,这是不对的,但我真心认为有个了结对你来说是最好的。有些情况是你人生中不可能不去面对的。不可能。在我的生活——在我自己的经验中……"她停了下来。她不想通过说出自己的遭遇来贬低玛丽的痛苦,还是说这只是爱丽丝逃避自己问题的另一个借口?没等她说完,玛丽就打断了她。

"他怎么样?"这么多年来,她没有一分钟不在关心着他。

"他很好,看起来很健康。你不用担心这个。"

"他说了什么?"玛丽渴望知道一些情况。经过七年的干旱,一小滴甜甜的水珠就够了。

"他说他希望你能往前看。"爱丽丝说道。玛丽猛地低下头,眼泪开始顺着鼻梁流下来。"我很抱歉,玛丽。"

"不。"玛丽把手从爱丽丝手中抽出来,擦了擦眼睛,"不,是我的错。"她试着深吸一口气,但实在很难吸进任何氧气。爱丽丝紧紧地握着玛丽的手,玛丽用尽全身最后的力气把话说了出来。"我……我接受不了。这不是我们对彼此的承诺,吉姆和我。我们向对方保证会在那里,直到天涯海角,但他……他改变主意了。"

这时，玛丽的眼泪汹涌而出，爱丽丝放弃了野餐长凳另一边的座位，挤到玛丽身边，用一只胳膊搂着她的肩膀。她从口袋里找到一张纸巾——谢天谢地，是没有用过的——把它递给玛丽。因为玛丽在啜泣，爱丽丝听不见她在说什么。

"我懂的。"

"你不可能懂。"玛丽哭得嗓子哑了，最后一个音节都破音了。

"真的，我懂。"玛丽转过身来看着爱丽丝，紧皱着眉头，"我爸爸消失了。"

爱丽丝意识到她以前从来没有说出过这几个字，没有大声说出来过。除了她的妈妈以外，没有对其他任何人说过。她会想起妈妈那茫然的眼神，有时甚至怀疑自己是否真的说出过那些话。直到今天，她的妈妈仍然拒绝承认事实。否认——这种情况比人们想象中的要普遍得多。

"我十二岁时，他失踪了。直到我十六岁的时候，我和妈妈才听到了他的一点消息。我们不知道他之前在哪里，过得好不好。然后，在十六岁生日那天，我收到了他寄来的一张卡片，上面说我有了同父异母的新弟弟和新妹妹。不管他去了哪里，他都建立了一个全新的家庭，就这样。他再也没想过要见见以前的家人，也没有留下回信的地址。

"现在我已经向前看了。或者，更确切地说，是我认为自己已经往前看了。直到我开始试着寻找吉姆，而正是这趟旅程告诉我，我还没能做到。我不能压抑着这些记忆，希望它们会消失。至少你在表达你的丧失。我说不出我有多敬佩你能做到这点，但你也需要答案，所以我才没法放弃寻找吉姆。我懂得'不知道'有多糟糕。我不希望你也经历这些。"

玛丽让自己瘫倒在爱丽丝身上,她俩的额头轻轻地碰了一下。爱丽丝能感觉到玛丽脸颊上冰冷的泪水流到自己脸上,她伸手去擦,却发现那是自己的眼泪。

"你知道更糟的是什么吗?"爱丽丝继续说道,"我告诉自己,这是我的错。要是我多做点什么,把他留在家里——为了我和妈妈——他就不可能会离开。我告诉自己是我把他推开的。"

玛丽用手揉着爱丽丝拱起来的后背。"你那时还只是个孩子,这和你毫无关系,不是你的错。"

"你也需要相信这一点。"玛丽用力地眨了眨眼睛,爱丽丝知道这就是她期待之中玛丽表示认同的意思。爱丽丝挺起身来。她想到了吉姆,想到了他解释时的自我厌恶。他自己说的:他精神上的痛苦从来不是玛丽的错,但却落到了她的身上。

然后她想到了克特、泰德和她的爸爸——没有人知道他们当时在经历着什么。但那与解决方法无关——不是吗?那需要的是支持。没人比玛丽更擅长这个。"不管你认为自己说了什么、做了什么,那些问题都比你的行为更严重。吉姆的问题远不是你能解决的。到了某个时间点,你得原谅自己。你得放手。"

"那之后呢?"

"你这话什么意思?"爱丽丝问道。

"放手之后,我该怎么办呢?我到底是谁?"玛丽咬着拇指,"我开始守夜,是因为我想让吉姆知道我是不会放弃的。我最后见到他的时候没有放弃,之后也不会。其他人都可以抛弃他:警察,他的朋友,他的父母。但我爱他,我以为这会意味着些什么。最后,即使当我意识到事实并非如此——光是站在那里让自己出尽洋相是不够的——我还是太过害怕,不敢停下来,因为我不知道接下来会发生什么。我不知道不去守夜的我会怎样,没有他的我会怎样。"

爱丽丝一直等到她确定玛丽的目光不会躲开她。

"你远远不止于此。你听到了吗?你远远不只是一个举着牌子的女人。"

第四十七章

2018

爱丽丝看着挂钟上的秒针从整点滑过一分钟。上午十点零一分。杰克从来不守时，但爱丽丝希望他能够变得准时一点，因为今天他的办公室里有一些重要人物会来。也就是——那些股东们。

她压抑着查看工作邮件的冲动，不去看他是否喜欢她的文章。难以保证他会喜欢。为了能赶上今天的会议，她昨晚给杰克发了文章，但那算不上什么曝光文章，至少不是传统意义上的。

离开玛丽后，爱丽丝回到家，总共睡了五个小时。到了周日，天刚亮她就起床了，笔记本电脑在膝盖上摇晃着，一叠笔记摊在她的腿边，记录着调查的每一个阶段。有一个笔记本详细记录了那些被证实是骗人电话的细节，以及关于如何追踪匿名电话的各种研究。还有打印出来的搜索引擎结果；相关的推特留言（格斯的留言标记出来了）；带有红点的地图显示出最近有人见过吉姆的地点；以及克特自己的档案。克特。一想到他，她就惭愧得全身通红，同时也产生了另一种感情，爱丽丝还没来得及弄懂这是什么情感。

总而言之，要完成的是一项艰巨的任务，但一旦爱丽丝开始写她的新文章，真正的故事便涌现出来。多年以来，她一直专注于指派给她的工作，在玛丽这里，爱丽丝终于找到了自己想写的故事。但她为这篇文章所付出的努力，或许让她学到了最重要的一课：讲故事的时候，重要的不是想要讲什么，而是需要讲什么。记者的工作是梳理出需要被讲述的故事，而不是一篇由自己操控的故事。爱丽丝可能已经了解到吉姆去了哪里，为什么离开，但她需要写的是一篇完全不同的文章。更加真实、准确的文章。

她一下子就敲出了五千字，剩下的时间就用来润色和打磨那篇散文。到了晚上九点，她把特别满意的文章用电子邮件发给了杰克。邮件一发出去，她就打开个人邮箱，把文章也发给了克特和玛丽。她对他们的回复感到非常紧张，发出之后就再也没有查看过邮件。

"爱丽丝，"杰克为三个身穿西装的高个子男人扶着门，"这是奈杰尔、詹姆斯和基思——他们是桥媒体集团的代表，今天我们所有的员工咨询，他们都会旁听。"他把一堆文件摆在面前，最上面是爱丽丝的文章。

一股恐惧的寒意顺着她的脊梁流淌了下来。杰克机械性的正式讲话已经让她非常不爽了。

"谢谢你昨晚把文章发给我，"杰克继续说道，"我已经和团队分享了那篇文章，我们一致认为这是一篇非常出色而且很有必要的文章。"爱丽丝不知道该不该打断他说声谢谢，但她注意到杰克在回避她的目光。奈杰尔和他的伙伴们看起来也没有多大兴趣参与讨论。"正如我对大团队所强调的那样，你年轻出色，是个人才，我毫不怀疑你的前途会一片光明，但恐怕那不是在《伊灵号角报》了。"

"这话什么意思?"

杰克终于抬起头来,他的脸因为尴尬不安而扭曲。"爱丽丝,我们要让你离开了。人力资源部会和你进一步谈谈遣散计——"

"可是那篇文章怎么办?你说你喜欢的!"

爱丽丝走过桌子,去拿杰克面前的那份打印出来的文章。她又扫了一眼开头。不,这不是她的想象。这是一篇很好的专题报道,好得不得了:

回家吧,吉姆

男性心理健康——笼罩伊灵社区的无声流行病

爱丽丝·基顿

如果你在使用社交媒体,那么肯定看过它。最近,一段关于当地女子玛丽·奥康纳的视频在未经她本人允许的情况下被传到网上,引起轩然大波。视频拍下了玛丽守夜时被人打扰的过程,她已经坚持在伊灵百老汇车站外守夜七年了。在守夜期间,她举着一个告示牌,上面写着"回家吧,吉姆"。很快,网上的每个人都在问同样的问题——这个神秘的男人在哪里?但他们没有提出的那个问题更加有力:是什么让一个拥有所谓幸福表象的成功医生放弃了富裕的人生?

现在,以一个五十岁的单身父亲、一个二十来岁雄心勃勃的毕业生和一个刚刚庆祝了自己四十二岁生日的专业人士为例。从表面上看,可能很难找出他们有什么相似的困境,但给他们倾诉的空间,他们将很快就能从个人的挣扎中找到共同点,打破与男性心理健康有关的污名。当地的危机呼叫中心"夜间热线"等服务机构,正竭尽全力地控制着这种流行病,但由于没有委员会资金支持,它们的前景黯淡……

爱丽丝没有继续看下去。她现在没有时间读完全部的五千字,尤其还有四双眼睛盯着,等待着她下一步的行动。

"好吧,我要把这篇文章带走。"爱丽丝说着站了起来,她的椅子腿在地板上发出刺耳的声音。"因为,就像你说的,这是一篇非常有必要的文章,我相信会有其他的出版物为它提供更广泛的读者。非常感谢你宝贵的时间。"她看向杰克。无论她多么沮丧失望,这是她欠他的,因为他信任她。爱丽丝知道他一定会竭尽全力保住她的工作。"也感谢工作的期间你提供给我的机会,为此我非常感激你,杰克。"

说完这些话,她转身离开了。她的心在狂跳,双腿在颤抖,都不知道该走哪条路出去。她知道应该崩溃,但不知为何,她从未感到如此轻松。即使这种情绪转瞬即逝,她也希望尽可能长时间地保持住这种情绪。她没有停下来去和人力资源部谈话,没有去收拾自己的东西,也没有跟任何人道别。所有这些都可以等一等。

走出报社,爱丽丝感觉自己几周以来第一次可以正常呼吸了。她对玛丽说过:有些问题太大,一个人无法解决。她没兴趣让《伊灵号角报》意识到他们不刊登自己的文章是一个错误。她会给这篇文章找一个更好、更大的"家"。

这意味着她还有两个更容易处理的问题。她带着新找到的自信,肩膀往后一挺,向超市走去。

爱丽丝差点撞上玛丽,她背对着自动门,正在把一箱小蜜橘卸下来——无论在哪里,爱丽丝都能认出那个扎得整整齐齐的丸子头。她走近了一点,看到玛丽的船鞋旁边是一双厚重的米黄色靴子,而且是男士的尺寸。爱丽丝冲进对面的过道,假装在看香蕉。当她觉得自己足够不引人注目时,才抬头向前看。那是泰德,正和玛丽聊得热火朝天,距离刚好让爱丽丝无法听到他们的对话。那么就改天吧。

她在干货区拿好了自己需要的物品,然后去收银台付款。她走向出口时,又回头看了玛丽一眼,她正在重新摆放一些柠檬,泰德则以业余哑剧演员的方式表演着一段逸事。自从爱丽丝认识玛丽以来,她第一次露出了笑容——真正的笑容,那种张大嘴巴、露出八颗牙的笑容。这表明知道真相后的她并没有被击垮,相反,真相可能会让她自由。

解决了一个,还剩一个。爱丽丝从超市慢慢地跑到两条街外的第二个目的地。爬六层楼梯似乎并没有变得比之前更轻松。在敲门之前,她给手里的礼物又缠上了一条丝带,然后把装礼物的塑料袋塞进包里。机不可失,时不再来。

克特可能的确是在不久前被硬塞进她生活中的,但想到他从自己生活中抽离出去的前景,还是会感到非常沮丧。

爱丽丝用指关节敲打着剥落的油漆,等着回应。

"你来干吗?"看到爱丽丝站在门口,克特的表情既不高兴,也不生气。这是一件好事,对吧?吃惊这个表情,她可以接受。

她没有回答,而是把一包东西塞到面前。五包意大利面,系着一个蝴蝶结,磨蹭着克特赤裸的胸膛。有什么东西挡在他们之间可能是件好事。她希望他穿了上衣,或者不希望。不管怎样,这景象并不能平息她的紧张情绪。

"这到底是怎么回事?"

"是道歉，"爱丽丝说，"你收到我的邮件了吗？"

克特点点头："是篇好文章。"

"谢谢你，"爱丽丝的脸红了，"不过，他们不会登的。今天我其实被解雇了。事实上，就在刚才，所以我们得看看这篇文章有没有可能会发表……但是听着，我不是为这个来的。你说得对。我一开始寻找吉姆的原因，不应该把你蒙在鼓里的，尤其在你竭尽全力帮我之后。"

"那么，真正的原因是什么？"

爱丽丝一脸茫然地盯着克特。才过了三十六个小时，她都忘记他有多聪明了。

"你说一开始的原因。那么，之后的原因以及——我由此推断——想要找到吉姆的真正原因是什么呢？"

和克特约会，在智力上就相当于和"大学生知识竞赛"的选手同居吗？也许他的一些聪明才智也会影响到她，而她最终会治愈癌症或找到世界和平地缘政治的解决方案……别想太多，基顿。他还没让她跨过门槛呢。

"我能进来吗？"

克特扬起一边的眉毛，头发仍然像以前一样到处乱飞，然后他侧身让爱丽丝进了走廊。

在翻倒的鞋子和一堆霉菌中，爱丽丝感到自己的勇气在动摇。她真的要告诉克特关于爸爸的事吗？她对玛丽说过，如果她要接受父亲的消失，坦白过去是必须跨越的最后一道障碍。而且，她不能撒谎，不能再撒谎了。克特应该知道真相的，尤其是在他对自己的精神状况如此坦诚之后。而且，她信任他。也许，比起她在成年以后遇到的其他任何人，她更相信克特。这最后的认识坚定了爱丽丝的决心。如果她不准备把真实的自我暴露出来，他们俩的未来就没有希望。

爱丽丝把小麦做的和解礼物放在咖啡桌上。她坐在长沙发边上，转过身来面对着克特。他脸上的敌意都已经消失不见，微微一笑，表示鼓励。

"我不让任何人接近我是有原因的，"她开始说道，"这也是我如此执着于找到吉姆的原因。"她在心悸的胸腔允许的情况下尽可能地深吸了一口气，"当我还是个孩子的时候，我爸爸消失了。在很长的一段时间里，我都觉得这全是我的错……"

十分钟后，爱丽丝感到自己从未如此暴露过。在印威内斯的酒店房间里一丝不挂的时候，她都没有这种感觉。甚至两天前，她在伊灵最繁华的停车场崩溃的时候也没有。克特还是一句话都没说。爱丽丝试着让自己的呼吸平稳下来。也许这是让她离开的暗示？但就在她要站起来的时候，沙发发出了呻吟声。克特往前移动，直到他们的膝盖碰在一起。

"谢谢你告诉我。"他说道。

他慢慢地、不太确定地把一只手从膝盖上拿起来，放在爱丽丝的脖子后面。她感觉到波波头底部一阵清凉，就像沙漠中的绿洲一样让她如释重负。他的手压在她最脆弱的部分。

"郑重声明，我没有要离开的打算，"克特用拇指抚摸着她紧张的颈部肌肉，补充道，"除非你要我离开。你怎么说？"

爱丽丝抬起头。也许还有可靠性和稳定性。因为有一个人逃开，肯定就会有另一个人被留下来？

只有一个办法能够知道。

"好的，"随着克特的嘴唇拂过她的嘴唇，爱丽丝低声说，"你可以留下来"。

六个月后

玛丽站在伊灵百老汇车站外,就在混凝土的门廊下,缩在左边,在那里她不会被通勤者踩到。这是三月初的一天,晚上六点,外面依然是亮堂堂的,阳光的坚守让人佩服。玛丽对自己的位置很满意,她看了一眼眼前的景象,她了解这一切就像了解自己的倒影一样。

如果她眯着眼睛看向太阳,就能辨认出酒吧的正面。六个月前,爱丽丝在那里把真相摆在她面前,而在此之前,她整个人生都构建在回避这一真相的基础上。那一刻的感觉是如此震撼,以至于玛丽无法理解她的身体是如何继续运作的。她的心脏还在跳动,她的肺仍会因断断续续的吸气而膨胀。但尽管玛丽的脑袋中充斥着失去、羞愧和悲伤的混乱情绪,她知道必须到此为止。结束了。她的分水岭,尽管比预期晚来了七年。

现在,当玛丽两手空空地在车站外等待的时候,她觉得,尽管我们竭尽全力,生活还是会以一种独特的方式将自己定义为"之前"和"之后"。区分前后的那一击也只能拖延这么久。在遇见吉姆之前以及在他消失之后——她比大多数人更能感受到这种现实。然后,对爱丽丝来说,最重要的区别是在确认吉姆遭遇的之前和之后。

在此之前,理查德的话没有一句是说得通的,也没有一句是符合玛丽对这个曾经是她的磐石、她的一切、她的家人的理解的。吉姆怎么能选择不回来?不管警察可能会说些什么,这都是一个头脑不清楚的人做出的决定。一个不同的人,一个绝望的人,肯定不是那个曾经站在波特拉什的酒吧里，宣称他会永远在玛丽身边的人——无论天涯海角还是伊灵。

在爱丽丝揭露真相之后，玛丽被迫以一种前所未有的方式重温过去。她开始仔细梳理吉姆的明信片。在此之前，玛丽发现自己在"淘金"——从他们共同的幸福生活当中挖出火花的碎片——而现在，她强迫自己同时也承认这些碎片中的砂砾。他是不是出差的时候也在喝酒？他的话语中是否夹杂着对可能到来的失去而表示的歉意？尽管这一举动再次伤透了她的心，玛丽还是需要对他们的共同生活有一个更全面的认识。这让她更加感激美好时光的动人，因为如果没有被压垮的低谷，那升起的高峰又有什么意义呢？

她也确保把吉姆说过的每一句赞赏之词都牢记于心。然后，她强迫自己尽可能找到更多关于自己善良、有同情心和坚韧的例子。她一直没有勇气向警方求证理查德所说内容的真实性，部分原因是害怕知道了真相会摧毁她的自我价值感。但她现在是一个完全不同的女人。每天晚上在车站外经历的痛苦和煎熬，让她更加坚强了。

最后，她变得足够坚强，压制住了那个说着"如果有她就足够了，那么吉姆就还会在这里"的声音。因为在内心深处，她知道事情从来没那么简单。玛丽再多的优点也抵消不了吉姆的抑郁症。我们对爱有如此多的期待。然而，就像我们所有人一样，它可能会动摇，也可能会失败。玛丽经历了惨痛的教训，才学会爱情并不总能挽救一切。但它依然可以告诉我们，该如何开始拯救自己。

不管玛丽对于爱丽丝和克特为她所做的努力多么感激，这段旅程只能由她独自开始。他们回来两天后，玛丽花了四十八个小时与她搁置到现在的、最后的悲伤做斗争，随后决定退掉伊灵的公寓。然后，新的担忧带来了一种奇怪的解脱。她能找到工作吗？没有她，"夜间热线"怎么办？她在那里结交的朋友怎么办？她告诉自己，她能想办法解决的——不管要多努力。

新公寓距离伦敦坐火车不到一个小时，但也可以说是隔了半个世界。用手里的钱，她租了一个更大的地方，也在一楼，而且有一个花园。现在，她在从附近超市下班后，没有了必须要做的事情，她开始接受自己有了"空余时间"。她参考从慈善商店或是在当地书店逛了一下午后买来的食谱，精心制作晚餐。然后她会去露台——从她自己的生活之中，而不是从别人生活的外围——观看日落。事实证明，就像需要时间一样，心脏也需要空间来跳动。

第一个正式来玛丽乡间住处参观的人是妈妈。尽管在过去的七年里，玛丽偶尔会去贝尔法斯特，每隔几周就会打一次电话，但她从来没有告诉过妈妈，她和吉姆在一起的最后那天早上，她对他说的话。她不能告诉妈妈吉姆的父母告诉她的内容，也没说她没勇气向警方证实他们所说的话。玛丽让妈妈生活在对吉姆失踪情况一无所知的阴影中，同对待同事以及"夜间热线"团队的方式一样。

但装出一副勇敢的样子是很累的。直到玛丽把这一切都告诉了妈妈，她的杯子在双手间颤抖时，她才意识到独自承受整个事件给她带来的伤害。每说出一句话，玛丽都感到心头的负担减轻了一些。妈妈一直在安静地听着。等玛丽把全部事情讲完，她不停地喘着粗气，就像刚刚跑上一个陡峭的斜坡。妈妈对她说："宝贝，我为你感到骄傲。"

玛丽不太确定她期待的回应是什么,但肯定不是这句话。

"这是什么意思?"

"你所做的这一切需要付出很多。像以前一样让自己振作起来。过去的就让它过去吧,你不应该为此受到任何指责。我很骄傲。关于这件事,我要说的就这些。"

这个话题结束了,令人惊讶的是,她们竟然如此轻易地就恢复到了从前的相处模式。她们聊了聊家里发生的事——孙子、孙女们,以及妈妈为了兼顾他们而制订的疯狂时间表。她们在野餐垫上喝着温热的白葡萄酒,各自喝下半瓶后就开始拔起了草地上的杂草。泰德对于如何照料花坛做了许多说明,但玛丽发现自己忘了他的大部分建议。这倒是个时不时给他发短信的好借口。

最后,妈妈和玛丽笑得实在太开心了,不得不彻底放弃一心二意的园艺工作。她们计划让玛丽多回贝尔法斯特——这也是重燃她和莫伊拉友谊的机会——就在妈妈要乘飞机回家之前,她递给玛丽一个信封。"一张小小的感谢信。"妈妈说道。玛丽把它塞在壁炉架上,等把妈妈送去机场后再看。

那天晚上,玛丽打开信封的时候,一张一千英镑的支票从卡片夹层里飘出来,落在地毯上。上面写着:"爸爸给你们每个人都存了点私房钱。给自己买点东西。他会高兴的。"一开始,玛丽是如此感动和感激,以至于不知该如何花这笔钱。她不怎么买昂贵的东西,会用到钱的财物就更少了。然后她想到了——那个她觉得最亲近的物品,那个让她可以创造全新世界的物品。

买了缝纫机后,玛丽开始制作吉姆消失以后的第一幅布艺地图。缝纫机可能带来的感受、可能唤起的回忆曾经在她心里埋下了层层恐惧,然而实际操作起来之后她反而感觉很轻松。这幅地图的中心是伊灵百老汇车站。从车站延伸出玛丽过去几年的生活脉络——超市、泰德表白的公园、"夜间热线"的总部。连接着它们的是玛丽走过无数次的小路，每走一步，她都在思考失望会在哪里终结，新生事物最终会在哪里生根发芽。

这个问题的答案就在收尾的时候：链式针①。从远处看，重叠的线就像紧握的双手——这是玛丽手缝的。她欠爱丽丝的。她欠大家的。这么多年以来，玛丽一直认为自己的苦难应该独自承受，现在她也需要有人牵着自己的手，来面对一个不同的、更光明的未来。今天晚上，她的劳动成果将找到一个新家，但现在它们放在她背包的内袋里，贴着她身体的地图比纸板告示牌要柔软得多。

至于那个牌子本身，好吧，现在它肯定已经在回收厂，也许已经被改造成麦片盒或卷纸筒了。把告示牌处理掉并不容易，但这是另一件在预期中比现实做起来更困难的事情。现在，对玛丽来说，最奇怪的是她站在这里却没在守夜。但每件事都会自然地走向自己的结局。玛丽想着，这和爱情没什么区别。没人能保证一段关系可以长长久久。但人们意识到风险，却依然毫无顾忌地追求爱情，这也许正是爱情最美妙的部分。

"玛丽！"泰德朝她慢慢地跑过来，一只手举起来打招呼，"我几乎认不出你了——头发！"

"噢。"她用手顺着后脑勺摸下去，手指徘徊在剃过的发丝与后颈皮肤的交接处。这叫精灵短发，是玛丽在等待预约时翻阅杂志看到的，她一时激动，就把这个发型递给造型师看。"你觉得怎

---

① 一种缝纫线迹，由一根或两根缝线串套联结而成。

么样？"

"你棒极了。"泰德咳了几声，"我是说，你看起来很棒。发型很适合你，真的。"

玛丽低头看着自己的脚丫，希望这样能让她脸上的红晕快点下去。她抬起头时，松了一口气，因为泰德看起来和她一样，对自己的措辞感到不安。

"很高兴再见到你，"他们在下班后穿着衬衫、手里拿着啤酒的人群中穿行时，泰德说道，"很抱歉，上个周末我没能过去帮你处理那些植物。蒂姆回来了，我得去接他……不管怎样，我想你了。呃，我是说，很遗憾没去成你家。"

"我也是。"她抬头看了看泰德，惊讶地发现他穿了一件衬衫，一件正常的衬衫——与马球无关。他卷起袖子，露出了前臂。手臂很结实的样子。

"你觉得是这里吗？"泰德低头看看手机，然后抬头看着他们面前的房子。这是一处巨大的独栋别墅，离主路不远，他很可能以前在里面工作过。"不可能是这里……"

在他们还没弄清楚之前，院门打开了，爱丽丝站在门后。她看起来更年轻了。她走近后，玛丽意识到她是素颜的，脸上没有一丝化妆品的痕迹。

"玛丽！我好想你呀。"很多东西可能已经变了，但玛丽关于人与人之间保持距离的习惯没有改变。她需要一两秒钟来适应这个拥抱。她试着把注意力集中在爱丽丝香水的味道上——是葡萄柚吗？还是其他有桔皮味道的东西？"你是我们的贵宾。"

爱丽丝领着玛丽走上楼梯后进了房子，泰德跟在后面。室内的装潢足以震慑任何一个人——前门两侧有柱子，走廊墙壁上排列着巨大的画框,里面装着难以理解的画作——但玛丽和泰德都努力不让自己表现得太过惊讶。他们径直走进厨房,克特正站在炉子旁边,肩上搭着一块抹布。他走过来吻了吻玛丽的脸颊,他闻起来也像是葡萄柚的味道。

就在玛丽的大脑开始把事情关联起来的时候,克特已经把泰德的酒放进冰箱,又走了回来,一只胳膊搂在爱丽丝腰上。看来他们的公路之旅并没有白去。

"克特,你从没告诉过我们,你过得像国王一样。"泰德边说边走向房间后面的玻璃门,打量着远处的花园。

"这些钱本可以买些没有破洞的牛仔裤。"奥利芙坐在餐桌旁,躲在门口看不见的地方,翻看一本烹饪杂志。杂志是铜版纸,翻动的时候会发出令人满意的拍打声。

"Gracias[①],"克特说着,在奥利芙看不见的方向翻了个白眼,"其实这是我父母家,但因为我们要庆祝,我觉得今晚可以用一下。"

泰德张大嘴巴,瞄着爱丽丝的无名指。

"不是那样的。"爱丽丝说道,她否定这个猜测的速度太快,让克特苦笑了一下,"我找到了一份新工作。"

玛丽读了爱丽丝的文章后深受感动。文章忠实地勾勒出吉姆、泰德和克特的形象,这是敏锐又有力的。她应该注意到爱丽丝是个记者吗?这就能解释她的坚持不懈以及老爱多管闲事的习惯了。两天后,玛丽给爱丽丝回了邮件,问她为什么不发表一篇更简单的故事:吉姆去哪里了,以及他为什么要去。"这是不对的"——爱丽丝是这么说的。玛丽很高兴,爱丽丝从来没有辜负

---

① 西班牙语,谢谢。

过她的信任。

今晚他们要庆祝一场更大的收获。爱丽丝以自由撰稿人的身份卖出了这篇文章，并因为它的成功，在大幅报纸的特写版面上为自己赢得了一席之地。她是在妈妈家度周末时得知自己拿到了这个职位的。和妈妈变得亲密起来的新鲜感，对爱丽丝来说还没有消失。她对父亲有了更多的了解——现在他的名字不再是被禁止的话题了。虽然有些情况接受起来并没那么容易，但她妈妈明确说明了一件事：她的爸爸一直爱着她，即使他没心思把这一点表达出来。

爱丽丝的新工作太过忙碌，她不得不暂时放弃"夜间热线"。这是一件痛苦的事，但由于她的文章引起了人们的关注，据说有独立资金要投资"夜间热线"了，这个消息缓和了爱丽丝离开的痛苦。大家都在说，这是早期阶段，一切都没有确定。但与此同时，奥利芙和克特继续接听着电话，泰德也回来接电话了。

克特担心了六个月，他父母听到自己辞职的消息会做何反应，可他们得知克特离开了这个吞噬灵魂的银行业之后，并没有什么激烈的反应。他搬回了家，住到他能够自立为止。泰德提到，克特正考虑再接受一些培训，成为一名心理咨询师，这让玛丽也想到问问泰德过得怎么样。"好多了。"泰德回答道，尽管玛丽早已从他重新焕发的光彩中看出了这一点。对她来说，这证明了"危机关头"是一种不当的用词——它不一定意味着持续的危机，并不是对每个人来说都是如此。

即使有喧闹声、笑声和美酒，在他们的庆祝晚宴中，玛丽还是很容易出神。她知道自己永远没办法忘记吉姆。他是她的一部分，就像她血管里的血液，肺里的空气。她想知道他在哪里（爱丽丝一直没说,她也从没问过)。她想知道他是独自一人,还是已经找到了新的伴侣。她想知道他是否找到了满足——那对他来说是什么样子的。

她一只手抚摸着克特擦干净的桌子。中间放着她给爱丽丝做的地图,算是表示感谢。是的,是伊灵的地图,但不止于此;正是这些公路网、铁路线、公园、平地和建筑物,见证了她的心碎;也是它们,看着她为了把心拼凑回来而迈出了第一步。玛丽抬起头,看了看散落的餐具旁谈笑风生那四张笑脸。她可能永远都不会搬回来,但这个地方的坐标会永远印刻在她的身上。

"我要宣布一件事。"克特清了清嗓子。每个人看起来都很紧张,包括爱丽丝。"如果我们能在花园里集合,我已经准备了一堆篝火。做点传统的春季大扫除,是不是,我想……"

他右手拿着一个打火机,发出咔嗒咔嗒的响声,玛丽看到奥利芙的手紧紧地握住了她的酒杯。应该有一条法律禁止克特接触各种烟火。

泰德从克特手中拿走了那盒令人不适的物品。"为什么不让我来帮忙呢,嗯?"

奥利芙瞥了玛丽一眼,示意他们差点就得给消防部门打紧急电话。她俩一起大笑起来,然后奥利芙跟着克特和泰德走了出去。

"你要来吗?"爱丽丝在院子门口徘徊时问道。

其余的人已经围成了一圈,玛丽觉得那应该就是篝火堆,月光勾勒出了他们的轮廓。

"马上。"她微笑着向爱丽丝保证自己没事,不会在她一转身的时候就崩溃。再也不会了。"我一会儿就出来找你们——不用等我。"

厨房里终于只有玛丽一人，她从背包内侧的拉链口袋里拿出那封信。自从六个月前爱丽丝在回来的当晚把它给了玛丽之后，玛丽看信的次数多到她自己都不愿意承认。

她把信纸在桌子上压平，开始读最后一次：

亲爱的玛丽：

今晚我遇到了你的一些朋友。克特和爱丽丝——他们相当了不起。我很高兴你身边有这样的人。他们会在我做不到的时候保护你，扶持你。等你读到这封信的时候，他们已经回家了。我希望你读这封信时，他们其中一人会在你身边，我一直都不愿意想象你独自一人的样子。

我看了视频，在你尴尬到发火之前，让我告诉你，那是你最出色的时刻之一。你一直激励着我。我根本配不上你，更别说你在过去几年里为我的付出。如果我的父母没有把信息转达给你，那我很抱歉，我也应该更努力确保你收到信息的。不管举不举着告示牌，你都不应该等我的。我希望能把这些时间还给你，但是，鉴于我无法做到这一点，就让我说声谢谢吧。能这样被爱着，被像你一样的女人爱着，将永远是我一生中最大的荣幸。

不过，还有一件事让我担心，我想利用出现在我门口两位信使的机会来澄清这件事。如果在你守夜中有赎罪的成分，那么拜托，请放下吧。我希望我们最后在一起的时光对彼此来说都是幸福的回忆。我希望能好好地抱抱你。我希望自己告诉过你，你有多棒；告诉过你，毫无疑问，你给了我生命中最美好的时光。

但当时的我们，谁都无法透过痛苦，看清我们曾经所拥有的关系。我的离开完全不是你的过错，不要惩罚自己。你美丽、聪明、有才华。我希望你能制作出更多的地图，它们会镶了框，挂在世界各地的画廊里。如果从现在起，你在人生的道路上想要寻找新的伴侣，那么我希望他们知道自己有多幸运。

我要你知道，我平安无事；知道这从来都不是你的错；知道你应该得到生命中最好的。

保重，

吉姆

玛丽读完后，拿起信。她的手不抖了。经过几个月的开开合合，信纸已经很脆弱了，所以很容易就能撕成八片。她把纸片塞进裤子口袋里。她走到花园，大家挪动着给她腾出位置。泰德正在对付篝火，但他听到脚步声时，抬头看了一眼。他向玛丽眨了眨眼，火焰放大了他眼中的光芒。

在其他人拉她一起聊天之前，玛丽蹲下来，回想起她过去一个时期里最后的碎片，是时候把它们抛之身后了。她不知道未来会是什么样子，但可以确定的是，她已经彻底放下了那个不会发生的未来——或者是不会出现的人。她永远都会为曾经与吉姆相遇而感到幸福的。比起彻底抹去失去他的七年，她宁愿拥有和他在一起的六年时光，她感激他所教会她的一切，给予她的一切，但现在玛丽已经到达了一个新的阶段，虽然花了很长时间才走到今天，但无论如何还是来到了——这难道不是她一直在等待的吗？

她从牛仔裤里掏出信的碎片，扔进火里，看着它们燃烧起来。

自从吉姆离开后,她第一次不感到遗憾。玛丽盯着那些纸,注意到纸的边缘是如何必须先在高温下变脆,然后卷曲挣扎,之后才能碎裂成灰烬,随风飘散。吉姆自由了,而现在,她也自由了。刺眼的光线从她的眼睛中消失后,玛丽脚步坚定地站起来,向右迈了一步。

泰德把手伸到她的手里。玛丽知道,接下来的故事,取决于她自己了。

图书在版编目（CIP）数据

天涯，海角/（英）艾比·格里夫斯著；张羽佳译.-- 北京：北京联合出版公司, 2023.5
ISBN 978-7-5596-6604-8

Ⅰ.①天… Ⅱ.①艾… ②张… Ⅲ.①长篇小说－英国－现代 Ⅳ.① I561.45

中国国家版本馆CIP数据核字(2023)第011708号

北京市版权局著作权合同登记 图字：01-2023-1873

Copyright © 2021 Rafferty Writing Ltd.
Published by arrangement with Madeleine Milburn Literary, TV & Film Agency, through The Grayhawk Agency Ltd.

天涯，海角
THE ENDS OF THE EARTH

作　　者：[英]艾比·格里夫斯
译　　者：张羽佳
出 品 人：赵红仕
责任编辑：李艳芬
策划编辑：李秋玥
封面设计：悠　悠
特约监制：慧　木　王　鑫
出版统筹：慕云五　马海宽

北京联合出版公司出版
(北京市西城区德外大街83号楼9层　100088)
北京联合天畅文化传播公司发行
北京盛通印刷股份有限公司印刷　新华书店经销
字数279千字　880毫米×1230毫米　1/32　11.25印张
2023年5月第1版　2023年5月第1次印刷
ISBN 978-7-5596-6604-8
定价：56.00元

版权所有，侵权必究
未经许可，不得以任何方式复制或抄袭本书部分或全部内容
本书若有质量问题，请与本公司图书销售中心联系调换。电话：010-64258472-800